李永忠 著

大木子

散文集

DAMUZI
SANWENJI

依旧保持那份淡定的绿
将花骨朵的脚尖踮高 再踮高
眺望那有些羞涩的远方
或许没有蜂蝶
没有抵达秋天的蜜
仍坚信烟月的绽放
有一粒灯芯闪光

天津出版传媒集团
天津人民出版社

图书在版编目（CIP）数据

大木子散文集 / 李永忠著. —— 天津 : 天津人民出
版社, 2023.10

ISBN 978-7-201-19889-7

Ⅰ. ①大… Ⅱ. ①李… Ⅲ. ①散文集 – 中国 – 当代
Ⅳ. ①I267

中国国家版本馆CIP数据核字（2023）第194156号

大木子散文集
DAMUZI SANWEN JI

出　　版	天津人民出版社
出 版 人	刘　庆
地　　址	天津市和平区西康路35号康岳大厦
邮政编码	300051
邮购电话	（022）23332469
电子信箱	reader@tjrmcbs.com

责任编辑	岳　勇
装帧设计	燕　子
封面图文	谢怀寿　陈　杨

印　　刷	四川科德彩色数码科技有限公司
经　　销	新华书店
开　　本	880毫米×1230毫米　1/32
印　　张	9
字　　数	223千字
版次印次	2024年1月第1版　2024年1月第1次印刷
定　　价	45.00元

自序 论写作的"积"

小时候，打扫老屋庭院，常被房屋四周檐沟滴水穿透的石眼所震撼。后来，每当滴答滴答的雨声响起，脑海里总会浮现那些石眼的沧桑印象。

滴水的耐心，滴水的力量，滴水的不甘寂寞，成就了"滴水穿石"的美誉。其实同理的事很多，贵在一个"积"字。"滴水穿石"在于每滴水珠的日积月累，"积土成山"在于每粒尘土坚定的悠悠岁月。

一个"积"字，可以由少到多，由小到大，由弱到强。一个"积"字，聚沙成塔，集腋成裘，积水成渊，积流成海。唐朝武姓老媪，一个积"劳"将铁杵磨成针，让还是孩子的李白受到启发，使其后来成为"笔落惊风雨，诗成泣鬼神"的大诗人。

"积"可以"积跬步，以至千里；积小流，以成江海"。但"积"也可以积非成是，积毁销骨，积劳成疾，积习难改。刘墉拥淡泊明志之"积"，和珅使贪婪成性之"积"。林黛玉积"情伤"葬花，王熙凤积"权威"人未到笑声先到。因而"积"要积善、积好，不能积恶、积坏。

多少文人才女，集思广益，厚积薄发，喷涌出中华文化的精魂，感染一代又一代人。卓文君一句"巴不得下一世，你为女来我做男"为她的《怨郎诗》结尾，不但怨她的司马相如，亦道出天下命运相似女人所积的幽怨与感伤。

李商隐一个思妻之"积"成全了千古流芳的《夜雨寄北》，

诗中那"君问归期未有期，巴山夜雨涨秋池。何当共剪西窗烛，却话巴山夜雨时"，不知牵动了多少人的离愁别绪与绵绵情思。更有他的"春蚕到死丝方尽，蜡炬成灰泪始干"让人肝肠寸断、泪湿青衫。然而卓、李诗意的直觉虽是"相思之情"的绝写，但不难看出台上一分钟台下十年功，他们对文学的追求与历练怕是无数个春夏秋冬的学习积存。

如此看，文人墨客的风花雪月、离愁别绪是"积"，尘世间的劫劫长存、生生不息是"积"。那些德高望重、崭露头角是"积"，博大精深、独具特色是"积"。从老子、孔子、墨子等诸子百家到唐宋李白、杜甫、白居易、苏轼、辛弃疾等大家，到关汉卿、曹雪芹，及近代的"鲁郭茅巴"、齐白石、徐悲鸿等文艺家，无不是中华文脉百川归流的群英荟萃、少长咸集。从《诗经》《楚辞》到汉赋、唐诗、宋词、元曲以及明清小说，再到新文化运动兴起；从《格萨尔王传》《玛纳斯》到《江格尔》史诗，无不是丰厚滋养的华彩篇章。

因为"积"，古埃及有了"萨夫拉狮身人面像""图特卡门面具金字塔"，古巴比伦有了《汉谟拉比法典》，中国有了指南针、造纸术、火药、印刷术四大发明，印度有了阿旃陀石窟、犍陀罗艺术等文明奇葩。

多么仰慕那些令人惊奇而让人拍案叫绝的文明瑰宝，在人类长期受用的同时，亦让人感受到了辛勤付出的累积，那样的芬芳是何等地美妙！

历数世界上那些著名的文学艺术精英，如俄罗斯的普希金、果戈理、托尔斯泰、契诃夫、高尔基，法国的巴尔扎克、雨果、莫泊桑，英国的萧伯纳、透纳，德国的歌德、席勒、贝多芬，美国的马克·吐温、海明威，印度的泰戈尔，等等，带给我们的辉煌星空，都让人仰望。看到人类社会的每一次跃进、人类文明的每一次升华，皆是"众人拾柴火焰高"的体现。

多年以来，作为一个乡土文学爱好者，我也在"积"，憧憬那洋洋洒洒下笔如有神的"积"。曾激情于阳春白雪、感慨于下里巴人，去紧贴生活温润心灵、启迪心智。便孜孜以求，勤耕不辍，可收获渺渺，囊中羞涩。而淡泊明志，即便"为伊消得人憔悴"，亦心甘情愿，无怨无悔。写《云上的守望》《桐花》《陈年春味》即是我的反复弥望，欲找到柳暗花明、沧桑烟火中的诗意远方。

如此锲而不舍地苦心经营，将行履间辗转反侧、点点滴滴的生活足迹，落墨纸缝笔端，将迷茫中苦闷彷徨、多愁善感的小花小草，种入乡土文学，寻找慰藉。幸《重庆文学》《乌江》《芙蓉江》《酉水》等怀抱接纳，不离不弃。是它们给出了一个又一个明媚的春天，让我瘦小的文学孤舟，在艰难漂泊后有了温暖的港湾。之后，域外的高贵编辑们偶有垂青，而往往让我亢奋激荡、夜不能寐。一番归纳，汇成了《大木子散文集》一册，算是对自己咬定"涓涓细流"的交代。

然而，文学路漫漫，其修远兮，吾将上下而求索。因此，为了"直挂云帆济沧海"，我还需劈波斩浪前行。为了见到"积"的芳华，还需持续叠加"铁棒磨针"的汗雨、"滴水穿石"的血泪。

"积土成山，风雨兴焉，积善成德，而神明自得。"但我只能"许上等愿，结中等缘，取下等福"。如是这样，就在自己这片尚显"荒芜"的纸上，画一株灯芯草吧！

依旧保持那份淡定的绿。
将花骨朵的
脚尖踮高、再踮高，
眺望那有些羞涩的远方。
或许没有蜂蝶，
没有抵达秋天的蜜。
仍坚信烟月的绽放
有一粒灯芯闪光。
或是一夜萤火

照见诗经姣好，
或是
一味入药典藏、一次草编荟萃，
引发朴素主义思考。
呃！
我有些浮想联翩。
赶紧掐了掐梦境跑马。
提醒飘飘然的草巅：
即便没有这些，
也面对春风微笑。
哪怕
只是咽咽口水，
也是一场萌发的积攒。

因此，我就"积"一株灯芯草节节的绿，等候那朵羞涩的花儿。是为序。

目　录

▶ **第三辑　山水绵邈**

▶ **第四辑　乡土愁肠**

▶ 附　录

第一辑

岁月回眸

云中的守望

一

关于家乡的那些人和事，往往纠缠着我夜不能寐的神经，使岁月的碎片不断回放眼前，有人说这叫乡愁。

而最难忘的是我心中的小芳妹。今天，在清幽的白马山上，徜徉于望仙崖的云游，让我又想起三十多年前一场夏雨之后的邂逅。

当年，父母将家里所有的"宝"都押在了我的身上，捆绑了他们所有的激情与精力送我鱼跃龙门，终于迎来了命运的大考。然而就在临近高考的前一天，我还滞留在武陵山之北，由于天公不作美，连日下大雨，乌江猛涨，导致江上停航。我和伯父踌躇在土坎孤独的码头，站在江边看着咆哮的浪涛，心急如焚而无法过河。最后，伯父咬了咬牙把我推上一只小木船。他别过脸去那一刻，眼里分明噙满了泪花，说了句："孩子，你属龙的，不怕水。"

渡船的人叫樊顺，喝了半碗酒，道了声："放心吧！李老师，我一定完成任务。"说话的顺哥是伯父教过的学生，看上去比我大两三岁，着短裤、背心，皮肤黝黑，膀上的肌肉像江岸的石头疙瘩。我和他都穿上了水袋，我们飞了出去，对面预设的登陆点一瞬间被射向了下游。江面翻卷的浪涛、漂浮物总是劈头盖脸地打过来，像铁锤、铜棒频频乱舞，临近江心风浪更烈，像千万只恶狼、千万头狂狮在身旁号叫、嘶吼，凶猛的阵

3

势似要掀翻我们的强渡。小船似一粒随时都会被捏碎的花生，或被撕烂的叶子。我们在鬼门关里搏击穿梭，只觉呼吸急促，牙关紧锁，似乎小木船每一刻都会骨断筋裂。顺哥沉着冷静，叫我抓好船舷尽量蹲下身子，他却一边掌舵一边奋力划桨。

突然，哐当一声，一根水柴斜过船头，一股泥水向我的左侧猛劈过来，只觉眼前一黑，好似船已穿入水里，心想这下完了，就要葬身鱼腹了。瞬间又闪过寒假回家的经历，同样是这一段河流，那时就差点掉到河里。那天，因收拾住校物品误了提前候船的时间，当"川陵"刚启舵离开的时候，我才满头大汗地赶到屯船，眼见鸣着汽笛的"川陵"已离开站台一米，我飞虎一般扑了过去，两只手死死吊住了船上的栏杆，然后翻了进去，船边的乘客都惊呆了，异口同声地发出尖叫。这时一个船员跑过来，一声暴吼："不要命了吗？"狠狠地罚我站在那儿直到下船。那次危险的举动，令许多人惊出一身冷汗，好在有惊无险地过了。但这一次，恐怕没那么幸运了，我本能地抓着船舷不放，只觉耳朵轰隆隆地一阵响。霎时，耳门忽然开了，回过神来，人还在船上。一半边脸像被凉飕飕的刀子刮过，泥水顺着前胸已浸至裤腿。好在险峰一过，我们躲进了南岸的回水沱并借势靠岸。

顺哥说："下船后，顺山路翻白马砂岩，穿过万畏坡便能看见峡门口，入峡门口，县城即抵眼前。"一番交代后我和顺哥作别，这时我才发现他已周身湿透，他说他也就近找亲戚歇息，要待水退后再过江了。到了岸上我才全身心放松下来，虽衣衫浸湿了大半，但背上的书包还算干净，回看已至距上游三里左右的地方，对岸细小的黑点，似伯父手搭凉棚在看。

他的旁边是一峰巨大的礁石，上面刻着清代知府陈帮器题写的"澎湃飞雷"，已完全看不清字影，全凭印象大致判断它的方位。想想刚才的情景，耳边仍响着震雷般的惊涛，不由打了一个寒战。沿着山路我一口气爬上了砂岩的半山腰，不过路越走越窄，两边的树林杂草或荆藤总要刷些雨水到身上，仅有的一半干身，也让水淋湿了。

二

突然，草林间传来窸窸窣窣的声音，一个姑娘正在替换大风吹折的竹笕。"帮帮忙吧！过路的哥哥，三杈脚要垫一块石头。"望着她红扑扑的脸颊及央求的眼神，我立即上前给她挪动那块垫木杈的石头，使笕水筒能正常地接到上面下来的流水。接好水后，她邀我到她家中歇一会，她家就在前方缓坡的路边，两间低矮的木房依山而建，左边架了吊脚的猪圈，右旁斜搭了厨房。竹筒里的水顺着我们刚走过的路，稀里哗啦地流到厨房门外的石水缸里，水缸靠着一根房柱，上面挂了瓢篓，缸子里有小半缸水，也许是下雨的原因，并不清亮。路就从她家的坝子中间穿过，坝子外边是一片石榴林，青黄不等地挂满枝头。

受了渡河的惊吓又行了一段路，我已有些口渴，便取木瓢想舀些水喝，不料姑娘一把夺过了水瓢，说浑水要烧开才能喝，要我稍等。我本想赶路，见她特别热情，那双清纯明亮的眼睛尤其惹人怜爱，转念一想时间还早，便歇了下来，也好烤烤湿漉漉的衣服。刚才在路上她已看出了我的窘态，这下一边洗锅一边道："是路上的茅草打湿了衣服吧，怎么还沾了那么多泥？"我便说了渡船经过。"哎！背时鬼天气真是害死人，老荆竹打的笕竿也弄坏了。"她似在埋怨大风折断的笕水筒，实际却在帮我责怪天气。她说话的语气温婉悦耳，像三月的春风。

其实，我书包里带有干衣服，是可以换下来的，看人家只一个女孩子在家，不方便，再说还要继续行路，这下换了路上又打湿了怎么办，所以不敢动一点更衣的念头。就在姑娘烧水的过程中，我一边加旺火塘烘烤，一边揉搓那些沾着的泥点子，想在临走的时候给她留个整洁的印象。

待水要开的时候，她迅速地从碗柜里取出几个白亮的鸡蛋，就要往锅沿上磕，我忙起身摇手，文绉绉地说道："使不得，使

5

不得，这是卖钱的啊！"哈哈……"姑娘银铃般地笑出声来，"几个鸡蛋算什么，将来考起大学走了，我们打起灯笼都找不到哟！"然而我内心是想吃鸡蛋的啊！但绝没想到是这种形式的巧遇。姑娘磕完鸡蛋又利索地从柜中取出一个粗陶罐子，从里面舀了几勺黑油油的茶糊放到锅里。边做边说，这是她从天尺坪带回来的，她母亲是白马山天尺坪的人，外婆家每年都要给她们熬一罐，吃的时候方便，很提神的。这时茶香、蛋香溢满了半山的木房。

之后，姑娘给我盛了满满一碗，她只舀了半碗茶水陪我，让我享受了人生最美的一次路粮。我们边吃边聊，得知她父母下地收红薯去了，她初中毕业想到一家磷肥厂打工，弟弟正要进初中读书，家里的条件只能满足弟弟就读。

走时她还执意塞了我两个红红的石榴。萍水相逢，姑娘如此大方，在那个年月也很少见，我不知怎么感谢才好！她十六七岁的样子，长辫子，大眼睛，小酒窝，清纯迷人，像"清水出芙蓉，天然去雕饰"的另一种描写，她让我称她"小芳妹"。

高考完后我并未如愿进入大学，千般转折总算找到了工作，后来托人打听小芳的下落，已不知去向。

十年后，在县城的农贸市场上突然闪过一个特别眼熟的身影，她在卖石榴，就在四目相交的一刹那她也认出了我。她已是一个孩子的母亲，还是很美，只是肤色黑了一些，体态清瘦了一些，衣着普通，但很整洁。她告诉我："父亲得了哮喘病，在长治。"听到这，我心里猛然一紧，想帮帮她。恰好刚发了三十多元工资，我掏出来硬塞到她手里，她死活也不肯接受，无奈我只好将她的石榴全买下了。她很高兴，说弟弟已考进纸厂当了工人，她的丈夫在五里滩推渡船。

打那以后，换单位，忙生计，再没能遇见她，不知道她父亲的病好没有，她的生活过得怎么样。而今，驰骋在高高的云台，我想驾着这云上的白马找到她。我做了很长的守望者。

三

从小走在乌江边，感觉进山出山就一条水道，很是封闭。总以巍峨的大娄、磅礴的武陵升腾苍茫而壮阔的景象，总有一种苍莽而洪荒的气息框在自己的周围。

两岸起伏的山石云水，像大自然横撇竖折的超然笔力，书写着西南极具视觉冲击的深山风貌与狂放画面。那些大断裂、大切割、大隆起、大延展的高岩绝壁及村落田野，像高耸的沧桑与起伏的震撼，所形成的强大气场推在自己的身后，挤压着我的步伐与岁月，直到后来，我仿佛像一枚屑子从山底挤到了山顶，才真正感知到：大山啊！就是我的家乡。

家乡像踮着脚尖的人，在白马山与仙女山之间，寻找生活的慰藉、心灵安放的居所，清澈的乌江及两岸的村落总在向山外探出头去。这种姿态常常撕裂着我莫名的情愫，像汹涌澎湃的江河，像穿云裂谷的苍山在内心穿越。

除了小芳，夜梦中的山水也人化成形萦于我的脑海。说它们高大伟岸、宽容温婉，像我父亲的脊梁、母亲的怀抱，像他们在"七山一水两分田"的地里刨食的朝朝暮暮；说它们英俊漂亮，像白马王子与仙女的传说，像我私奔不悔的表哥表嫂；说它们贫穷丑陋，像桀骜不驯的发叔、嗜酒成性的二舅，把漏洞百出的日子标为挂彩的春秋；说它们文明仁厚，像乡里乡亲德高望重的长者，胸怀"养儿盘女不用教，武隆彭水走一遭"的教诲；说它们彪悍野蛮，像秋期狩猎的顺伯，像火中取栗的龙爷，更像那些烧石灰、掌钢钎、执利斧的天人及吊在乌江绝壁上修路打洞的血性"蜘蛛"。它们在我的血管里流淌，在骨骼中游走。

而在我的记忆中，大山的面孔，无论善恶美丑，都和我融为一体，它们以大山大水的性格陪我成长，总以内心的激荡、灵魂的冲撞撩拨我的喜怒哀乐和多愁善感，总是自觉不自觉地感受到脚步的沉重及生存的艰辛，然而又以不屈的精神、生命的伟大释放我飞翔的雁阵及浩渺的海阔天空。它们和他们是相互转换的化身，都像一个守望的人，既在守望自己，又在守望别人。

是的，这里的白马山、仙女山，就像两个守望的痴情男女，立在家乡静怡而深情的天边，看护着号称东方瑞士的草原绿地、行走在亚洲第一的"天生三桥"、守望着古老的茶园仙崖、流淌着生物宝库的森林湿地，滋养着他们清静悠然的世外桃源。等候有缘的人与他们共享这片神奇的土地，共沐美丽的爱情之光。而当年它们却挡着我们的视线，挡着小芳家里的石榴林、挡着大山的捉襟见肘和家乡的珍藏与热望。

日新月异，斗转星移，原来看烦了的山山水水，不再是枯燥的沟沟坎坎了，不再是洪荒的梁梁坡坡了。遮天蔽日的蛮山野谷变成了一步一景的乌江画廊，雄奇险秀的洞穴地缝变成了寻芳觅踪的人间乐园。四通八达的隧道，纵横交错的公路、铁路、航空路，上可入天，下可遁地，不再是山围困着人，人怨怪着山，而是山托举着人，人驾驭着山的理想胜地。那些"犹抱琵琶半遮面"的风水美麓，被人们揭开了面纱，于是仙女下凡不再是传说，像小芳一样的姑娘就生活在我们的身边，白马王子不再是故事里的尊容，随处可见阳光俊朗的小伙勤劳创业的身影。它们和他们像巨人的天梯让家乡走到了山外，让守望的目光看到了诗和远方。

曾经，多么想出去看大海，看平原，那是梦里的斑斓。终于有一次我乘特快去了一趟杭州，顺便取道黄浦江出海，沿路的风光满足了我的愿望，看到了鱼米之乡的大江南，看到了水天一色的蓝海之怀。然而，在大山里待惯了，反而觉得一望无垠的空旷，失了大山的依靠，少了大山的在乎。

回到家乡，看到仙女山、白马山，才觉得无比地踏实，同样有看平原有看海的冲动，这时平原上升到了云头，每一株草尖或叶片都冒着仙气，这时的大海拥有固态的海啸，远比台风下的湛蓝更狂澜、更刺激，那才是大海的力量和高度。

　　在这世外的天堂，站在新时代的一个高峰里，我聆听着乌江的涛声，再也不感到四面压制的莽苍了。望着望仙崖下那条弯弯的山路是多么地亲切，半山腰上的木屋是多么地温馨。

　　仿佛又看见那位善良、美丽、仙女一般的姑娘，还捧着两个又大又红的石榴，塞进我的怀里，那每一颗香甜的籽粒都有一颗少女的心啊！遗憾当年忘了问那推船的顺哥是不是她后来的丈夫，也许他才是她真正的白马王子。

深埋的刺根

　　人过中年，那些藏匿于岁月深处的病痛亦会慢慢显露，于时令变换或是触景生情之际便悄然发作，仿若肉刺在身，总会不经意伤到自己。

　　而我深埋的刺根是早年间故乡生活物事给强制种下的，本想它会随时光的老去而消失，岂料它却越扎越深，常使我隐痛难抑，寝食难安。

　　这些物事，得从20世纪60年代说起。那时的贾角山是故乡曹家村的依靠，它头顶云天，怀抱田土，如坐佛一般守候在那里。村民们都仰仗它佛怀中的风调雨顺而过，日出而作，日落而息，不断衍绎养家糊口的跌宕起伏。

　　曹家村人大多能干，对生活的铺排极有顺序，一年四季都在战天斗地，从土里刨食。素芳姑一家更是典型的代表，不光她与丈夫财发叔勤劳节俭，而且纯朴厚道。自然给我留下了特别深刻的印象。

　　素芳姑年轻时长得文静秀丽，一口牙齿雪白，爱说爱笑爱哼歌儿，天生一个美人坯子。她是被后母催着从邻村嫁过来的，媒人说曹家村柴方水圆，男方又勤快老实，值得托付，便冲着吃饱穿暖的梦想进了财发叔的家。素芳姑家离我们家一里许的路，因家境相近又同属一个生产队，便有了诸多同病相怜的情缘。之后，因两家人常联系走动就越来越亲热了。听父母叫着发哥、素姐，我们孩子辈也简称其发叔、素姑了。

　　但素姑自走进发叔家那一天起，便没有称心如意地快乐过，极少看到笑容，从不见哼她喜欢的歌儿。哪怕她与发叔已在那歪歪斜斜的土房子里张罗出了四个孩子，也没有舒展过眉宇间的愁容。她只坚定地努力劳作并盼着哪一天能吃碗饱饭。

我和素姑家的大女冬梅、二娃春学基本同龄，从小便一起放牛、弄柴、打猪草、玩登陆游戏。待经常进出他们家时，他们已从冷清的横埂子搬到了人烟相对热闹的烟土湾。这儿离我们家更近，虽换成了木架房，但未装墙板、未加盖瓦片，仅用树条拦了四壁，盖了茅草，我们转一个梁子就能看见那简陋的茅草房。

从我记事起，这间茅草房便算是全村最简陋的农舍，最醒目的"标志性建筑"。它四壁透风，原生态到了极点，是当时最不起眼又最惹人驻足的居所。他们搬家的深层原因是冬梅悄悄告诉我的，说横埂子的屋子里死过很多人，爷爷奶奶还有叔叔姑姑都在一场"灾荒"中逝去。她母亲不想孩子们沾那些晦气，要重新挪一个窝儿，便吵着父亲到烟土湾搭起了"草堂"。

在"草堂"里的一角长年摆着一张破烂不堪的床，上面铺垫谷草，堆着一条烂棉絮和一条麻狗儿。据说烂棉絮是素姑当年的陪嫁，麻狗儿是发叔的传家物。素姑在我遇见的时间中有三分之二是躺在这张床上的。她有些喘并咳嗽。当然，她还不只咳嗽，肖大娘说她落血带，说得很诡秘，这种病好像只妇人才有的。不然，她总会挣扎着起来为发叔及孩子们煮饭和喂猪，分担一些她力所能及的事。

发叔的骨架不算小，脸色常黑中带青，凸着颧骨，头上多包着黑白不分的帕子，他不苟言笑，甚至自打我有记忆起就没见他言语过，也没见他穿过一件像样的衣服，他比"闰土"还"土"。只有两样东西是他的最爱，其一是草鞋，基本一年四季不离脚；其二是农具，基本一年四季不离手。

就这样的两个人，与我们家的情感紧紧联系在了一起。

记得在一个秋天的下午，我跟在收玉米队伍的后边打猪草，突然背上的背篓里震动了两下，在隔两米远的地方素姑已将两根玉米棒子迅速地丢进了我的背篓，我立刻明白了她的意思并赶快离开了玉米林。那时，我十来岁。两根玉米棒子的情分从此萦于我的脑际，始终忘不了那瘦弱的身影及那忧伤而充满怜爱的眼神。

两根玉米棒子于现代的人来说，算得了什么呢？吃饭问题早已通过"包产下户"彻底解决，就连宠物食槽都常有剩下的白米饭及肉块，哪会对两根玉米棒子心生兴趣呢？而每到这时，我都心潮难平。这两根玉米棒子在当年可是一个人一天的口粮，甚至是一家人某一天救命的口粮。那时几斤蕨粉可兑一间房子，几个南瓜可娶一个妻子。粮食可谓贵如生命。

因而，素姑两根玉米棒子的分量于我们家真是重若泰山，虽然那时已过了灾年，但仍处于人人都饥肠辘辘的年份，这情还不够重么！当然，重的还在于她冒了极大的风险，将两根玉米棒子给了"成分不好"的我啊！

又一年春季，队里挑粪上山，父亲赤脚慢跑在陡峭不平的山路上，荆刺已扎进他的脚掌，但他却无法停下来，装作若无其事的样子咬牙行进在队伍中。此时，财发叔给父亲递过来一双草鞋，叫他试试合不合脚，父亲穿上它不但合脚，脚伤还很快好了。这双草鞋是财发叔用了一个早晨和一个晚上的时间才做成的。他常去山间采集嫩竹，将其皮制成竹麻，再用竹麻做原料编制草鞋来穿。也正是这双草鞋使父亲没有停下接下来的挑粪活，也因此没有被扣工分，同时也因此没有被批斗。就这样一双草鞋常令父亲老眼飞泪。那年月谁肯沾上父亲这样的人呢？

就在我初三的那个暑假中，传来了一个极其惊人的消息。在一个月缺的晚上，打槽坡上守玉米地的人在追了不到半里地的石穴里逮住了素姑，在她的背篓里发现了刚从玉米林里掰下的几根玉米棒子。素姑本来很饿的，但无论怎么哀求，守夜人还是要将她扭送到队里，队长立即敲锣通知各家各户开社员大会。素姑被捆绑在生产队保管室的一根柱子上接受训问及批斗。她像猎物一样被折腾到大半夜才被松绑，最后被扣了一百斤口粮以示惩戒。

素姑踉跄着回到家里便倒下了，发叔熬了二十天的土豆羹子给她喝，也不见她停止呻吟。回想当时感到震惊的，除对素姑的深深痛惜外，还在于她在严厉的训斥中一直未说出那两根玉米棒子的事。

等到素姑能正常做家务的时候，冬梅姐已变成了大姑娘，圆脸大眼睛，很是好看，本村邻社的徐姓人家请了人说媒，并将自留山上好的松木砍了下来，锯成木板送到烟土湾，又请木匠上门做活，将财发叔拦的树条改成板壁，还购了瓦换了屋顶的草。所有这些付出也不谈甚工钱，冬梅姐便对徐家的老大动了心，做起了两家互助的事情来。从此，素姑与发叔的家开始有了热络的气息。约过了两年，冬梅姐嫁到了徐家。那一天，春学他们兄弟仨哭痛了烟土湾的石头，哭红了晚霞的眼。

发叔除了会农活还会打山货，农活跟着时令和队长的号子打转，侍弄田土他比谁都虔诚，打山货基本属于雨雪天别人不屑的私活。他会挖药材、采集工业原料攒些零钱。如挖红根皮、天麦冬、九丛根、割棕皮，打桐籽，集松油，采生漆等到供销社去卖。但做这些活的时候发叔都比较孤单，总是默默无闻地进行，因为多数人都瞧不上，更在于这些东西都非常廉价，在计划经济时代仅作为家用油盐及针线的添补。老实说这些山货名是从他那里得知的，于我根本没在书本中见过。现在想起来这些还是比较珍稀的，那个时候为什么就管不了一点钱呢？因此发叔总是穿得那么褴褛，他们家总是那么穷。

有一次，我去村上的瓦厂，瓦工没日没夜地做着瓦坯，没日没夜地烧着窑子，但瓦厂盖的却是茅草与秸秆，当时没有明白他们为什么要这样，后来结合发叔我想起了一种鸟，似乎找到了原委。这种鸟叫鸬鹚，鸬鹚起早贪黑地下水叼鱼，每一次叼上来的鱼都被渔夫从嘴里挤出，鸬鹚看着满仓活蹦乱跳的鱼儿，无法咽下一条，因为渔夫在鸬鹚的脖子上捆了一圈绳子，它们只能不断地被赶下水去，哪怕饿着肚子，哪怕反复挤压已被鱼刺划破喉咙。鸬鹚只有等渔夫收工，才草草以死鱼虾填充空腹。发叔断不是鸬鹚，没有在脖子上扎绳子，但他在心上系了结。怕树林中的荆棘破了衣服，怕坡上的石块划了鞋子，所以山货换来的钱哪能用在他身上呢？瓦上不了瓦工们的房也都因此类因素吧。

待我成为一名高中生后，一家人磨磨蹭蹭地离开了贾角山，离开了发叔一家。那天，漂亮的冬梅姐和右手带残的春学弟帮助我们收完最后一季庄稼，便和我们一一作别。

之后的第五个清明，父母带领我们回去上坟，顺便给发叔及素姑捎带了些旧衣物和糖果。那一天，发叔照例去了山上未能逢面，素姑已见苍老，仍偷咳，但没有躺于床上，气色比以前好了许多，硬要生火烧开水给我们喝，并捧出了一抱鸡蛋。临走，素姑与母亲相拥而泣，久不松手！

素姑熬到小儿子成家立业已是风烛残年。儿子们多在外面打工，她和发叔就守在家里带孙子并侍弄猪牛。一个冬季，本来就落病的她，坚持去地里拔萝卜，结果很晚都没有回家。等发叔归来，她已倒在了菜地里，手里还拿着吃了半截的萝卜。发叔从没哭过，这回他抱着素姑哭了，哭得哞哞地叫，像一头老牛在寒风里哀号。

今年的秋末，发叔摔进了一个山沟里，第二天才被人发现，身上还压着半背篓桐籽。闻讯后，我努力地克制那颗深埋的肉针，但它却狂蹦乱跳、横冲直撞，刺着我的心房，刺着南方昏暗的深秋。

梦入烟水渡石桥

面对一湖烟水，我行舟三月，拜谒一座古老的石桥，那深藏芙蓉湖的时空，在一页页青石砌筑的岁月中打开。

记忆中的古石桥，被人们称作老桥，立于石桥乡政府所在地向东约一里许的蔡兴村两葛河上，苍老、厚重，古朴而安然。

据传，过去的两葛河常闹水患，因过河而丧生者无数，成了这一方有名的"拦路虎"。起先，人们搭建的简易便桥，因洪灾年年毁、年年建，劳民伤财而无法长治。到了清代初年，当地一位姓银的乡绅痛定思痛决定带头募资建桥。在他的带领下，深扎岩石基础，提高桥拱跨度，修成了一座长二十余米，高十余米，宽约五米的石拱桥。桥身一拱三眼，中间大拱飞跨南北，拱肩两头各留一溢洪孔，桥面两边镶条石栏杆，端头石柱厚重方正，六轮分明，顶了鼓球。通体青条石构建，榫卯衔接，环环相扣，异常坚固。虽历经三百八十余年风雨而无变化。桥的北头岩壁，植有一棵硕大的黄桷树，树冠临崖而盖，与桥形成一幅苍古风韵。

桥建好后，过往行人再未因难以逾越的鸿沟而犯难发愁。人们赶场下街、上学、经商、办差等，通行大为改善，尤其是当年来往的盐运马帮再无阻碍，大大地提升了运行效率，为满足渝黔物资交流及生产生活所需做出了极大的贡献。

久而久之，人们与老桥的感情日深，它的含义已不只是一座古桥，而是一座地方风物的丰碑及灵魂了。当地域名也因此而改变，由原来波惹乡的旧称改为石桥乡。

其实，这种以"桥"为地理标志替代行政域名的例子很多，如平桥、官桥、观音桥等即是。它反映了桥的民心民意，及更多百姓的展望与寄托。该桥也曾是江浩线公路的主要关口，一直延用至20世纪末因修建江口电站形成芙蓉湖而淹没。

说到桥，眼前总不免浮现出江南水乡跨桥过水的红男绿女、犁农耕牛、牧童晚笛等画面。因而想起孩提时代，我常行经该桥至江口读书的情景，但那会儿，没有觉得它的伟岸，就当一座普普通通的桥，一行而过。只是厌烦那弯弯曲曲的路好难走，若多有几座这样的桥就好了，走着走着，待我渐渐大些了，才对它特有感情，成了生命的一部分。

脑海中有过三次过桥的不同感受。第一次，是在雨过天晴、山洪暴发时目睹了它的风采，算作夏季偶遇。刚下过暴雨的山涧，洪水很快汇集到了桥下，我与家住谭家湾的应福哥及白玉坝的同学邹慧灵正好经过此桥，看那山洪如万龙争先、滚着二三米高的浪头从远山翻卷而来的狂澜景象而印象深刻。

我和慧灵胆小，不敢停在桥中间看水，便站到桥头边上远观，尤其慧灵穿了上学的新衣怕浪花飞溅到身上，更是不待那浪头抵近便跃步躲到了黄桷树下，福哥却似从未有过的勇敢，立桥不动，看那"飞龙"过桥的震撼。说时迟那时快，"龙头"已抵桥而穿，桥下的礁石与洪水相击如惊雷炸响，一刺飞浪飙来就要将他扑倒。慧灵顿呼："闪开！"只见福哥斜身一偏，泥水如桶泼一般刷耳劈过，他正觉凉气如剑，惊魂未定时，那大水已去了半里。慧灵关心似的说了句："遭了没有？"那声音很柔，福哥豪爽地回应："没事，浪涛离桥拱还有几米远，再说无限风光在险峰，你们就没看到它嚣张的气势。"慧灵这时倒"咯咯"笑了，"当了泥人就不好看了，还说什么风光，你怕是要感谢那桥下的斩龙剑了。"

福哥一瞬间才感觉到想要在慧灵面前表现的尴尬。但她说了那桥拱中间还有一柄斩龙剑时，倒是引起了我和福哥猎奇的兴趣，于是我们顺着黄桷树边的梯坎下到奔腾咆哮的水边，去看那传说中的斩龙剑。果然，在桥腹正中有一柄长一米许，宽六七厘米，厚一二厘米的铁铸龙剑，临空而悬，坚挺有力。我当时并不明白，古人修桥为什么要镶嵌一柄倒悬的剑呢？经慧灵一点拨才知道它有着驱邪镇恶的深意。待我得知每条溪河都有蛟龙修炼，而有个别蛟龙总想在山洪暴发时出来冲毁农田、堤坝，危害百姓，这把斩龙剑就起到震慑作用时，桥已没于芙蓉湖水下了。

第二次过老桥，是去给福哥当参谋。那时石桥被称为有山有水有姑娘的好地方而令人向往。石桥人基本环水田而居，青瓦木房，多一至二层、板楼梯、宝瓶柱栏杆，三五户相连后又留一隔离带搞绿化，多植竹柳、桂花，既幽然恬静，又生机蓬勃。因为水土好，石桥姑娘个个长得漂亮，而且心地善良，为人温和，属典型的西南美女德行，很多外地小伙子都梦寐以求与石桥姑娘喜结良缘。除了爱石桥的姑娘美，也正是看中了这方"绿水映青山，农家入画苑"的风水宝地。

高中毕业后，福哥回乡创业，十里八乡的姑娘他都不要，就三天两头往白玉坝跑，原来他在那里找到了梦中人，专门约我去看他的"林妹妹"。一个春节刚过的阳春天，和他轻快地走在一湾湾月亮田之间，别有阳春白雪的诗情画意，到了家才知道和我们一起读书的邹慧灵被他给迷上了。

那天，慧灵围了纱巾，红毛衣套蓝底白花衫，着牛仔裤、高跟鞋，红扑扑的脸蛋，水汪汪的眼睛，美得让人挪不开脚步。读书时没察觉到醒事早又长得帅气的福哥，竟然在求偶路上捷足先登了，此时才想明白，为啥他要在桥上展现那点英雄气了。见我看得傻痴痴的，福哥狠狠地敲了我一壳搂。我说："谁叫你喊我来的？"不料他又一个壳搂要敲过来，我才闪身避开了。

过礼时候，喜鹊在黄桷树上翻飞鸣叫，人们堵在了老桥头，吹号手吹起了欢愉的"过桥"调，要福哥背着慧灵过桥。寓意他们今后的日子跟桥一样长长久久、平平安安。福哥袖子一捞，背起新媳妇就跑，我们跟在后面追了一里才把他赶上。现在的福哥已住到了他的福兴岛上，那儿"孤岛林间白鹭飞，桃花湖水鳜鱼肥"。

这第三次过老桥，便是在时空中行走了。我踏过芙蓉湖上的钢筋水泥桥，深深地看着蔚蓝的湖水和那一圈圈涟漪出神。老桥已深埋湖底，儿时看过的沟河、桥梁、田园、房舍已成追忆。老桥及传说还有祖辈繁衍生息的那些文明印记已和我们告一段落，现在看到的跨湖大桥已成为新石桥的化身了。

自古以来，桥是神圣的，桥的概念于人与自然的和谐根深蒂固直至永恒。

桥在人们心中的位置是至高无上的。它是社会生产力发展的象征，是人类文明进步的表现。曾在课本里学过赵州桥、黄桥、卢沟桥，电影里看过南斯拉夫桥、伦敦塔桥，总对桥心生崇拜和敬畏，想做桥的一分子，恋桥的一份荣耀，渡别人也渡自己，有诗和远方。

新中国成立后，我国建造的南京长江大桥、北盘江大桥、杭州湾大桥举世瞩目，尤其是港珠澳大桥更是世界之最，刷新了世界建桥史的奇迹，是我们每个中国人的自豪与骄傲。

正因一代又一代人遇山开路，遇水架桥，我们身边的桥越来越多，越来越高大，人们从一座桥走向另一座桥，跨向美好的未来。

如今的石桥用一条条隧道、一座座桥梁缩短了大山的距离，打通了大江南北商贸物流枢纽。使白玉坝大米、虎老溪茶叶、芙蓉鱼、燕子山蜂蜜、独竹漂、叶笛、洗心湖垂钓等美食与文化走出大山，享誉巴渝。

看着桥上呼啸而过的车辆，又想起李白"朝辞白帝彩云间，千里江陵一日还"的诗句，真是快！时光眨眼千年，诗人岂知，这因桥而快的当今，更是带着我们在飞。

回眸朱子溪

朱子溪穿山越谷，日夜奔流。于我最初的印象，它如一条绿色的丝带连着一叶小舟，挂在后山那悠悠慢慢的闲云中。

大约十岁的时候，父亲带着我走过一趟朱子溪，那时外祖母还住在朱子溪的对岸，距离我们贾角山老家五十余里，算是较远而又最想去拜望的地方。

那年春节，说是去给外婆拜年，实则是要去讨些粮食回来。一路上，父亲变着法儿鼓励我一段一段前行，因为是我赖着要去的，所以再难走，也只好咬牙坚持。开始是兴致勃勃的，到后来就叫苦不爱走了。那是好远好深的路，好陡好险的路。一会儿从崖上下到深谷，走观音岩、过白岩坑；一会儿从深谷上爬到山顶，登天梯、踩云桥。再穿行后山绵长的上坝、下坝，才抵达朱子溪。只见一条又绿又蓝的江流自西向东流向天际。父亲说："下游是盘古河，再下游就是江口了。"我们绕山而行，却又是选的捷径。

记得过河的时候，坐在渡船上特别舒服，随着撑船人的划桨摇摇荡荡地行进，看天上的云彩在水中流过，见鱼儿在云彩里穿梭，手还可以伸到船沿边摸摸朱子溪幽幽的蓝水，试试那爽爽的清凉。过河后，还得翻越一道梁子，才是外婆的家。当我和父亲口干舌燥、饥饿不堪地走进外婆住的四合院时，天已暮色。正赶上晚饭，我吃了好多外婆煨的米饭，以及她炖的苕粉排骨。玩耍了几天，父亲带着外婆准备的谷子、豆子等大包小包的东西回家了。其他的印象不深，唯有朱子溪幽幽的蓝水及那孤独的小舟深深地映入了脑海。

朱子溪本来很美的，单听它的名字就令人神往，但那时候却没有感受得出来。那截芙蓉江上游的逶迤河段，是于两岸绝壁千仞、莽森浩渺的山势后，敞开的一片秀丽村落。一边是我们武隆浩口乡后山村，一边是外婆家所处的彭水润溪乡干溪村，两岸遥望，鸡犬相闻。碧蓝如玉的溪河，龙走蛇行在两县边界共同形成的峡谷之间。

这里此起彼伏的江岸重峦叠嶂，古树浓荫，猴群腾跃，飞禽嬉戏。河边小舟垂钓深潭，悠然自得。岸上的土家、苗家吊脚楼择地而建，竹木掩映，炊烟袅袅，俨然世外桃源。可惜，那时只知道那条溪河很蓝，那边有我最亲的人，那里有好吃的食物。

儿时的我们，家里经常缺粮，为度过那段挨饿的日子，父亲曾数渡朱子溪到邻近村社里以物易粮填补生活。

一次，父亲与几个表兄带着棉絮、线毯到朱子溪下游的一个村子去换粮食，竟被当地一个驻村干部说成是货物来历不明，兑换是搞投机倒把，便要没收所有物品。父亲和四表兄走在后面，看情况不妙立刻转身就跑。当地有几人追来了，父亲转过一个弯把所带的毯子和毛衣随手快速藏在路边的草丛中，四表兄背着两床棉絮，跑得慢，无法藏货，被追回去了。结果表兄五人和货物均被扣下。

等那些人走远，父亲才从草丛里把东西拿出来原路返回。当他空着背篼疲惫不堪、又饿又累地从黑夜茫茫中推门进屋时，母亲似乎预感到什么，也来不及问，只一边流泪，一边赶紧为父亲弄饭。

然而，要生活的残酷现实必须面对，由于上次的失败，父亲及表兄们带着碗具改变了换粮路线。大家合计改走朱子溪上游的一个村。

但父亲一行人走到渡口时，却傻眼了。往日碧绿清澈、平静如镜的朱子溪，今日却河水暴涨，水流湍急，浑浊的激流卷着泥沙形成大大小小的漩涡与浪涛，犹如万马奔腾从上游呼啸而下，浊浪拍打着两岸的岩石在深山中发出雷鸣般的回响。那情景使人不寒而栗，心惊胆战。撑船人更是明确表态："不敢撑船渡河了。"

父亲说："回去吧！老天有意捉弄人。"然而，表兄们却认为，大家辛苦地走了几十里山路，眼看渡过河就到目的地了，如果就这样回去太不划算了，加之家里的人还在指望着换粮回去下锅呢！幺表兄更是激昂地说："李姑爷不要怕，有我周幺毛在，一定把你安全渡过河去。"大家都知道这是在用生命作赌注，但又不得不去拼了。

做好决定后，大家只好去求船家把渡船借来一用，老船家也知道这几个人是被生活所迫就答应借船渡河。船慢慢离岸，父亲和那位姓叶的农民不识水性，只有提心吊胆地蹲在船舱中，船靠着河沿缓慢地向上游行进，浊浪在眼前汹涌流过，不时拍打着船沿，小木船在激流中颠簸着，船上的人随船左右摇晃，无比惊心动魄，好像随时都有可能葬身鱼腹。幺表兄在船头用爪竿沉稳地时而钩着石缝，时而钩着树根，其他几人掌稳舵用船桨时而划，时而撑，不断前移。临过江心时，大表兄顺水使舵，其余人提气用力，使劲划桨，想冲过洪峰。突然，一股恶浪扑来，船猛地倾斜了一下……众人惊叫"完了！""大家稳住，莫慌！"幺表兄一边厉声告诫一边将爪竿闪电一甩，强行钩住岸边斜撑过来的老树，并顺势一带，将船拽了过去。就这样，一行人惊魂夺魄地去到了河对岸。

此时，夕阳已快西下，大家合计兵分两路换粮。于是，父亲和大表兄走一路，幺表兄及其余人员走一路，相约明天早上在此汇合。父亲和大表兄在夜色朦胧中走进一个农户家里。农户家已亮着油灯，父亲见一中年男子向他们走来，脸上带着几分善意。他中等身材，壮实而纯朴，头上包着青布头帕，身着对襟蓝色服及白腰黑布裤，脚蹬一双草鞋，手上拿着一根"叶子"烟杆，显得十分悠闲。当他得知父亲和大表兄的来意后，很爽快地答应了让他们住在他家，并安排家属煮饭招待父亲和大表兄。同时，首先拿粮食兑换父亲及大表兄带去的碗具，又动员他的邻居来兑换。这让父亲和大表兄异常感激，很快便完成了换粮事宜。

当晚，朱子溪的夜色很美，月亮很圆，凉风习习，父亲和大表兄觉得办了一件大事情，睡得特别香。第二天，怒吼、咆哮的朱子溪平静下来，像一匹脱缰的野马变得温驯听话。父亲和大表兄高兴极了，粮食换到，水也退去，回家无忧了。但另一路返回的四人却两手空空，一无所获，一个个愁眉苦脸，有精无神。原来，他们分开后，比父亲和大表兄要走得远一些，可正在这换粮过程中，忽然被当地武装人员和民兵连长发现，像上次一样没收了他们的粮和物。表兄们无论如何央求，均无济于事，只得悻悻而归。

一晃四十年过去了，每忆及当时为了生存，为了家人的温饱，父母及亲人们曾在朱子溪那落后的边远地带寻找求生的途径，总是叹息连连，成为我永难忘怀的朱子溪情结。好在那样的年代一去不复返了。而今的朱子溪，已愈发风姿绰约，美丽迷人。当年遮天蔽日的幽深曲径，开凿出了宽敞明亮的沥青路，横跨朱子溪的高架桥从天上飞跃而过。去来朱子溪再不用弯弯绕绕用脚去丈量。坐落在公路两旁的苗家、土家村落，田庐井社，风貌一新，如诗如画，远非偏僻落后的山旮旯，而是富有独特魅力的乡村旅游胜地了。

重游朱子溪，领略那山峦起伏碧蓝绿翠的自然风光，浏览那溪流淙淙、清泉密布的峡谷景色，体验那多彩土苗风情及浪漫的仡佬芳容，使我无比感慨，原先的大美与宁静何以在苦尽甘来时才呈现眼里，悸动心扉。这是朱子溪的不凡际遇还是我们这代人的成长特别？

那双幽深的美目仿佛在无言诉说，岁月渐次远去，而溪岸却有一个个很近、很亲的身影，向我款款走来，像外婆，像表兄，像我换粮归来的父亲……

回望香火烛光明

——李铭瑛书写石桥张氏香火牌匾轶事

弥望岁月，袅袅香火，摇摇烛光，总在漫漶的时空中若隐若现地闪烁。然我对香烟烛火的进一步认识，却是因一套与曾叔祖李铭瑛文墨有关的香火牌匾而加深了敬笃。

辛丑冬月，表弟周罕告知，原区交委书记张毓亨老师最近回老家用上等楠木建了一个庄重别致的香火堂，其香火牌匾拓墨于清代文物，字迹为光绪明经李铭瑛所写。并将新制牌匾照片发给了我，示意关注。意外得到曾叔祖的墨迹还在民间尚存的信息，我兴趣陡增，便及时要了张毓亨老师的电话，想知晓其究竟。

关于曾叔祖李铭瑛的轶事，我了解的并不多，除了江口古镇芙蓉江出口"平易道路"摩崖石刻所载信息外，曾去查阅过《彭水县志》《武隆文物志》有关他的文字记载，以及他在江口大塘路等地撰写的碑文等。其余的文墨传闻相对稀少，目睹实物就更不多见，眼下有此"香火牌匾"的遗墨物件可寻，自然是喜上眉头，想一睹为快。

曾叔祖为我祖光绪进士李铭熙二弟，生于咸丰八年（1858），卒于光绪戊戌年。少时饱学诗书，穷研五经，取明经称望乡梓，人呼"仲卿先生"。他生平从教，爱好书法，曾协助其兄李进士"筹积股、置义渡、修圣庙、建考棚"，投身"维新变法"活动。深受地方人民敬仰。因而，时隔一个世纪，能觅得他的书法真迹，可谓宝贵。

张毓亨老师老家住石桥天池村，是武隆有名的鱼米之乡，这里自古钟灵毓秀，人杰地灵，又正处渝黔交界地带，是过去川盐入黔的必经之地。因而人文交流、文化荟萃尤为繁盛，特别是尊师重教的民风十分浓郁，致使文脉底蕴颇为深厚，所以该处物阜民丰，气象不凡。

20世纪80年代初期，张毓亨老师在江口中学任教，我正上高中，理所应当呼他老师，但他没有直接任过我的课，倒是他弟弟张毓坤曾教过我初中语文，两兄弟眉清目秀，气宇相似，就此而平添了几分亲近，心中亦是特别景仰。

拨打几次电话，他都以陌生电话相拒，我便改发信息，称学生，呼老师云云，方得回信，言人在重庆，回武后联系。至冬月初十，张老师电话来了，叙述了他家祖辈当年求得仲卿先生书写香火牌墨宝的来历……现原物分三处保存。为了眼见为实，张老师又于腊月二十，特邀我和永泰到他老家参观香火牌，同时还请了区文联主席刘民、网信办主任杨永雄、社科联主席吴沛、江口中学原校长黄建、教委干部杨武均、文馆所干部周林等人一同前往。那天他侄孙张怀龙家杀年猪，既约人们去欣赏明经书法遗存，又请大家品尝农家宴，因此特别富有情趣和仪式感。

我和周林已事先做好准备，此去要将张氏香火牌上的字迹拓印下来，既有利长期保存，又有利复制新的牌匾。所以到了现场后，除了参观香火牌及分享美食外，还要抓紧落实拓片任务。

在张毓亨老师家的书柜门上我们见到了第一块原香火牌位上的牌子，说是牌位的左联。内容为"庄敬严恪祀之"，虽分列两页门扇，但字迹完整。众人见之，无不惊喜，对其精湛书法称赞不已，并唏嘘其留存甚幸。刘民主席对书法颇有研究，对其墨迹大加肯定，认为是极具功力的欧体书法。拓完此联，即赶上吃午饭时间，一行人便驱车前往张老师侄子张林武、侄孙张怀龙老家。张怀龙已热热闹闹地在堂屋及阶沿摆满席桌并招呼着宾朋入座，特将堂屋主桌留给我们一行瞻仰香火牌位的人士。就在进屋落座的过程中，大家看到了张家堂屋正中的古老香火牌位，牌楣为"弓冶箕裘"，牌心为"天地君亲师位"，两边分别为"上下神祇""左右昭穆"。说此为原香火牌位的主体，其庄重气派彰显无余。席上毓亨老师既招呼大家喝酒吃肉，又喜不自胜地讲述起家存香火牌的不凡故事。他说："该香火牌自羽寿祖起，经历了'金、玉、毓、麟、怀'六代流传，20世纪'文革'初，差点被毁掉。幸好堂兄张毓钦任了'造反派'头目，事先得知要破'四旧'信息，便火速放信其父张玉明（我二伯）取牌匾藏匿。待红卫兵小将们赶到时，说香火牌已销毁了……至70年代末，玉明伯才将层层包裹的香火牌打开，重新挂回堂上，从而得以呈现在今天人们的眼前。"大家边吃边聊，对张家数代保留如此文化渊源的香火牌位而赞不绝口。

　　吃过午饭，待人们收拾碗筷之际，我和永泰、周林赶紧去了相邻的张毓文家，看毓亨老师堂弟保留的另一块牌子，张毓文拿出了那块藏了近六十年的牌位右联，上面文字为"聪明正直壹者"，毓文讲："此套香火牌位，家传为江口李二老爷所写后刻印的。"一旁的毓亨老师补充说："过去只有中秀才的人才可称老爷，江口李家一门四秀才，父亲李尧楷为同治秀才，其三个儿子：李铭熙、李铭瑛、李铭煊，分别在光绪年间考取进士、明经、别驾，因此依次称大老爷、二老爷、三老爷。而此套香火牌墨宝正是出自二老爷李铭瑛之手。"

　　待我们返回张怀龙家中欲将堂上的两块牌匾拓印时，张毓亨老师已引领堂弟及侄子、侄孙们，于香案前点了香烛，敬了拜礼，并烧起了纸钱，然后才准备取下堂上的香火牌拓印文字。而就在张怀龙要取下牌匾的时候，其老母李春志突然来到堂前制止取牌，说："牌位已安放定位，不得取动。"在场的老校长黄建立即帮忙解释，说："这是为了更好地保护和传扬香火文化，取下牌子便于拓印，完事后再安放原位，不影响我们敬奉香火功德的。"但老人特别激动，说："这个牌位来之不易，安放位置及时辰是请先生看了的，不能取就不能取。"丝毫没有商量的余地。我和周林立即向老人表示："不取牌子，我们搭桌子上去直接在壁上拓印。"她才和颜允诺。前去参观香火牌位的人见证了珍藏张氏三家的老牌匾和张毓亨老师复制的新牌匾后，皆尽兴而归。我和周林遂搭台于壁上操作，虽费力不少，但亦圆满完成了拓片。

之后，通过张毓亨老师陈述，呈现了当年他家祖上找李仲卿书写香火牌位的历史过程，并强调这些是他父亲张玉祥、二伯张玉明原原本本传教给他们家族兄弟及子孙的。

大约光绪二十二年（1896），毓亨老师祖父张金陵，号仁州，在彭水县府读官学，对时任江华书院堂长的李铭瑛十分仰慕，常回家对父亲张羽寿讲述李先生的授课风采。

羽寿祖，号乔松，本对读书人特别敬重，送子张金陵读官学，就寄予了很高的求仕期望，听子言及李先生回乡讲学既生敬仰之情又暗怀喜悦之心，敬仰的是李先生饱读诗书，博学鸿儒，是本域教化育人难得的名师，喜悦的是儿子能近距离接触高人，一定能受到不错的教益。特别叮嘱其子张金陵要好好向堂长学习，将来能考取功名，报效桑梓。

正好家中立了新房，欲制一套香火牌子，敬仰"天地君亲师"，心想若能得到李先生的墨宝，再把它刻制成匾，那既是敬仰天地、国君、祖宗、先师的佳作，又显继往开来、光耀门庭的贵气，岂不是一桩流传千古的美事？便向儿子说了心中的想法。张金陵说："这还不容易，找到李先生，请他写一下不就行了吗？"羽寿祖赶忙纠正："这可不行，不比写写春联、禧联，写香火得讲规矩，不能少了礼数，得抽机会拜求。"时逢冬季假期，李铭瑛恰好回到江口家中休假，张家父子便带了些礼信上门拜访李先生，并表达了想写一套香火牌匾的来意。

李铭瑛见张金陵是一个品学皆优的学生，又见其父张羽寿是个耕读传家、尊师重教之人，心中油生"慧远香火社，遗民文字禅"的诗意，便决定给张家写幅像样的香火牌，不过"炷香火要深，作墨手当缓"，得做一番酝酿才能下笔。

待思考成熟后，李铭瑛写出了含义非凡的香火牌匾。匾楣为"弓冶箕裘", 匾正中写"天地君亲师位", 右题"上下神祇", 左书"左右昭穆", 同时外套匾联（又称堂联）, "庄敬严恪祀之", "聪明正直壹者", 与牌位内容紧密呼应。张氏父子如获至宝, 欣喜万分, 忙回家依字造匾, 特找了上好的柏木, 请精巧的雕刻师用"阴包阳"刻法将其端庄雅致、遒劲有力的明经墨迹镌刻到了木板上。制成的香火牌分为4块, 其匾楣一块, 上口长1.93米, 下口长1.73米, 宽0.4米; 正匾一块高1.08米, 宽0.68米; 匾联2块, 分别高1.08米, 宽0.23米。组合占壁约3平方米, 显得特别庄重大气。自此, 这组贵重的大匾便高挂张家大堂供族人参拜。

传至张毓亨老师这一代时, 对香火牌匾的深奥含义, 有了进一步求理解的欲望, 毓亨老师特借20世纪70年代在西南师范大学（现西南大学）中文系念书之机, 向古文学教授荀运昌请教, 荀教授依《左传》予以解读。

原来, 仲卿先生写这套牌匾大有讲究。除古人遵循的"人不夺天, 地不离土, 君不离口, 亲不闭目, 师不掉巾"的书写诀窍外, 从其格式到内容都进行了仔细推敲。同时对何时下笔也按"一三五不论, 二四六分明", 避开"破闭"选择黄道吉日, 才铺纸临笔。而最要体现牌匾文化内涵的是其神祇、匾楣和堂联的意蕴。可谓对其香火牌匾的书写极为慎重, 既对牌位上的对象心生敬畏, 又对张家父子的盛情认真对待, 不能负了读书人的名声。所以十分考究地写下了这套不同凡响的牌匾。

其"弓冶箕裘"指传承先辈的优良传统和事业。出自《礼记·学记》: "良冶之子, 必学为裘; 良弓之子, 必学为箕。"裘与冶, 箕与弓是完全不同的事业, 意为好的子弟在承继父辈事业上善于领悟而触类旁通。弓冶: 旧谓父辈世传之业。箕裘: 指制箕与补裘, 比喻克承父业。这里的"弓"正好契合张府的姓氏, 乃"弓""长"张也。张氏尊重读书人, 求知问学, 就是一"长", 值得学习和发扬, 巧妙地彰显了张家"堂号"的内在含义。而"天地君亲师位"是核心内容, 为中国古代特别是儒家祭天地、祭祖、祭圣贤等民间祭祀的综合对象。其思想发端于《国语》，形成于《荀子》，在西汉思想界和学术界颇为流行，明朝后期以来，敬奉天地君亲师更在民间广为推崇。特别在我国南方供奉香火习俗尤盛。

祭天地源于自然崇拜，中国古代以天为至上，主宰一切，以地配天，化育万物，祭天地有顺服天意，感谢造化之意。祭祀君王源于君是国家的象征，有祈求国泰民安之意。祭亲祭师就是祭祖和尊敬老师了。这几个字体现了中国民众的终极关怀，是传统社会中伦理道德合法性、合理性的依据。在漫漫的历史长河中，由于它的深入人心，对民众的物质生活和精神生活各方面都产生了深远的影响。

因此，它是中国几千年敬天法祖、孝亲顺长、忠君爱国、尊师重教的价值观取向。它成为千万百姓家庭的一道风景，也因此而让人们坚守着一缕香烟不灭的灵魂，繁育着一脉温馨气息的承传。回头想那李春志老人的表现，倒不难理解是一种虔诚的情怀。

有香火，心头就有一团热气，有香火，即有家的念想。心怀天地、家国、亲人、师长，便有了精气神，有了生活的向往。正如唐郑谷所写的"他年洗尘骨，香火愿相依"，宋李石"乞身香火地，日戏老莱衣"一样，吐露了一个思念故土的人想做守香火者的纯朴愿望。而陆游更是"盘餐无宿戒，香火有常程"，喷涌出滚烫热烈的家国情怀，哪怕路上无吃无住，也要向着心中的香火地不断进发。绝不像现实中某些出国深造的"人才"，忘却了归程。

因而，接续香火，承前启后，不断进取，流芳美德，便成了中国民间传统的家道情缘。中国人的思想情怀深处永远供奉着"天地君亲师"。其"上下神祇""左右昭穆"意指天地神明，我们要遵循其道。如：风霜雨晴、阴晴圆缺，都是天体的自然运行，万物都要顺应它，理当敬拜。而从自然中不断总结规律指导人们生存发展的君亲师，是为我所用，亦当敬仰祭祀。这是一种古老的宗法制度，以周天子七庙为例，自始祖之后，左为昭右为穆；父为昭子为穆。以此为序把优良的传统及祖业传承下去，才是我们为人的正统。

这样一来，香火牌位便成了中国民间百姓连天接地、敬人敬师、承上启下的精神纽带，它一头连着源远流长的宗法思想，一头连着守陈出新的未来世界。在我们生存繁衍的潜移默化中，遵循一道天人合一的精神法则，尤其男女老少皆有依香火而修心持家的行为习俗，哪怕是女孩也是香火边上的静居人。如唐张籍在《玉真观》中表述的"院中仙女修香火，不许闲人入看花"是多么的美妙安宁。

20世纪60年代，一部分人认为农村的香火牌子属"四旧"之列，被盲目地毁坏和消灭。所以才有了前面我们所见到的张毓文、张怀龙及张毓亨老师父亲张玉祥各留存原件并镶字于书桌门上的情况。

改革开放以后，人们逐渐从博大精深的中国文化中品读出了"天地君亲师"的深刻内涵，又开始重视这一精神财富了。张毓亨老师遂将珍藏族人手中的牌匾逐字拍照，重新复制了牌匾，并视之为传家宝，向子孙们传教其深厚的渊源。在他的影响下，其堂房叔张玉禄、堂弟张毓文、侄子张林武等亦准备刻匾传承。

如此看，这套香火牌匾除了它本身赋予的含义外，张老师更看重其对于他们家族的特殊意义，一方面它出自清代明经李铭瑛之手，是一代儒学之士的墨迹。另一方面李铭瑛是协助其兄李进士参与"戊戌变法"的改革之士，深受地方人民爱戴。江口"文武庙章程碑"及"平易道路"摩崖石刻，就是他助力教学、服务义渡，寄望百姓美好的写照。这样一个传奇人物留存的文字，在穿越时空130余年后就更弥足珍贵。

追根溯源，悠久的香火文化为中华泱泱古国的文化自信垫足了深厚底气，以此传承遵循，华夏民族必将烟火不灭，精魂永驻。张氏族人的举措，正是中国传统文化在百姓家中的呈现。那香明火旺的景象，仿若一盏古老心灯照耀着我们生息繁衍的远方。

透过祖母的凉棚看风水

　　若说渝东南的苍茫绵邈是步步丹青，那我的"停车坐爱"便是大娄山的奇异隆起。若论乌江画廊的神秘凹凸是藏匿深闺的世外桃源，那我的"乐不思蜀"便是祖母凉棚下的石桥风水。

　　石桥风水，之所以令我痴迷流连，并成为愁肠感慨的"病"根，跟祖母及父母亲的人生苦旅和与之相依为命的故乡情结有关。

　　祖母当年的站位，地处石桥盆地北侧，是大娄山较为雄奇险峻的一段，当地人叫施家坳，为高海拔山乡。每当风和日丽，祖母及娘家人便喜欢沿盆圈而行，浏览山下风光，若天上的仙家们阅读凡界的风物。

　　那时她纤纤腰姿，爽朗俊俏，一会儿站在龙口垭，一会儿又去狮子岩，数着石桥的每一个山头、每一湾流水，对形如坐佛的贾角山，展翅欲飞的山鹰岩，神秘莫测的山王洞，龙走蛇行的芙蓉江，如数家珍。仿佛她是石桥山水的审美大师。

　　石桥，在这里并非狭义的桥梁，而是一个地名化的乡镇辖区。东南偎依彭水，与芙蓉江沿线分割，西接贵州道真高原断裂带，北连武隆所辖的黄莺、江口等乡镇。背靠西北，左右山势若两条巨臂环抱着一个盆子躺在大娄山的腹区。

　　那道断裂分界线纵落近千米，横伸约万米，为一道刀斩斧劈的喀斯特绝壁，系有史以来渝黔两地的行政区划分界线。祖母称它燕子岩，岩体恢宏，若西南巨幕壁立天下。盆中数道山梁自上而下延至湖边，实为断裂带顺势下滑的余脉，若群龙天降，戏水湖周，或饮或卧，或顾或盼，千姿百态，气象万千。

每一条龙都带着丰茂植被下山，灌木、果林、竹丛，生机盎然。尤其原生态的司梨树繁盛，郁郁葱葱，株高林密。每遇春暖花开，锦图漫展，轰轰烈烈，十里芳菲。沿盆而赏，石桥便成了一个美轮美奂的青花瓷盆。盆心有一孤岛，竹绿桃红，有人叫作桃花岛，远观极似群龙戏玩的"珠"儿。

在祖母的心里，石桥柴方水圆，鱼米之乡，是生活的保障。虽然世事多变，曾遭迁徙，但祖母死扭她的"盆子"不放，几经周折来到"盆子"南边的贾角山下。这里正好与她娘家的施家坳形成对望，在坝子边可看见她年轻时出没的狮子岩、龙口垭。见自己还在"盆子"边落脚，便把悬着的心放了下来。

祖母曾去贾角山上的庙宇上过香，南迁时便想起那晨钟暮鼓，日出而作、日落而息的生活愿景，笃定沿着大路走，生死不离"盆"（全面抗战时319国道最大的一条乡镇干线，自江口通向贾角山，为采运铁矿而建，虽然蜿蜒曲折，路面粗糙，但毕竟是石桥盆地里的公路，那时称马路，迁移下乡时祖母便选择马路方便的地方落脚）。相传当年一位得道高僧在山上建庙修行，正是看中贾角山所处的位置，从庙里可俯瞰盆地百态，仿佛坐在天台观宇内苍生，潮起潮落，风云变化，极易领悟佛法，修炼道骨。

祖母文化不高，但似乎识得从凡间烟火到禅境悟道的奥妙，她说站得高，才看得远，行道宽，才走得长。在她的眼里贾角山是佛山，可以保佑她及家人守着芙蓉水乡这个宝盆度平安。而今，庙宇早已拆毁，但凭山而望，的确是观山阅水修炼身心的极地，由于此山四面割裂，孤峰高耸，被世人比作观石桥山水的"瞭望塔"。

祖母凭"塔"眺望，看她喜欢的风景，纾解生活的苦闷和艰辛，跨过了一次又一次艰难的坎。父亲说，她最喜欢看雨后天晴，"盆子"里若隐若现的山峦及升腾的云潮，仿似人间仙境，她走在云中与天人对话，盼天庭，惠风和畅，风光明媚。她还喜欢东升的太阳照在燕子岩上反射的万道金光，她要采撷些来点亮拮据的生活。

读中学时，我捡回一块化石，上边有鱼骨纹理，父亲说鱼化石的产生与大海有关，我们这些地方亿万年前是汪洋大海，后来地壳变动成了陆地。这一说，我心头倒是一震，再看看从贵州发育过来的莽莽高原，的确在此突然峰回路转，戛然而止，山势垂直断裂，疾伏下沉，然后从左顺南向东，又从右顺北向东各呈内弧延伸至东面芙蓉江岸包抄相接，构成一个巨大的天坑。从地理学的角度讲，这是远古造地运动十分明显而又惊天动地的作为。尤其在盆地南侧，一个巨大的圆盘地形，正挨贾角山脚下，酷似无限放大的磨盘，外圆而规则，径约两里，体量住一个农业社还绰绰有余，当地人称磨盘山。应是造地运动剧烈程度的重要表征。

那时仿佛天地轰鸣，山崩地裂，洪流翻卷，磨盘飞旋，石塌泥陷，万马俯冲，渐次形成深约千米，径约五万米的天坑，直到天地停顿，洪流喘息，泥石歇气。再历万年洪荒，才定格成今天的石桥地理。最后万顷洪浪归为一湖碧水，留一缺口顺芙蓉江、乌江流向大海。"磨盘山及鱼化石是地理变迁的铁证"。父亲一句话让我从亿万年前回到了现实。恍若大娄山怀胎亿年，一番天旋地转，诞下了今天的神奇水乡。

20世纪60年代，大兴土法炼钢，人们组成兵团在"盆子"里那几条"龙脊"上伐木运柴，将"盆子"的皮刮掉了一层，露出了许多白森森的石骨，石骨上几乎都有奇形怪状的生物化石。这进一步印证了石桥盆地从海底衍化的特征，但似乎讨厌人们的鲁莽。那一年，西北断崖上的山王洞冒烟了，连下数天大雨，山上乱石轰鸣，恶浪飞滚，石桥一下变成了泥盆子。祖母忙将父亲叫到病床前，叫父亲赶紧回龙口垭去将"调风石"的望阳面转到贾角山这一方来，否则，她活不过灾年。父亲明知是迷信，但为了顺应母亲的话，连夜来回百里，将那"太阳图"转向南面。说也怪，第二天便天气放晴，祖母也下地走路了，最有意思的是，祖母竟真的活过了灾年。

原来，祖母娘家的"调风石"是当地人敬若神明的"宝物"，传说能预兆丰年，"调风石"是高达一米的长方体方碑，下端制成圆轴，安插于一个大小相配的圆孔石座上，碑体有四个面代表东南西北方方面面。平时风调雨顺碑身不得随便转动，若遇山王洞冒烟，得赶紧派人将风神石转向，说能保"盆子"安稳。现在看来，这迷信的物件成了祖母当年难得的精神力量。

传说"盆子"断岩里藏有神秘暗河，是盆地形成的主因，这条暗河与山王洞相通，水量由山王控制，山王的衣服便是那山上的树木，人们伐木后，山王上火冒烟，得用"调风石"给它调风降火。当暗河安宁，数道溪流便长流不断，养着靓丽的石桥盆地及碧如翡翠的芙蓉湖，家乡因此五谷丰登，鱼虾肥美。

快要生我的前三年，各地闹起了饥荒，父亲选"盆子"边的荒地撒上荞子，得了意外收获，祖母和母亲又常去溪沟里弄些鱼回来果腹，使一家人完整度过荒年之困。那些年人们不爱吃鱼，饿慌了才去沟里逮上几条，去掉肠肚码些盐和辣椒粉，串在灶膛上烤食，只觉添了些饱，不是美食。不像现在小鱼小虾一网打尽，烧烤成为时尚。

祖母生平节俭，舍不得浪费一粒粮食一寸布，连多烧一根柴一把草也惜之又惜。当年她见队里毁林开荒，刀耕火种，总是念叨父亲，砍多了，砍多了，她的风景不好看。父亲为了顺从祖母少伤树木，便用泥土筑房居住，可惜泥墙湿重，祖母染了风湿并伤及心脏，于第三个冬季旧疾复发而终。祖母苦了一生，没落得个好吃穿，倒是换了不少角度看石桥盆地，算是了了她的心愿，临终时特要求父亲将她的坟头对准那明崖高耸的垭口，她曾手搭凉棚的地方，她要每天都能看到她的"盆子"。

父亲听从祖母的叮嘱一辈子都在"盆里"抓饭吃，他谢绝了北上闯荡、南下打工的邀约，老老实实待在家乡。从曹家坝种到磨盘山，从茅台坡种到周家坪，把玉米、红薯、土豆见缝插针般地都种出去，落实他的生计和我们的咬文嚼字。

祖母的山水情结，冥冥中兴许影响了我，所以从小放牛弄草，不免要到那些梁梁岭岭的地方指点一下江山，吼上几声干飙，才去完成手上的活计。滚子岭便是我们喊山的熟地，对着贾角山的腹部呼喊，里面便有清晰的回声应出，经常喊的一句便是"哦嗬嗬，牛儿上坡喏！哦嗬嗬，猪草进屋咯！"喊一句出去，话音刚落，山腹便一字不漏地返了回来。喊山有时是兴趣，有时也是有意告诉坡上做活的父母，我们的家务完成了。当然，那时看山看水不得要领，总觉得老没变化，山还是山水还是水，没啥稀奇。倒是觉得祖母说的石桥像个"盆子"，比较形象，有些佩服她老人家的眼光，但没有往深处去想，去读懂祖母"盆子"里的味道。

长大以后，我也在"盆子"里谋营生，渐渐对"盆子"有了新的认识，从石桥的粗线条到细描的山山水水、人文传奇，慢慢品出了祖母"盆子"里的喜怒哀乐和她的企盼与希望，祖母守着"盆子"的秘密，守着生活的一道底线。

那是满足我们基本生存的"盆子"，养育我们的根本保障，这就是祖母选择安营的禅山佛境。其实不止祖母这样想，石桥人都这么想。上溯到盛唐，历经宋、元、明、清的石桥佛教、道教文化明白地告诉了人们"盆子"的灵性，那时的九宫十八庙，在西南少数民族的沧桑生活史中传递的浩浩梵音，至今仍余音绕梁。特别是当年张献忠血洗四川后，遗留下来的苗族、土家族，凭借盆地的禀赋，繁衍孕育了厚实的土苗文化。其"吹叶笛，对山歌，划龙舟，玩龙舞，酿禅酒"等如活化石般闪耀着灿烂的斑斓。

现在看来，盆地植被优良，湖光山色，的确是养人的好地方。四季变幻，景致各异，如诗如画。若遇云雾天气，可见云潮浮动，阳光如针，金辉交映，玉盆生烟，苍茫浩渺，如梦如幻；若遇万里晴空，盆地面目便清晰呈现，喀斯特的纵纹及森林的汗毛，还有村落户舍的轮廓尽收眼底，一览无余。盆中湖泊，蓝天倒映，青山对折，白鹭翩飞，鸳鸯戏水，美不胜收；若遇冬天，雪景从盆沿一圈圈下渗，及至山腰，半身白衫飘絮，半身青裙漾春。如此，可感受春夏秋冬四景。盆底碧绿茵茵，盆腰墨蓝转黄，盆肩至顶则霜红接白，拥抱天女散花。

在祖母看来，这里是她赖以生存的故乡。而集洞穴、桥梁、河流、湖泊众多资源于一体的这片水土，在她当年并没有显现出应有的光芒，人们只想在它的身上发掘出一份温饱，那时的"盆子"难免有些干瘪。如今，"盆子"的宽度和深度远不只这些了，那看得见的山川和那看不见的精神高度还在不断地衍化和升华。这里的百姓聪明勤劳，巧手制作的芙蓉鱼、糍粑、豆花、土鸡菜等远近闻名，正引领各地游客慕名而来。

祖母于我周岁余去世，关于她的音容笑貌及山水情结还是我醒事后从镜框中的发黄照片及父亲的故事中得以定格。我仿佛在她的凉棚处看到大娄山的神来之笔。正如清代诗人翁若梅说："闺藏深山人未识，一朝闻名天下惊。水迎山送入芙蓉，一川游兴画图中。"

古墓寻芳

一、僻地流传奇人事，秋梦揭渊源

秋夜三更，忽醒。遂加外衣于被上驱寒，让暖梦延至拂晓。这时，一声鲜亮的鸡啼把一个完完整整的霍胡子给叫了出来。

困扰我多年的传奇人物——霍胡子其人其事，一直因无史可考而难于面世，岂料一场梦帮了我的大忙。这梦的源头来自渝东南武隆县（现武隆区）石桥乡贾角村土龙桥的一处古墓遗址。

本来梦见死人及坟墓并不稀奇，奇的是梦见了霍胡子。这霍胡子乃是民间的传名，他的真名叫霍世臣，即古墓墓碑上的主人。不知是因为小时候听大人讲过关于霍胡子的故事起了潜移默化的作用，还是梦中合乎情理的推测，让我和距离近两个世纪的他得以清晰相见。

梦里，我与一考古工作者前往土龙桥观大墓，见大墓占地两亩，四周青石相砌，内里海坝相铺，分三台构建，每台石阶相连，承级而上，直至正中主墓坐穴，规模恢宏，气势非凡。

墓主霍世臣正是传说中我们要找的神秘人物，但墓门已被人敲开弄走了，看不见墓志铭。墓附近有一没落的四合院宅子，我们只好走进去找人了解情况。走进院子好似走进了清道光年间的时空。宅子里有一霍姓老者（恐为霍胡子的远房族人）似乎看出我们进门的心思，也不吭声，便从里屋捧出一些葵花籽，又拿出一本书来放在茶几上。那本书极像现代版的《武隆文物志》，我们不约而同地惊奇，那个时候哪会有现代版的《武隆文物志》呢？但我们没有问为什么，便翻开书页看里面的内容，见119页上写着："霍世臣夫妻合葬墓位于石桥乡贾角村杉树坪小组土龙桥。坐西南向北，墓向40度，条石围成长方形封土，石砌双室夫妻合葬墓，三重檐仿石结构，进深3.4米、宽2.4米、高3.7米，弧形顶，上檐下开龛，宽1.03米、高0.58米，中竖刻'皇清待赠显考世臣霍老大人墓·显妣霍母戴氏老孺人之墓'，年款'道光十年'，左右刻双狮，有朝门两道，均高3.1米，宽1.55米，上刻精美的花卉、动物、人物图案12幅，上龛刻'生意宛然'四字。"

那些葵花籽像一堆白日里我们所见所闻的纷乱文字符号，在一边嗑壳一边咀嚼中整理了出来。叫"土龙桥古墓寻芳"。

这里可称渝黔边界的接壤地带，可说林木丰茂，山色清幽，淙淙小溪穿谷而下，漫漫行道沿山而上。几处木瓦民居散布于林坡、土洼之间，宛若天边的富春山居图。可谓大有远离尘世的山水之美。

这样一个非常的清静之地，一个特别的偏僻之地，竟然有如此规模的大墓，有如此古老的宅院，有如此人烟遗迹、如此文明沉淀，实属罕见。行于此，你会觉得不少奇异和有诸多疑问，就像你走入西域的楼兰古国。谁在这里安营扎寨，死后还据守千古？哪来的财富积累，为何将生死托付这深山野箐？

是传说还是美丽的谎言。老者见我们既真诚又有诸多疑惑的眼神，便打破先前的沉默，滔滔不绝地讲述起霍胡子的传说来。

二、路途巧遇龙王爷，一夜得暴富

一日，霍胡子从涪州（古时涪陵称谓）龙望沱赶庙会归来，行至三河口，突见天上黑云压顶，雷声大作，前面一白发老者正待挽裤过河，大雨已倾盆而至，霍胡子赶紧上前将自带的斗笠戴于老者头上，二人相携过河，过河后雷雨渐消，老者因斗笠避雨，身上没被淋着，而霍胡子则湿如汤鸡。老者有些不好意思，遂将斗笠取下还给霍胡子，但霍胡子不肯，说天上仍有小雨，我既已湿了就不在乎再淋雨了。老者见霍胡子一脸真诚甚是感动，赞霍胡子助人为乐，将得好报。霍胡子不以为然，说："换个人也会这样做的，你是老人我帮助你，算是我有这个福分。"老人见霍胡子这么说，也不再说什么，便一同前行，但步伐轻快，堪比年轻人的脚力。说也怪，霍胡子跟着老者走，也觉得比平时要轻松许多，不一会儿便到了沙店子一个分路的地方。老者又要将斗笠取下还与霍胡子，但霍胡子仍坚持说你戴着吧，说不定一会雨又来了，老人只好依了，但分手说了句："你得明日来白龙洞取你斗笠。"

霍胡子回到家后，老婆戴氏问，明明戴了斗笠，何故淋成这样，胡子便将路上的见闻一五一十说了，戴氏便说，那你明日便去取回斗笠，看那老人是否说话算话。第二天霍胡子去了白龙洞，并没见到老人，心想老人家也许忘记了，一个斗笠也算不得什么，何必这么斤斤计较呢，遂打算转身返回。可刚一转身，即见那斗笠就盖在洞口一侧，便取了斗笠准备离开。就在取开斗笠的刹那，霍胡子惊呆了，地上放着一堆白花花的银子，闪着耀眼的亮光。霍胡子瞬间一想，莫非遇到神仙了。传说白龙洞住有白龙王，那老者鹤发童颜，慈眉善目，精神矍铄，兴许就是白龙王了。霍胡子便向洞口施了三鞠躬大礼，以示谢恩。然后，将大脚裤一扎，装上银子回家了。回到家里戴氏见丈夫迈着沉重的脚步翻不过门槛，两只裤管挽得高高的，大腿处却鼓鼓的，像偷了哪家的粮食。当戴氏一脸狐疑地把丈夫扶进屋里，又关上大门后，霍胡子才告知戴氏原委，并索性脱下裤子取出银两。至此，霍胡子便远近闻名，成了当地既有声望又有钱的人了。

其实，翻开当年的历史，土龙桥正处过去的川黔边界，一条运盐通道正从霍胡子家门前路过。日日经过的马帮、力夫，源源不断地分别从贵州的洛龙、道真一带背粮、桐油、药材等运向江口出山，而沿乌江至江口再转运贵州各地的盐、瓷器、布帛又纷至而来。经测算，两边各自出发的运力队伍行程一日，正好歇宿土龙桥。这样一来，霍胡子的住所便是一个食住行的落脚点与起程点，或已是历朝历代互通川黔的重要驿站。如此特殊的地理位置以及其显现的功能和作用，使霍胡子成为最大的受益者，财源自是滚滚而来。而霍胡子又是一个乐善好施的人，如他与龙王爷的际遇便表现出其仁厚有加。可想而知，霍胡子定然会富甲一方。但过去讲究金银不露白，生财得有道。而用一个传说，来掩盖其驿站赚钱的真相也未必不可能。

可无论怎样，不难看出霍胡子是一个生意人，墓柱上有副对联是这样写的："金心玉骨，白手兴家；红腮课读，月路盈门。"他的兴旺靠白手而起，有良好的秉性和道德，心灵和骨子若金子玉石一般纯洁干净。但他虽是生意人，却不忘学习，哪怕月光照到门上，窗户仍亮着红烛，还在勤奋看书或伏案料理事务。

三、生前迷恋风水地，阴阳巧骗财

过去的人把死后的归宿看得极重，霍胡子尤不例外，但他却因此而栽倒在一个阴阳先生的手里。他迷恋风水宝地，欲死后流芳千古、荫庇子孙的想法被一个贪财的阴阳先生揣了心里。这天，一个自称看地先生的人主动走上门来，要给霍胡子看百年归天后的墓地。先生说："到处都看遍了，唯有你家右侧大田湾有一好地，但我不能细说，若说了我就会双目失明。这是师傅的传教，地脉看真了，双眼会瞎掉的。"霍胡子说："请你就要看到好地，若真有那么灵验，我霍胡子自有重赏，并养你一辈子，让你绝无后顾之忧。"阴阳先生又说："这是肯定的，但你要说话算数，赏金得要加倍，同时呢，后半生的生活你也得负责到底，并不得安排我干粗活，只能陪你闲耍或做些轻省事度日。"霍胡子心想家大业大，财帛颇丰，养个把闲人有何可惧，便一一答应了。

　　于是阴阳先生将霍胡子带到大田湾上方，顺手指点起山筋龙脉的动向来，"这里本是土龙聚气之地，看似在地上，实则蓄势穿云，你看它，头向东南静观川地日出，尾藏西北脉通黔州月华，整个龙脉运势时起时伏，绵延千里，前贯酉、秀、黔、彭，后接黔南诸县，一路行来，气贯长虹，脉牵万峰。至此，背靠大娄，伏下身来，明现左青龙，右白虎，暗摆一把大龙椅，已期待千年，正盼福人稳稳坐上。老爷算是吉星高照，遇上发人发财的大福地了。"忽儿又道："哟！你看，你看，那丘大田中央冒起莲花，预示观音临台，大吉大利。"说也怪，恰在阴阳先生带着霍胡子看地时，那田中确实泛起一阵涟漪，状若莲花盛开。霍胡子至此，兴奋异常，并深信自己得到了大好福地。

　　得了好地，霍胡子便请来方圆百里的能工巧匠，为他与戴氏修筑大墓，天天达二三十人干活，将近一公里的青石山成条成块开采下来运至墓地，并以寓示福禄寿禧的花鸟、人物、车马、楼房、亭台、楼阁等图案进行精雕细琢，同时结合他的奋斗历程将其精彩人生编撰成楹联、墓志铭等刻撰于门柱、匾牌之上，力求做到万古千秋、芳名百世。特别是开工那一天，霍胡子杀猪宰羊，专门举行了热闹的开基仪式，远近的朝贺者络绎不绝，纷纷举杯祝霍胡子得神相助，洪福齐天。

　　此时的霍胡子家道处在了巅峰，样样顺意，整日里算是乐人了。接着又是女儿出嫁，传说其前面过礼的人到了江口的马鞍山，后面送亲的队伍还没有离脚，那陪嫁丰富得连押礼先生念数礼单的嗓子都说哑了。世人都艳羡找到霍家的女儿，也算沾光发财啦！

　　但世间事说变就变，霍胡子的女儿从小衣来伸手、饭来张口，到了婆家不会料理家务，生了娃尿片从不洗，一天换一套，日久便坐吃山空，渐次衰落，后来，索性回娘家度日。而那位阴阳先生也待在家里，因为他成了"睁眼瞎"，霍胡子得养他一辈子。是时，鸦片大量输入中国，民力国力衰退。而川黔边界，常因匪患猖獗，闹得盐道不宁。霍胡子的门前出现了门前冷落鞍马稀的景象，加之大墓的修建尚未完工，而家中积存已基本耗尽，家境大不如前。寄生在家的阴阳先生见已无油水可捞，早想寻机离开，便在外大放言语，说他为霍胡子看地看瞎了眼，而霍胡子待不得他，安排他推磨、舂米、干繁重的家务，他不得不离开霍家了。

其实，这阴阳先生装眼瞎已经多时，既怕时间长了败露真相霍胡子怪罪下来，又怕维护阴阳看地瞎眼的咒语失在他的手里，将再难取信于人，便施计脱身。这样一来，既不受人诟病，又保住了阴阳先生的饭碗。只是苦了那霍胡子了，一世乐善好施的美名，竟落得个待不得人的下场。以致后来有人竟说霍胡子就是因为亏了阴阳先生，被先生使了法儿，家道才开始衰败的。

四、世间浮华烟云过，传说仍悠悠

霍胡子好歹用尽全力，终将其大墓工程修建竣工，但通体看，整个外围、朝门、墓台、墓坝规模宏大，而正墓体量却较瘦小，虽亦人物花鸟雕琢精美，却难掩前面排场大、结尾收头小的窘况，极有龙头蛇尾的意思。有人说，这便是霍胡子前兴后衰的有力佐证。

不久，霍胡子去世了，出殡那天抬了七口棺材出去掩埋，霍胡子究竟放在哪口棺材里，这事除了他的儿子外，其他人不得而知。现土龙桥大墓上的碑刻、铭文有霍胡子夫妇关于葬于其间的记载，视为真穴。话说霍胡子为什么死后抬出七口棺材？常言道，瘦死的骆驼比马大，霍胡子哪会不为死后留点钱去阴间享福呢？所以他总怕后人撬动他的墓门，借用障眼法隐去他落穴的真实地点，让那些觊觎财宝的人无从下手。

时过境迁，转眼到了"文化大革命"时期，当地人将霍胡子的四合院拆成了三合头，将占地近两亩地的墓围、墓坝的条石、石块撬回家中做粪池，砌埂子。并将霍胡子夫妇的墓门打开翻找金银财宝。据当地农户说："当年墓坝下面的水田里挖出许多木炭，从墓穴里掏出许多绸缎，那些木炭水浸浸的倒还结实，而绸缎见光后，便很快风化了。"人们没有掏到金银，便猜测霍胡子可能并未埋于其中，那是一假墓也。于是带着传说与向往还在寻找埋金藏银的真迹地。

20世纪80年代，该墓虽残缺不堪，但仍能显现当年的辉煌规模，加上其传奇色彩，遂被列入县级文物保护单位，写入了《武隆文物志》。亦算霍胡子真正载入了流传后世的史册。

刚至21世纪，当地有人于墓地附近犁土，犁铧挂动一块石板，其为诧异和激动，以为犁到了霍胡子藏匿的金银，掀翻石板一看，见约一米大小的四方坑里安放着两坨钟乳石。两石相连能合缝，断定为一整石断裂后形成的两截。石中心有一凸起圆眼，状若龙眼一般。与民间流传霍胡子修墓时不小心将水田上方一石笋敲断有些暗合，说那石笋形如男孩尿器，水从尿眼流出，长年不断，而修墓时弄坏了，是为阴阳所害，所以霍胡子死后，家道便衰败下来。设想当时，霍胡子在阴阳先生的授意下，将这断了的钟乳石给予了虔诚而认真的处理。

还有一种解释，霍胡子使人故意将石头拷包出去埋藏，造成外埋金银的假象，以示修墓财力丰厚，稳定工匠人心。受此启发，龙王爷施财也可能是霍胡子编出来的神话，以垫足大墓工程的修建底气。当然，此一说，看到了霍胡子仁厚之外，还有虚张声势的一面，也算智商超群之人。那阴阳先生的瞎眼，他也早是识透的，只不便吐露而已。

一方山水，养育一方人，武隆这片乡土虽然煌煌历史，但就霍胡子的记载不多。可没有文字记载的地方，不能说没有文化，没有史料可考的地方不能说没有文明，不少以传说、戏词、民谣、民歌等方式流传下来。霍胡子的传奇便算其中一例，梦见霍胡子算不算今后对其土龙桥古墓揭秘的填补，留待人们去求证吧！

此梦清晰，那老者问我记下否，我说我与霍胡子前世有缘，所记若此了。

第二辑　生命如歌

说说扁舟子

扁舟子是秀芹的笔名，说说她，是因为她悄无声息地去了市文联挂职，她的离开令人牵肠挂肚，继而有些空落。

得知她挂职的消息是一个初夏的下午，她牵着小孩，有一些倦容，在芙蓉路的水果摊前买水果，我问她怎么面色不太好，她说得了热感风，才从医院输液回来。并说这段时间很忙，以至于《芙蓉江》第三期未能按时发出。同时又很惋惜地言及，后面的稿子可能加重老董他们的负担了，她得要赶紧收拾行囊去市作协报到。我这才方知她离开在即，便在惊愕之余送上"一路平安"的祝福。

说惊愕也是因这突如其来的信息，我以为她干得很好的，干吗要离开？也许正是因为这一点，她才去了市作协。

《芙蓉江》创刊两周年，编发了14期，是本土文学的一棵年轻树，卷首语是有法主席和秀芹在写。常给读者首开一扇欣欣向荣的"窗户"。因为有法主席较忙，所以更多的时间是秀芹在写。有法的文章自然是大将风范，大刀阔斧，大气磅礴，为压轴之作。秀芹则文如其人，秀气端庄，和和气气，和风细雨，以秀撑大旗。卷首语我是每期必看，就像自觉不自觉的抽烟饮茶一样。秀芹挂职走了，《芙蓉江》似断流一般没有接续出刊，听文联的人说还缺什么东西，也许是缺人吧！我真是空落落的，似乎留恋卷首语那份有滋有味的秀气了。

我与秀芹有过两次交流，那是在她的文联办公室，趁交稿之际便和她聊了起来。我说文学这玩意，我们要讨论它，尚还有些稚嫩。不过一篇或一部好作品是要见其度的，要有其厚度、深度，还要有高度，其实这厚、深、高表面看起来是一个意思，但实际上不是一回事，她说，是、是、是，李老师真有见地，一个劲儿地谦虚，现在想起来，我竟汗颜无比，在她面前说这三个度，我亦是没有把握住度的。

聊天中，我知道她人生起点始于白马山下的车盘乡，一下打破了我视她城里人的印象，油然而生几分特别地敬意。因为车盘几乎是武隆高寒山区的代名词，她是山村里真正飞出的凤凰。秀芹说车盘是她生命的一部分，她在那里生长过、教过书，那里的山山水水、一草一木，那里的乡邻、学生，都与她千丝万缕、魂牵梦萦，这就注定了她的骨子里饱含勤劳、谦和与朴素，造就了她表现出来的恬淡与安静。

在文联她负责《芙蓉江》的约稿、编辑、发书、付稿酬等等事务，她是一个什么都揽着做的人，加上谦虚的性格，总是迎来诸多的事儿，又要追求完美，要打理得有头有序，所以往往压出一身病来，也还不吐一个累字。

转瞬之间，已是仲秋，我又想起最后一次向她交稿的事，那是《关于贾角山的"佛"说》，她说，写法独特，很有乡土味，反映了不同时代家乡的变化。对责任编辑的褒词，我还真有一番劳作之后的慰藉，可惜没有等到它的问世，她便离开了我们朝夕相处的乡土。

秋的出现，难免怀旧，于是作了这些文字，算是对秀芹的念叨吧！不知秀芹此时是否也搭了回望的凉棚，看看那双家乡的眼睛。

护 犊

仲夏的一天，我陪渝西北的几个文友到仙女山草原观光，领略南国牧原的神韵。虽然仙女山海拔两千米左右，但在室外的正午，仍感觉阳光灼灼，热气烤人。

我们坐在电瓶车上沿草原环行，一路上看见许多牛羊与马群，正有滋有味地吃着青草，显得安宁而温馨。途经一个下坡路段，惊奇的一幕发生了。公路上横挡着一匹白马，在它的侧面睡着一个小马驹，看样子产下一周左右。其实，露天的草场太阳正烈，它用身子挡着火辣辣的阳光，让小马驹睡在那阴凉的影子里。开电瓶车的司机不停地按着喇叭，想驱赶母马带小马驹赶快离开，但任凭喇叭怎么按，母马并没有离开的意思，小马驹仍在熟睡。

由于是下坡路，车速快，刹那间，车就抵近母马面前。几乎所有人的嗓子眼都提起来了，女士们已开始尖叫。如果母马不躲开就会被撞上了，但母马只甩了一下尾巴，并用嘴杵了一下小马驹，仍没有离开。长长一声刺耳的刹车声后，车终于停了下来，车头与母马的身体相距不足一米。

这时，牧马人过来了，他将小马驹吆喝起来，母马才跟着离开。这一幕让车上所有的人都惊呆了。母马为了自己的孩子，哪怕危险已降临身边，仍死守在那里。这让我无比震撼，我听过很多动物保护孩子的故事，但从未见过母马如此惊人的护犊场面。

母爱是动物的天性，甚至可延伸为整个生物界的天性，而这种天性看似本能，实际上已上升为精神层面最高的道德情操。

这种天性包含了忘我的奉献，甚至牺牲，正是这种天性、这种大爱无言的传递，才使所有的生命得以延续。而任何生命的起源都是幼小的、脆弱的，就像小马驹，它需要母爱的保护才能安然成长。再如一粒种子，靠母体慢慢耗尽养分，直至"蚕丝吐尽，蜡炬成灰"才破壳出土。

动物、植物和我们人类是相通的，爱的至善至美，爱的伟大深厚，说不尽、道不完。也因为我们从小就接受了这种"天性"的基因，又具备了这种"天性"的本能，母爱、父爱、爱情、友情，各种各样的爱，才永恒地延续、延伸。

文学的母爱，来自我们生活、学习、工作的笔端，来自我们对社会各层面的观察、思考、总结，来自我们的沧桑积累所形成的精神结晶。文学的母爱催生了我们成熟的视觉。

前不久，川渝诗人看武隆，留下了许多优秀篇章，王阿成在他《远处的灯光》中，设定了一盏温暖纯净的灯，照亮着人生的旅途，让我们感到一束春阳般的暖。

赵兴中的《仙女山叙事》，叙出了他对武隆山水的爱，他说："是一个被时间追赶得无处藏身的人，除了仙女，别的人我都来不及爱。"白林在《武隆的山水之间》："将生命的脚步放慢，再放慢，寻找灵魂的归宿。"

华万里把天生三桥说成："是他和她的前生、今生和来生。要在桥上相识、相约、相爱，要在狭窄的地缝成双成对地挤过去，要在隧洞的笛孔、箫孔中钻进去，穿出来。"还要"让芙蓉江的水，倾注他，喜欢他"。

这些散文和诗歌，恰如一汪清泉，一片阳光，无不渗透着深厚的大爱。

白马的母爱与文学的母爱并不抽象，我们不是小马驹，但，是需要文学、需要更多文化元素呵护、补充的"贫乏人"，应大不为过。

我有了女儿

我有了女儿，她来自五年前一次农村留守儿童助学活动，刚到我手上时是一张照片中的小姑娘，皮肤黝黑，眼睛雪亮。

因为这张照片我去了高寒边远山区桐梓镇的鱼子村小学校，当我特别关注她的时候，她那双大眼睛怯生生地打量着我，得知我就是她的帮扶人，她有些惊奇、有些激动，瘦小的身影很快和我拉近了距离，与我合影留念。

小学毕业后，她来到了县城实验中学读书，像山上移栽到城里来的小树苗，要到这"好地方"来吸收营养、阳光。我便间接地充当起了"爸爸"的角色，慢慢地这棵"小树苗"成了我的女儿。

一次，我和"小树苗"说起了李白。"杜甫曾这样评论过李白写的诗，'笔落惊风雨，诗成泣鬼神'。意思是说，李白要是提笔写诗，风雨都惊动了，诗写成之后，连鬼神都感动得哭泣。""那么李白是不是天生就那么聪明？是不是他从小就懂得刻苦学习？"对我的讲述，女儿反问道。我回答女儿："不是的，李白小时候很贪玩，经常逃学。"

我接着告诉她："有一天，李白在逃学的路上，看见一位老妈妈正在磨一根很粗的铁棒，李白很奇怪，不明白老妈妈磨这根铁棒干什么，于是他就走上前很有礼貌地问：'老妈妈，您磨这根铁棒干什么呀？'老妈妈头也不抬，还在一个劲地磨：'我的绣花针丢了，我要把它磨成一根针！'李白一听吓了一跳，说：'这可太不容易了！'老妈妈抬起头来：'铁棒磨成针是不容易，可是时间长了就可以磨成针了。'从铁杵磨成针，李白想到了做学问，只要肯下功夫，再难的事也做得到。只要坚持不懈，持之以恒，自己的学问就一定会有长进和建树。以后，李白再也不逃学了，他每天苦读诗书，终于成了唐朝大名鼎鼎的诗人。"

听着这个故事，女儿闪动着聪慧的眼睛，对我说："爸爸，看来，李白是受了铁棒磨针的启发才发奋读书的，我也跟李白一样感受到了那位磨针老妈妈的不容易，要好好读书。"我说："对的，我的女儿真聪明。"于是女儿蹦蹦跳跳地去读书做作业了。

在帮助她预习完晚唐诗人李商隐写的《夜雨寄北》后，女儿对诗中"君问归期未有期，巴山夜雨涨秋池。何当共剪西窗烛，却话巴山夜雨时"的含义很有感触，从诗人对妻子强烈的相思之情，及那种相见时难别亦难，"春蚕吐丝""蜡炬成灰"般的执着热烈，想到了远在云南打工的父母。我便引导她将诗句改一改，"爹娘归期未有期，乌江明月照心驰。何当共享圆家梦，却话乌江月明时。"这一改，女儿很高兴，道出了她对父母的思念之苦。于是我也一阵心痛，暗道，可怜的孩子，能用我的父爱填补你心中的缺口吗？

有人说女儿要富养，我的女儿却养得节俭和朴素，她很节俭，不讲穿戴，不挑饮食，用水用纸从不浪费，傍晚做作业常拉开窗帘借用城市的夜灯，我常常表扬她，我的幺儿真懂事。但对"借光"行为，每当发现我就警告她"下次不许再拉帘借光了"，她回头莞尔一笑，大眼睛很甜。

我不敢奢望女儿成为蔡文姬、班婕妤、鱼玄机似的人物，但我希望她能用知识改变命运，将来成为她梦中的大树。于是我揽上了她给的读背、默写、听写、作文辅导、作业检查签字等活儿。一学期过了，她的成绩由班上的十几名，跃升到了第一名。我们已初尝收获的喜悦，但女儿并不满足，她的口号是"辛苦六年，幸福一辈子"。

时如穿梭，白驹过隙，一晃女儿已大学毕业，并顺利考进西南片区某附属医院工作，当上了她梦寐以求的医生。看到她实现了从大山到大城市生活的美好愿望，所露出的惬意笑容，我也倍感欣慰，给她竖起了高高的大拇指，说："我的女儿真棒。"

而今，农村多有留守儿童，他们的学业、他们的冷暖和所思所想已不单纯是某一家庭的问题，在繁荣的社会深处，这些聪明美丽的孩子，有着比李商隐更揪心的思念，有着比李白更美好的向往。愿他们的童年、少年、青年和我的女儿一样幸福、快乐！

我的世界外一渡

　　在刚立夏的一场雨后，于袅娜漫幻、清淡缥渺的雾岚间，我放下了所有的芜杂，来到全国最美镇——武隆仙女镇，寻找心中那份清新与纯净、悠然与恬适。

　　和我一样，络绎不绝的游人应着"仙女"的召唤，为着那份牵魂的跨越，纷至而来，走进他们向往的梦境——天生三桥。

　　镇上随处可见清心提神的青山绿林及依山而建的中式民居与欧美情调的建筑群落，在雨过初晴的晨雾里，尤其经典别致、古道热肠，仿若梨花带露，仿若万种风情的女子明眸顾盼，似要把夹在人群中的我，以胜似悠闲的仁者、智者给挑选出来。

　　仙女，是这里的灵魂，天生桥是这里的精神骨架。脚刚触地，便觉身心飘逸，仙气萦绕。

　　传说镇南面山上那尊人形石峰是仙女的化身，她婀娜多姿呈现于云雾缭绕的天际，俨然西方的维纳斯，当地百姓称之七仙女下凡，乐道仙女恋上了山上的英俊小伙，不顾王母娘娘的反对在天生桥上幽会的美妙故事。

　　离镇东约两公里的地方，大约侏罗纪时代，地壳运动裂了一道深刻的缝隙，下部清泉流瀑，顶部埂石相连，连续生成了三座天然石拱桥，跨度分别在二三百米，在世界范围内可谓绝无仅有。便是人们憧憬仙女通达美好的向往之桥。

　　是的，人们来此，是为了通向自己的那份念想，那心中的天国，是一种跨越和抵达。

　　天生三桥的跨越不在此岸到彼岸，而在地表至地心。因此，探入桥底，穿越桥洞，聆听地府的心跳，才是渡者的快乐。

　　当景区的电梯将你从桥面垂直射向桥下后，一座天然石灰岩桥体便在你的步履间陡然展现，只见宽阔空旷的洞孔，险峻的巉岩石壁，奇形怪状的穿井、钟乳石，结成一个巨大的喀斯特石桥横空而来，如皱巴巴的天幕迎头而罩，那气势宛若神龙天降。这便是三桥之首——天龙桥。此刻，所有的感受就是震撼，像有一把大手，稳住你的心跳，否则，你会七魂出窍。

　　透过洞孔穿越空谷，你会觉得山连桥，桥连洞，洞连谷，像一群巨大的镂空立体石雕，从石雕顶部的空隙处，你会看到远处的山峦云彩从外边浓缩进来，天空已收成一个不规则的油饼，亦可看成是一个哲人的脸谱。空谷间的崖壁、绿树、清溪、驿站会边行边扑入眼帘，令你应接不暇，情不自持。一路上，有人会手搭喇叭高呼，听那声音在空谷里回旋，极有小时在河边甩出的飘飘石打出几个水圈的意趣。

　　这时你会发现桥的另一端还连着一个巨大的桥孔向南延展而去，里面透出明晃晃的光线，使整个桥体通透感更加强烈。再观半空，那天龙桥的面目已大半展现云间，它已飞跃而上，绕着朵朵祥云与紫气。

　　下到谷底，一座古驿站便向你迎来，青瓦石墙的四合古院，古色古香，坐落于天龙桥下，别有一番厚重的古气。耳畔仿若响起一串叮叮当当的悦耳铃声和哒哒作响的轻快马蹄，仿若驾着岳飞"好山好水看不足，马蹄催趁月明归"的诗意，迈向千余年前商贾往来的古盐道。来到驿站，你可以要一盏清茶小憩，可以在这里看一看来回复播的《满城尽带黄金甲》及《变形金刚4》等电影，也可以在院坝坐坐那唐朝时候的官车，感受一下古驾的情调。

　　古驿站外是一段小桥流水相伴的幽径，桃花烂漫，溪水潺潺，有如世外桃源，你会触景想到五柳先生咋没发现这方山水！亦会替徐霞客感到遗憾，在他的《徐霞客游记》中留下了某个重要的空白。

　　这样想着，你已进了青龙桥下面，那望而生畏的高度会将你的眼光猛然飙升，你会觉得自己是如何地渺小，好在你的眼力能企及它的项背，这时一只巨大的雄鹰，矗立桥顶，正展翅欲飞。这是青龙桥上的奇景，显然，堪称天下第一鹰，它高昂着头颅，耸着雄健的翅膀，一副傲视苍穹的神态，你会真正体悟到祖国大好河山是何等地精神与俊美，你会觉得自己是何等地庆幸，有如此美丽的国土，有说不尽的家国情怀。同时，你又会抛弃那些还残留的浮躁，那些自以为是的虚妄，因此说，这天生三桥也是你人生的渡桥，它会渡你迈向做人的大情怀、大境界。

猝然，一线水珠，夹着水雾，与阳光交接，形成奇幻的彩虹，从那桥腹中款款散落，那凉爽的水珠儿与那温暖的彩带儿便和你连在了一起，仿佛要你见证天上的七色光与这地府精灵的绝妙融合，仿佛要你回到青春期那些雨中情的味道中来。

这些桥腹滴下的水珠及沿路岩壁见到的瀑布、山泉汇集到一起，形成沟谷的淙淙溪流奔腾而去，给这地心之旅平添一股生机与活力，恰如这地心的心跳与呼吸。看着这上善之水，我向圣洁的精灵深深地鞠了一躬，我想这天生桥的诞生全赖于她啊！试想想这天下奇观，兴许就是这沟谷的溪河日积月累地冲蚀、磨洗而成的。因她才有了这世上壮美的桥群。

尔后，便穿越黑龙桥，照例桥上桥下，景态各异，照例惊叹唏嘘，震撼人心。所不同的是桥顶一如猩猩头形的岩峰，神形兼备，夺人心魄，我与它对视了良久，不得不垂目而去，它那双穿透内腑的眼睛实在犀利。这时你会小结一下，三桥的整体结构，半空中的桥身是桥桥相连，环环相扣，如三条巨龙盘绕，其龙头龙尾，龙臂龙膀，相互交接，相拥成群，形成人们仰视的桥架。而那些鹰及猩猩之类的异峰怪石正是桥架上的神奇点缀。

的确，这天生的桥架是龙的架构，那高高举起的桥体，雄伟的桥身，就像坚不可摧的筋骨，它撑起了仙女山人不屈不挠的精神世界，一种抵御困难与命运抗争的勇气力量，一种朴实与坚韧的性格特征。

因此说，这天生三桥是气韵非凡，气势飞天，摄人心魂的桥；是自然恩赐，传奇无限，吉祥如意的桥。是仙女山人的精神之骨。

天生桥的姑娘美若天仙，心灵手巧，尤其她们热情好客又勤劳贤惠，在镇上开有各种档次的餐馆、酒店、农家乐。清香四溢的仙女羊肉、仙女烧鸡、仙女豆花等美食，比比皆是，在行桥前后供你随心挑选。

当夜空悬出一轮干干净净的满月，你已在静谧的山谷中聆听源自人性与自然交融的天籁之音，它便是战国时就流行的巴山呼喊——川江号子。当那震颤山川的人文音魂排山倒海般响起，你会重新审视山里人的文明母语，并油然而生你对沧桑生命的敬畏。

这时，你兴许会随着张艺谋、王朝歌等人拍出的《印象武隆》，诠释穿透生命的川江之歌，借那山外的盐、布帛、瓷器，那山里的茶叶、药材，迈向历史的云烟。你会进一步地升华对天生三桥的跨越，你才真正地感受此行的夜色有多旷远渺寥，有多幸福安泰。

我掂了掂那已架在天生桥上的月光，它是多么光明与鲜亮，多么静穆与圆润。她仿佛给了我一只温暖的手，牵我在此世外一渡。

南行记

一、南行缘由

人到中年，愈发想要向南走走。之前，本就有过筹划，皆因时间吝啬及琐事缠身，无法如愿，以致拖至今年国庆才得以成行。

向南走走，主因不在于南方的山水迤逦，也不在于其他地方都已去过，得向南找个平衡。而是因祖根在南，在福建的安溪，想去寻一寻，才是多年未解的心结。

说到祖根，得先说我的入渝老祖——李光壊。以下便称光壊公。《酉阳直隶州志》载有《李公去思碑序》，其中道："公名光壊，号壊卿，福建安溪人。相国文贞公光地之从弟。少承家学，研穷六经，旁及阴阳律吕、孙吴韬略、金石医卜之书。康熙癸巳登乡荐，世所称少溪先生者也。乾隆丁巳任彭水。其课士、劝农、行水诸大政具载《县志》。戊辰金川之役，公以经生自请，参谋戎务，忠信果敢，深入贼险，番夷震服。前制军策公奇其才，以治行军功首荐天子晋守酉阳，时庚午十一月也。"

老祖离开酉阳时，《碑序》如是说："前刺史少溪李公之告归也，于乾隆丙子闽蜀万里，阅八年，癸未三月始克挈家以行，年七十矣。"

百姓评价："酉之士庶无论智愚、黄童、白叟皆敬公如神明，亲公如父祖，积二十余年如一日。故未去而民不忍舍，既去而民不能忘也。公谢政之后，囊橐萧然，艰难归计，弹琴咏歌，著书自娱。其行也，携花数本，石数丛叢，采溪崖之枯桐，斫数十琴以归。留宅一区，在治西南玉柱之阳，石桥之右。垂柳数行，竹石森秀。后千百年，过其庐者指曰：此少溪先生之堂，当与贾谊之井、庾信之居、宗炳之宅并垂不朽矣。"

以上文字，将光埰公的来龙去脉作了梗概性的描述，我编撰家谱时，曾以此开篇。光埰公，康熙癸巳（1713）年中举，乾隆丁巳年（1737）任彭水县令，戊辰年（1748）平金川之役有功，庚午年（1750）十一月升任酉阳州刺史，丙子年（1756）谢任，癸未年（1763）三月携家离开酉阳。自彭水任县令13年，到酉阳任刺史6年，谢任后生活8年，累积在渝（当时称蜀）27年。后来，在安溪老族谱中得知其生于康熙甲戌年（1694）二月十九日，卒于乾隆辛卯年（1771）十一月初八日。终年78岁。

但说光埰公70岁离开酉阳，个人返回了闽南老家，有着许多问题待解，为什么70岁了还要返闽，闽南老家可有记载求证此事？《碑序》已经言明，光埰公携家离开了酉阳，但未直接说明去向，后来在光绪版《彭水县志》得知，其子孙家于彭。家人传说，他谢任后，囊中羞涩，不能将家眷带回，返乡途中，见彭水郁山形胜，遂将家小安顿于此，仅只身回闽，嘱其日后来接，但一去便无音讯。想当年，万里迢迢，且信息闭塞，如此七旬老人要踏万水千山，回到祖地，是何等地艰辛，是什么样的力量，在召唤他的归心。

所以本次南行，光埰公的七十回归求证及与他有关的古琴研究皆是兴趣之列，因此，寻根问祖及探究光埰公的下落亦算闲游中的心事。

二、认祖归宗

是的，就此一行，我已准备多年，当然，没有考虑要衣锦还乡，要为先祖争得颜面，得打拼个人生的光鲜。但又细想下来，要此一行还真得筹备许多又放下许多。见今年仲秋，天时、地利、人和，便与家人商议回南探祖，于国庆长假，提前三日带妻儿同行。

一路在想，光塽公赴任时是怎么由闽去的西阳，返闽时又是如何回去的，这万水千山之隔，那真是行路难呀！从导航上看高速路推荐距离达1600公里，1763年他只身返回，沿途走的旱路还是水路，该如何去测算距离，若按现在导航距离的五倍进行推算，应是8000公里左右，若如《碑序》所言"阅闽蜀万里之行"，按七旬老人日行50公里计算，他得行近半年，这是何等浩大的行路工程。

我们的车在东南山川、平坝、丘陵地带飞跃，那笔直的高速路将一个个区县、乡镇及村庄甩在后面。我心想，那个身背古琴、头扎纶巾的布衫老祖，如何在此山彼水间，此村彼落里，亦步亦趋地行进，或许踏着晨露，或许披着暮色，风餐露宿，日夜兼程。若时光倒流，我们能将他扶进车里多好！

到了安溪湖头镇，很快便与李氏宗亲理事会成员取得联系，在一个看似四面环山，一条溪流穿城，楼房密集的古镇上，我们见到了日思夜盼的祖籍地及宗亲族人。由于已近黄昏，来不及休整，便先去拜了李氏家庙——亦是大清明相李光地的祖祠。《碑序》中说我老祖为光地之从弟，即为李光地之堂弟。也因此，光地公与我老祖同一祖父，细数下来，我算是他的第九代堂侄世孙。因此，到他那里上香作揖，算是拜了先祖，又尤其他是李氏门庭最光宗耀祖的人，所以拜他亦觉荣光并沾了高尚的祖气。家庙的辉煌、庄严及古色古香没及细看，便被族亲催促先赴晚宴。当晚，与李氏宗亲理事会成员共聚一堂，畅叙相隔250年才得以相认的祖根情怀。理事会会长李应溪先生也百忙中端上酒杯前来贺酒三巡。

第二日，认认真真地参观了李氏家庙，这里陈列了李氏数代列祖列宗，在副会长李清黎的带领下，我们为祖宗们焚香敬礼，以表游子回家的礼数。然后，去看了我老家祖屋，这是300

年前的建筑，有土木瓦房二间。其排窗及人字梁上的雕花仍清晰可见，呈现出别样的古色古香。我老祖光壎公就诞生于此，并从此离闽传我重庆支系。厅堂上还横悬清康熙五十四年八月初七日，康熙帝所赐匾额——"方重淳深"，匾额下挂着我先祖——李日呈的画像。画像上记着："李日呈（1639—1728），字省甫，号白轩，李日燝（李光地之父）弟。康熙十四年，与李光地共同研讨平耿精忠方案，蜡丸密封送康熙帝，康熙十八年进京，奏《平海五策》，权福建水师总统。为人磊落和易，兼擅书画诗文。康熙赐'方重淳深'匾以褒其功。"

我率妻儿十分虔诚地上香叩拜，虽相隔10代，虽流落异乡200多年，且已成为地道的重庆人，但当踏进祖屋，面对画像叫了一声"先祖，你漂泊他乡的子孙回来看你了"的时候，不免热泪盈眶。我之前辈们曾代代叮嘱，先世闽籍，有机会一定要回去寻根认祖。这下，完成了先祖的遗愿，自己也觉得灵魂得到了安放。祖屋的温暖还在，祖宗的眼神还看着我们。

老祖屋堪比一棵老树，还见同宗同族枝繁叶茂，其乐融融，热热闹闹。老祖的灵魂却像一盏灯塔，照着各支各系的漂泊与回归，我们便是其中的枝枝叶叶及鸟儿聚散。现老祖屋及李氏家庙分别列了县市、国家级文物保护单位。因此，以李光地为代表的光地文化氛围十分浓厚。我们在族人的带领下，参观了李光地故居——旧衙、新衙及贤良祠，还去了山上的佛家、道家文化胜地——泰山岩、三平观。

三、喜得琴谱

我本不懂古琴，无法于琴说事，但《碑序》中有写"琴"一笔。如"公谢政之后，囊橐萧然，艰难归计，弹琴咏歌，著书自娱。其行也，携花数本，石数丛丛，采溪崖之枯桐，斫数十琴以归"。说明老祖是一个懂琴之人，谢政之后喜好弹琴，且有著述。特别在归去之际，仍不忘采溪涯之枯桐，制琴而行，因此，得在这次寻祖中了解他的琴事。

岂料，老家人李和顺、李玉成、李学渊等正在本族宗亲理事会的组织下编修族谱，负责编修工作的黄良才老师，主动谈起光埰公所著的《兰田馆琴谱》及《乐由》，给了我一个意外的惊喜。难道其"著书自娱"就是所著的《兰田馆琴谱》及尚未找到的《乐由》？黄老师特送了我一本《兰田馆琴谱》翻印本。我简直高兴难表，不是吗？能看到老祖200多年前的文脉，聆听时空中的悠悠琴音，岂不是后辈子孙的万幸？

《兰田馆琴谱》，光埰公编撰于1755年，该谱形成了很好的古琴体系，江西文氏绿榕山馆曾得另本抄存，后归南京市图书馆收藏。它在中国古琴史上占有重要地位。吴婧的《古琴"胡笳"曲研究》及李禹贤的《八闽琴史略》中皆有定论。此谱的"绿榕山馆抄本"李鹏传序中称："（李光埰）盖公车南北数十年间深得莲舟马龙文诸国师亲指授，故指法能臻堂奥而得三昧，一时言琴学者，皆仰为安溪宗派。"《兰田馆琴谱》未曾刊印，近收入《琴曲集成》第十六卷。此谱的一大特色，是对制琴、调弦、指法及所载谱曲，均一一言明传承的琴谱体系，为琴史研究提供了许多线索，因此《琴曲集成·据本提要》中对此谱评价甚高。另《福建通志》中言李光埰"著《乐由》若干卷"。但其《乐由》，至今查找无果，恐已失传。

以前，对光埰公了解甚少，得了良才先生给的《琴谱》后，我粗略看了一遍，虽大多看不懂，但透过《琴谱》，看到了光埰公的人生忧乐。在《渔樵问答》中见《兰田馆琴谱》歌词有语："论古今有许多英雄，为卿为相，定伯匡王，成灵气焰，四海漾荣光，至今都已成空，尽成空。繁华凋谢，竟与草茅微贱同。荣枯胜败，显晦兴亡，时移势改，落花随水去也任流东。追思往哲，何如把钓严公，高节清风。王质得遇神仙，至今仰芳踪。世事竟如何，世事竟如何，竟如何兮竟如何。"

"看那古往今来皆幻梦，百岁光阴过隙驹，莫问是和非。蜡社相携，杯酒足欢娱。乐我渔樵，笑弄烟霞，俯仰又何求。"

　　然而世间又有多少人能深入他的古琴世界呢？之所以他要回闽，还在于要找到懂琴之人，或许有这方面的知音，但也一样地窘迫，不能将他的著述付梓，亦不能帮助他接回异乡的家眷。那个时候光地公、日呈先祖都早已逝去，湖头的境况，也许就如"繁华凋谢，竟与草茅微贱同。荣枯胜败，显晦兴亡，时移势改，落花随水去也任流东。"所以他感叹"世事竟如何，竟如何兮竟如何"。

　　最后，"乐我渔樵，笑弄烟霞，俯仰又何求。"可见老祖已是无己、无功、无名，忘却物我，似"乘天地之正，御六气之辨，以游于无穷"般，驰骋于他的琴声世界。人要做到这一点，实属不易，那种"笑弄烟霞，俯仰又何求"的无为情怀及精神高地，兴许只有走近他，走入他悠远的琴声才能抵达。那是他内心深处的幽幽溪谷，浩渺云涯，及其修漫漫的闽蜀路。不过这里也恰恰反映出了他的忧与无奈。

　　另外，族亲李玉成还给了我两册《李光地手稿》翻印本，为李光地治政修身的墨宝，于我而言，甚是贵重，得慢慢品读。

四、沿途见闻

　　当然，此次行走已是身心放松，南方的山水名胜也得走走看看。一方面感受祖宗"闽蜀万里行"之艰辛壮阔，另一方面，阅阅大自然的风水，也感受一下老祖宗琴声里所表达的"山兮自苍苍，水兮自茫茫。渔樵之乐，盖在乎山水之间"的意趣，但沿途景色虽好，却总有一些悬心吊胆、惊心动魄的事发生。

　　去张家界，人还未到景区，外围已见繁杂，各种应接不暇的散客接待公司，招客揽客，显得不亦乐乎。一会从过路门站窜出要求搭乘的野导游，一会又从景区门口冒出兜售门票的票贩子，他们有着弹簧一般的利舌，热情得几乎令人晕眩。

　　不能不说张家界，堪称人间仙境，我们从山下到山上，又从山上到山下，对这片神奇界域进行审视。最有印象的还是金鞭溪，那些或方或圆的石柱，与天竞高，那些莠树良木，与峰竞长，如天下苍生的向上之志，穿越空谷，直指凌云。一直伴在脚边的溪流，清澈透底，鱼儿穿梭，淙淙行流于丛林沟谷之间。沿路行着南来北往的红男绿女，间有野猴嬉戏，鸟语花香。一座直条条的方形石峰高逾千丈，矗于溪谷北岸，崖壁约见丹色，俨如一支高举的金鞭，金鞭溪遂此得名。时间在这儿放慢，我与家人边行边坐，流连于放慢的时光中，阳光与我们同挤于这山谷丛林间，就冲一个"幽"字而来，一个放慢红尘的步履而来。

但张家界外围的那些食摊食店着实不敢恭维。那称为"三下锅"的美食，仅一大碗儿而已，价格130元。

到了厦门，已见国庆的热度，到处人山人海，本想去鼓浪屿看看，说那里可去金门，气候好还可以远眺台湾。湖头人说，还有许多亲人去了那边，可以用望远镜在那里望望。望岛思人倒是延伸之意，了解这有名的海滨之景才是正题。可惜，我们到时已没了上岛屿的票，票贩子拿着高价票，不知是真是假。所以便选择环游鼓浪屿的夜景游，夜景之美，也算不虚此行。但下船吃晚饭，却添了心堵。

因乘船观景，顺延了晚餐，到晚九时许才去寻找川味馆，结果去了一家西北拉面馆。在那里我们见到了这样一幕：正在用餐之际，忽听啪啦一记耳光脆响，并伴碗筷碰撞飞落竹筷之声，随即一小女孩大哭出声。我们都循声望去，只见小女孩4岁左右，口鼻流血，侧边坐着一位30出头的男人，目怒凶光，操着浙江话，厉言吼道："不要哭啦。"这时，我们才注意到他的对面一个50多岁的老阿姨带着一个男孩和一个女孩在吃拉面，我们身后一个与老阿姨年纪相当的精瘦男人，带着一个女孩也在吃拉面。那老男人见年轻男子将女孩打得血流不止，便向他吼了两句，似在责怪年轻男子不该出手太重，那流血的小女孩边哭边叫了句"我要回家"，似普通话（川话），然后边说边跑到老男人身边，那老男人将女孩抱起，并用手摩擦额头，似可以止血一般。同时，那年轻男子更见气恼，对那小女孩又拖着浙腔厉声吆喝："不要哭哇！"

我们无不惊讶并暗忖，这三个衣裤晦旧的大人怎的带四个小孩，着装不齐，头发蓬乱，二至五岁不等，挨打的小女孩大致是因一碗面条要分成四份，嫌太少。与我相对而坐的儿子，几乎正对这几个人，轻轻说了句："莫是人贩子哟！"一旁的妻子立即"嘘"了声，示意不要乱猜，免得惹来麻烦。随即，我们向老板付了钱出门。但边走边生出许多疑窦，觉得儿子的猜测不无道理。我们所住酒店距拉面馆很近，很快便回到了酒店，刚落座，儿子说："我们应该救这几个小孩。"由于没有把握确定自己的判断，我有些犹豫。突然，我醒悟过来，那孩子不是叫了一声"我要回家"吗？分明她的语音与那三个大人的口音不同，我们立即折返，并想好了应对的办法，叫儿子远一点录视频，我尾随着看他们住哪里，然后将嫌疑情况报告当地公安机关。但返回去时，这几个人已没了踪影。忙问拉面店老板，他往巷里一指，我们火速追了进去。那时，街道上仍行人众多，我们在人群中搜寻，盼望立即发现目标，并懊恼当时没有反应过来。在一个岔道，我和妻子走一路，儿子走一路，意图分路寻找，提高效率。

结果都扑了空，回到拉面馆，我们向老板说起刚才的情形，可老板不认为是人贩子，他说那三个大人的口音是浙江人，小孩的口音不同，是因为现在的孩子上学或进幼儿园从小便说普通话。但我们说，三个大人与这四个小孩应该是什么关系，尤其那年轻男子的行为不像对待自己的孩子，那老板又说他们若是人贩子应该不会这么大胆，这与我们的判断完全背道而驰。我们只好返回歇息，但内心添着堵，一直不安到深夜才勉强睡去。

到了永定土楼，见到了那有近300年历史，用泥土筑成的且颇具科技含量的人类巢穴。它们有方有圆，高大宏伟，规模甚巨，坐落于一条溪流两旁，游人如蚁，从这座土楼进又从那座

63

土楼出，门庭若市，热闹非凡，着实令我们为之一震。

到了桂林，去看阳朔漓江，不知不觉，后面就跟了一个中年妇女，不厌其烦地邀我们乘坐她家的现代竹筏浏览漓江，说景区窗口售票120元一张，她的竹筏只需90元一张。后来，我们上了她家的竹筏，在细雨纷飞中看了桂林山水。

城内"某三姐啤酒鱼"，说是绝顶美食，168元一斤，车还未靠稳，招呼的小姐便生拉活扯地把我们推上了楼。出门，既是逍遥游，住好吃好，本是初衷，所以我们有时也顺应这种招迎，只待上菜或进了屋子后才连呼又上当了，但一路下来，已适应这些路数。

出门在外，又能怎样？尘世间，没有陷阱，可能吗？只不知当年光堎公，在路上遇没遇过类似的陷阱或有更甚的强盗、歹人，他那时年迈体弱，可经受得起路途的风雨？哪像我们年富力强，尤其是儿子眼快，识得一些江湖奥妙，便及时提升了防范意识。如：那人实际是个托儿，假装在买药或工艺品；那保安安排上车的导游实际设着一个圈套等我们去钻。

五、人生释怀

老祖屋流传下来的人，被称为六房人，六房下来的李扁、李金福、李金回等与我重庆支系同传于日呈公，因此，见面后分外亲热，他们算起来与我同辈，于是哥弟相称。他们慈眉善目，心性耿介，过着朴素而恬淡的生活。金福兄年近70，头发花白，他当过村主任，现有三个儿子皆在外打工，处小康水平。金回弟依姐创业，走南闯北，家道颇丰，算是代表性的人物。李扁沉默寡言，慈祥可敬，他说他已做了太爷爷。席间，我曾问过，光堎公远行如何选择行走的路线。李玉成说，浙江族人回乡，传说要带上18双草鞋出门，老祖光堎公也应如此，不过，他应该是旱路水路结合。当年，安溪湖头镇向西北行旱路至江西后，可于鄱阳湖乘船沿长江而上，再进乌江至彭水赴西。可那时的船没有机动能力，上行较慢，光堎公仍有可能选择旱路而行，当然，若是回闽是否先乘船至江西，再起旱路行呢？只能是猜测而已。李和顺关于光堎公回闽谈了看法，在乾隆甲午年（1774）版老族谱中有"公生康熙甲戌年二月二十九日，卒乾隆辛卯年十一月初八，享年七十有八"的记载，如果他没有返回，老家族谱是不可能知晓他的终老之日的。老族谱的终卒年月可以佐证他回了湖头，但缺点是没有他的墓穴记载，老族谱中光堎公兄弟皆有此载录。

离开湖头时，我还想去祖屋看看的，但又怕再去打扰族人，便恋恋不舍而去。

至于大清明相李光地，最后也回到了老家，死后葬于安溪湖头相邻的蓬莱新林。由此想，叶落归根为人情感之归宿，光地公也不例外。另外，过去异地做官的人，按当时的制度是否在谢任以后，便该返回原籍，包括他的子孙。既然光地公谢任后回到了湖头老家，那么光堎公何以执意回闽，便不难解释。他本该谢任后即返回的，但苦于无钱上路，一直拖到谢任后8年才得以离酉。当时的家眷户籍应随他回归安溪湖头镇，但"囊橐萧然，艰难归计"，无法满足家人回归的要求，所以个人南行实为无奈之举。

后来的家眷户籍，一直到我曾祖父李铭熙（光绪十六年进士）这一代（从堎公算起已是第六代）还是彭水县的附生民籍，曾因户籍问题差一点被取消县考资格。铭熙公的乡试朱卷上有"李铭熙，字连江，号佐卿，行道光己酉年二月初三日吉日生，四川直隶酉阳州彭水县附生民籍，原籍福建泉州府安溪县，现居甘棠乡太平场。"的记录。这一切，对于今天的官员来说，做到刺史无钱携眷回家，实在令人难以置信。

在李金德的讲解中，我了解了光地公所践行的清廉为官、踏实做人的人生哲学及家训文化，在其与金福、李扁等人的交流中，也不难看出他们自力更生、自立自强、从不乞求他人的施舍、不慕虚荣、不贪便宜、与世无争、自得其乐的人格秉性。

因此，李氏的自强不息，积德行善，已形成一种家族文化。而李光地的清廉治政思想更成为国家及社会的精神标杆。

受这种家族文化的熏陶及读书人从小接受的"四书五经"影响，光埰公的清廉为官便是自然，而清廉导致的拮据也是自然。而他的回归情愫又是读书人、为官人、漂泊人的自然。他相隔闽蜀万里做官，是朝廷的差遣，亦是古人读书求仕追求人生价值的体现，但他的目的并不想漂泊异乡，最终他想到的还是叶落归根，与家人团聚。可以说他谢任后在酉阳待的8年时间里，虽乐山水之悠，抱琴而歌，但无时无刻不在想着回家。

可无情的现实不能让他如愿，只能以琴度日，倾吐沧桑。尤其解甲归田后，难免家国忧患，因而用琴托志，以琴抒怀，实在是情理之中。其所编撰的《兰田馆琴谱》推算应正是他卸任之际，潜心研究编撰的结果，未能付梓，亦同样因财力问题。所以他一直寻机回闽，应说还冲着他的《兰田馆琴谱》及《乐由》的付印，他要把他对中国古琴研究的心血，传扬后世。可惜，他没有能如愿。而今天正是凭这琴谱出现于江西文氏绿榕山馆另本抄存的依据，进一步证明他是返回了闽南的。

祖宗有灵，我的耳边又响起袅袅琴音：论古今有许多英雄，为卿为相，定伯匡王，成灵气焰，四海漾荣光，至今都已成空，尽成空。繁华凋谢，竟与草茅微贱同。荣枯胜败，显晦兴亡，时移势改，落花随水去也任流东。

但愿我祖安息！他的回乡路，我们走了，他的琴谱已载入了史册。

古琴余音

一、古琴悠悠，春秋茫茫

人到中年，关于做了些什么，要到哪里去，已有基本定论。落个淡泊自是安然。回头一看，岁月悠悠，心生感慨，便想去找一找自己的源头，这就像一条河流要到大海了，回首望一望故乡，思念那喂养的乳头在哪儿。

迷惘中，我看到一把古琴，它悬挂在遥远的天国，像一把钥匙打开了我的返祖之门。那里有宁静的家园，有踮着脚尖的祖先。

在《酉阳州志·李公去思碑序》里，有这样一段文字："公名光墺，号墺卿，福建安溪人。相国文贞公光地之从弟。少承家学，研穷六经，旁及阴阳律吕、孙吴韬略、金石医卜之书。康熙癸巳登乡荐，世所称少溪先生者也。乾隆丁巳任彭水。其课士、劝农、行水诸大政具载《县志》。戊辰金川之役，公以经生自请，参谋戎务，忠信果敢，深入贼险，番夷震服。前制军策公奇其才，以治行军功首荐天子晋守酉阳，时庚午十一月也。公谢政之后，囊橐萧然，艰难归计，弹琴咏歌，著书自娱。其行也，携花数本，石数丛叢，采溪崖之枯桐，斫数十琴以归。留宅一区，在治西南玉柱之阳，石桥之右。垂柳数行，竹石森秀。后千百年，过其庐者指曰：此少溪先生之堂，当与贾谊之井、庾信之居、宗炳之宅并垂不朽矣。"

序文远不只这点文字，诸如："酉阳新设经始者，馆陶耿公继任者，视事未久。公承耿公之后，一以经术润饰。亲历山泽，相度水源，招徕远近，柞栿斯拔，如锣鼓洞、苦草坪、甕岩、楠木茶条诸箐，蒲海坝、水碧河、水溪口诸堰，皆公开辟区画，向之深林密筱、洞穴严嵝一变而为田庐井舍矣。余尝于案牍中见公指画山形，穷源竟委，了如指掌，服公明敏。余初下车，过村塾，见几上古本《大学》《周礼》《尔雅》辨识难字，曰李公之教也。公教士，一以惇行为先，课文以先正为法。一字、一句、一名、一物必曰是出某经，是出某史。汉唐人经义，取诸腹笥，如数家珍。权衡度数，不差累黍。西阳文教初敷，其俊秀者近知经学矣。公天性醇悫和易，亮直率属。听政、谳狱、决囚、闲居、接物一本至诚，视民痛苦如身之疚。尝下至民舍以疗民病，以故，西之士庶无论智愚、黄童、白叟皆敬公如神明，亲公如父祖，积二十余年如一日"等内容，我进行了摘抄，只点了一个梗概，目的是要说说那把古琴。

序中之公，为我入蜀老祖李光塈。早些年探寻过他回闽的由头，只当是一个叶落归根、思乡心切便一笔带过，未曾在一个"琴"字上思考，后来见到了《兰田馆琴谱》，方知光塈公系中国十大古琴谱的奠基人之一，又返回来看碑文的记载，才让我大吃一惊，塈公归家的落脚点，远不止叶落归根那么简单，一个异乡刺史的清廉世界随着古琴的袅袅余音徐徐展开。

其实，于古琴而言，我当它是圣物。它仿佛居于高处，太过遥远，若烟海里的一颗星星。

曾在影视里见过古人伏案奏琴之态，其声悠扬婉转，古朴激昂，时而春风流云，时而万马奔腾，时而江河行水，时而暴风骤雨，时而阳春白雪，时而秋叶漫卷，或急或缓，或紧或慢，或疏或密，或高或低，弹弹拨拨，点点击击，抹抹划划，颤颤停停，张弛有度，收放自如，人入琴中，意随弦动，摇头晃脑，如痴如醉，无不心潮翻涌，情节起伏，无不感怀宕荡，愁肠百结，直至余音绕梁，胸意释怀。

这些感觉也只是臆测多多，从未亲眼见过古琴弹奏，个中音色自是无法体会。也许这东西自古就在高雅之堂，少人企及，特别近代，已是知音寥寥。然现代文化兴盛，古琴开始走下神坛，走入民间，相关音乐学院或民间乐器培训班有了古琴复活的萌动。但于我仍然遥远，我已不可能坐进去操练那份雅致了。

然而无意间，这极富高雅，而堂奥深深的千古乐器，却鬼使神差般触动了"我从何处来"的哲学命题。

二、人生淡泊，琴心自甘

烟云漫漫，1762年，酉阳玉柱峰下的西溪河畔，一个年近七旬的老人，正在与当地的农人采集枯桐，并试验他新制的古琴。他用打着老茧的手指在琴弦上拨弄了几下，又顺势一抹，琴声萦萦绕梁，慢慢消失在空中。那悠悠滑落的琴调仿佛又把他带回到闽南老家——福建安溪的湖头镇。仰望南方一阵阵叹息，掐指算着归家的日子。没有什么好准备，他心爱的古琴得多做一些。刚做完第九把，也是他最满意的一把，他便拨弄了一下，感觉音色不错，然后在琴的棱骨上刻下了"壬午年李光墺制"的记录。又用纸条写下"龙潭桐，西溪梓，合日琴，清乾隆李光墺制"16个小字，并将纸条折叠放入琴盒后，才装入那准备回家用的古琴箱子。

这是入川老祖李光墺卸任后，在囊袋萧然艰难归计时的真实写照，不难看出光墺公爱琴，胜过一切，他最后的心血耗在古琴里了。他为什么要这么做，他想用古琴，帮助他渡过回家的难关吗？

回归，于古人来说，是异乡漂泊后，返归故里的终极情结。墺公自不例外，而他喜琴，常把"月有阴晴圆缺，人有悲欢离合"的离愁别绪表达在他的琴调之中。除了他本身自小爱好古琴这门艺术外，更重要的是他的心血和情感完全融入其中，特别是他晚年的心声最后托付给了古琴。这中间最主要的缘由还是他的无奈，他一生清廉，晚景窘迫，无计归家。"三年清知府十万雪花银"与他形成了鲜明的对比。但他还在做最后的努力，他要用自身的能力来解决归计问题。而他唯一能利用的资源就是他的《兰田馆琴谱》及《乐由》等著述，也许它们可搭建他返乡的桥梁。

旧时，著书立说，主要还是官方渠道，个人出书应为少数，而官方渠道出书，一看官府财力，二看出书类型。稿费也因时代不同多寡不论，总体较为低廉，部分官方出书甚至不给费用。个人出书往往为儒家三不朽，出于立言而为，多为文学造诣高、家道丰厚的人能实现这一步。其个人著文稿费亦称润笔费，高低并无标准，往往因作者名气及写作量而定。埈公的琴谱既属文学艺术类又属学习指导类的工具书，个人出书没钱、官方出书无门。再说西南蛮夷这些地方，有多少人懂琴呢？本来地方财力单薄，加上他本人的清廉个性，会去求谁来出书呢，他想到了老家，老家兄弟族人多啊，或许能帮助他完成夙愿。

光埈公归计定下来后，把家眷安顿在彭水郁山镇，并叮嘱凑足盘缠后再来接回家人。然后，带着他的古琴及琴谱等物返回了闽南。

李禹贤在《琴曲集成》中这样描述：康熙年间，闽南安溪出现了以李光埈为代表的"安溪琴派"，李著有《兰田馆琴谱》。此谱的"绿榕山馆抄本"李鹏抟序中称："（李光埈）盖公车南北数十年间深得莲舟马龙文诸国师亲指授，故指法能臻堂奥而得三昧，一时言琴学者，皆仰为安溪宗派。"《兰田馆琴谱》未曾刊印，近收入《琴曲集成》第十六卷。此谱对所载谱曲均言明传承，在《琴曲集成·据本提要》中评价甚高。并说："李光埈的出现表明康乾时闽南一带古琴的发达。如《泉州府志》提到乾隆年间晋江黄大临就以琴名一方，其后又有黄维硅，字俞特，号执轩，晋江安平人……尤精于琴，工佩兰调，又自号佩兰……代父贾，往来吴越、粤齐间，遍交名士，尝训诸子曰：'贾非吾志也，吾岂世之贾监，往往接攫溪藏，衰心昏知。故托于琴，溶砭而涤荡之。方吾鼓琴，踌躇满志，不知天地高下，形骸有无，况区区盈绌多寡。有知吾琴心者，贾可以。'"

梁溪若在《岭南琴谱〈蔗湖琴谱〉及其与〈古冈遗谱〉的渊源与传承关系》中提到《兰田馆琴谱》的编者乃李光塽，所录"鸥鹭忘机"为钱塘项尹周传谱。并诠释"海鸥忘机"其实就是"鸥鹭忘机"的别称。早在康熙四十一年（1702）岭南琴人云志高编撰的《蓼怀堂琴谱》（1702年于广州刊印）中就有"海鸥忘机"一曲，这一列"鸥鹭忘机"以《松风阁琴谱》（1677）、《蓼怀堂琴谱》（1702）、《兰田馆琴谱》（1755）、《琴学轫端》（1828）、《悟雪山房琴谱》（1836）为代表。可以说云志高先生对岭南琴学的弘扬及《蓼怀堂琴谱》的传世为日后岭南派的产生及发展奠定了一定的基础。所以《蔗湖琴谱》上"鸥鹭忘机"一曲用"海鸥忘机"此名，也就不难理解了。

"鸥鹭忘机"又名"忘机""忘机引""鸥鹭""海鸥忘机"，相传为南宋琴家刘志方所作。乐曲系表现"海翁忘机，鸥鹭不飞"的内容，亦有"自甘恬淡，与世无争"的意境。曲名最早见录于明初朱权所修订的《太古遗音》（1413）卷五"古琴曲调名·商意"上，作"忘机"。而曲谱则最早见录于《神奇秘谱》（1425）。

以上内容反映了光塽公回闽后对古琴的宣传推广及影响。至少他回去后广收门徒，办起了古琴培训班。但其中一语《兰田馆琴谱》未曾付梓，指未能将他的心血刊印出来。他选择了用授学的方式传播古琴艺术，这或许是他最后的追求和寄托。也因此终未能帮助家人归闽！他一生背井离乡，为官清廉，洁身自好，为大清朝治理而奋斗，终落得一把古琴，两地魂牵。

三、渔樵寄情，笑弄烟霞

奇怪的是，此门艺术没有在家人中流传下来。

回过头来看，塽公清正一身，生活艰辛，没有财力支持是古琴艺术未能下传的主要原因。事实上，精神决定于物质，没有良好的物质条件做支撑，谁对古琴有兴趣呢？

古琴是一门高雅的艺术，埌公本人阅历丰富、精神境界很高，他以琴寄情，思乡思亲，十分正常，但子孙们要去奔忙生计，哪有闲心坐下来操练古琴，所以此物未得流传下来亦在情理之中。

《兰田馆琴谱》为光埌公丙子年（1755）所著，共分了八个部分：

第一部分：

问乾坤古往今来，任桑田沧海悠悠。阳乌月兔，飞鸟难留。天高地下，渺渺虚舟。总寄身寥廓。何虑何忧。光阴如水东流，渔人樵子，不识有王侯。信乎渔人樵子，不识有王侯。这江山与我度春秋。

第二部分：

否泰难期，山林湖海，渔樵活计，尔与我两相依。惟有此山林湖海，渔樵活计，尔与我两相依，须富贵何为。渔兮，樵兮，一丘一壑，朝斯暮斯。樵采薪于山之巅，渔垂钓于水之滨。樵所志兮常在樵，渔所志兮常在渔。渔樵相遇两相问曰，渔之乐，其乐何如。樵之乐，其乐又何如。

第三部分：

试看那山水，乐趣何多，云岭与那烟波。丝纶斤斧作生涯，世事休管蹉跎。渔樵之乐，其乐又如何，指山水相与笑呵呵。叹人生功名富贵，朝成夕败，有命自天。总不如，总不如安分忘机，无荣无辱，乐趣在云巅与那烟波。相逢箕踞，相逢箕踞，拍掌浩歌，浩浩歌。江山风月，这便是我安乐窝。

第四部分：

晓起带月行，披星卧月眠。撒网也，扁舟系水滨，风静波平。伐木也，持斧入深林，雾散烟晴。终日安然，得鱼负薪。摧枯拉朽，巨口细鳞，卖与市中人。

第五部分：

花开叶落，不知世界，不记春秋。桃源流水，何处更那深幽。独坐那矶头，远岫层峦踏遍，力倦且休，此外又何求，此外又何求。又何求兮，又何求，任他野草闲花满地愁。暑往寒来春复秋，白发乱飕飕。青山绿水，相对话绸缪，乐以忘忧。婆娑岁月，尔我尽悠悠。

第六部分：

论古今有许多英雄，为卿为相，定伯匡王，成灵气焰，四海漾荣光，至今都已成空，尽成空。繁华凋谢，竟与草茅微贱同。荣枯胜败，显晦兴亡，时移势改，落花随水去也任流东。追思往哲，何如把钓严公，高节清风。王质得遇神仙，至今仰芳踪。世事竟如何，世事竟如何，竟如何兮竟如何。看那古往今来皆幻梦，百岁光阴过隙驹，莫问是和非。蜡社相携，杯酒足欢娱。乐我渔樵，笑弄烟霞，俯仰又何求。

第七部分：

今朝会遇聚谈日影移，明日重逢阴晴又未知，且随天时。惟有渔人樵子最便宜。

第八部分：

山兮自苍苍，水兮自茫茫。渔樵之乐，盖在乎山水之间。

吴婧在《古琴"胡笳"曲研究》中提及《兰田馆琴谱》是以《五知斋琴谱》为代表的琴谱，是《大胡笳》《胡笳十八拍》的重要谱本。该谱编撰于1755年，形成了很好的古琴体系，江西文氏绿榕山馆曾得另本抄存，后归南京市图书馆收藏。它在中国古琴史上占有重要地位。吴婧的《古琴"胡笳"曲研究》及李禹贤的《八闽琴史略》中皆有定论。此谱的"绿榕山馆抄本"李鹏抟序中称：《兰田馆琴谱》的一大特色，是对制琴、调弦、指法及所载谱曲，均一一言明传承的琴谱体系，为琴史研究提供了许多线索。另《福建通志》中言李光垹"著《乐由》若干卷"。但未找到下落，恐已失传。

四、余音袅袅，光焰绕梁

2017年5月，一个叫"一叶春秋"的网友通过手机搜索加我的微信，言及发现光垹公古琴一事，如一石击水，涌起我久不平静的波澜。

一天，春秋先生说他："朋友手上有关于光墩公的古琴，过两天即可发照片过来看。"我说："好，谢谢春秋先生！""不过，这么多年了（270年左右），光墩公的古琴还留存于世？怕不是真的吧。"我这样回复春秋先生。春秋先生说："照片发过来，你看一下就知道了。"过了三天，照片发过来了，三张图片，每张图片从全样到局部反映了一把并不起眼的古琴，木制，外刷生漆，没有琴弦，没有具体尺寸，推测长90厘米，宽25厘米，厚八九厘米。图片总体较小，放大了十分模糊，但仔细辨认，隐约可见"李光墩制"字样。

一把简陋的古琴，令人万分兴奋，不敢相信是真的，但又不敢否认是假的，便一边与春秋先生进行微信交流，一边与福建老家黄良才、李世成等先生了解情况，探索那边有关光墩公古琴的传说及修谱过程中收集的古琴情况。但反馈的信息都是"不清楚""不可能""不会是真的"。

约一周后，自然谈到古琴的价格问题，我要春秋先生说明古琴的来龙去脉，如何知道这把古琴，又如何知道我与这把古琴的关系。春秋先生说这把古琴是他朋友用真金白银买的，大约购于新中国成立前夕，说我于近年（2015）回闽寻过祖根，因此与古琴有关。这些说辞好似既有又无，显得简单含糊。达不到我期望的真实要求。

又过了一两天，春秋先生晒出了9个字，即"龙潭桐、西溪梓、合日琴"。我又问他龙潭、西溪指哪里，并打电话到酉阳求证，当地有没有西溪地名。春秋先生说是指湖头镇的龙潭和西溪，从这一点看出春秋先生并不了解古琴的出生地。而酉阳也没有西溪之说。但这把古琴却开始深深吸引着我，我想那不是西溪而是西溪啊！它的身份应该有很大的真实成分。虽然如此，春秋先生尚无法了解到这些，我依然用十分怀疑的口气与他闲聊。

对方开了800万元的价！这的确让我始料未及，心想若是真的，800万元也是天价，我哪能望其项背，假的当然就是一场骗局了。从网上搜索现代古琴不过一万左右就能买一把，如此天价惊人，唯恐受骗。但我仍要求进一步了解古琴身份，并约面见古琴，当面商讨价格。而对方在此时中断了信息，且将原微信中的一些历史信息全部删掉，并将"一叶春秋"改成了"三叶春秋"。显然，对方怕我查阅他的个人身份，这把古琴若是真的，他的来源应有诸多谜团，持有人一定不便公开出售，若是假的他不想成为被我识破的骗子。

回头清理了一下微信资料，手机反映：2017年5月15日（星期一）上午9：15，对方（一叶春秋），地区：安哥拉，马兰热，用腾讯公司微信号，通过搜索手机号添加我微信搭上关系，微信号为：wxidrmsmw6rkdt44××，5月21日（星期日）10：09，最后一条信息发出后，对方拒绝收我信息了。之后，将个人相册转的一些信息全部删除，下午3时左右，其微信名改为"三叶春秋"。

这人是谁呢？要到重庆腾讯公司去查询才可能有收获。但是我心思却绞缠在了福建那边。记得从福建那边回来后，一个姓陈的老人曾找我询问过光埌公的古琴信息，好似打听《乐由》下落一般，由于普通话不佳，且对方年纪较大，未能多交流，也没有留下任何有价值的信息。回想起这点蛛丝马迹，又打电话去了解此人，他却说对古琴毫不了解，又问黄良才，黄说了解这个人，已八十多岁，原工作于供销社，因为对《南音》（估计是闽南音乐的简称）有过研究，所以泉州一个姓庄的人曾向他打听过《琴理由》（乐由）的事，而陈姓老人对古琴并没有研究，应该不知情，其人只爱好二胡，因而料定他手里没有这把古琴。而给陈姓老人提供我回安溪信息的人是李和顺，已于2016年过世了，可惜了这位老人，我们见过面，很谦逊，有长者风范。

古琴的线索似乎就这样中断了，但老祖的为官一生，举两袖清风而无法归家的写照，仍然久久不能淡去，他的人生也像一曲古谱，在时空里悠悠回响。

和平中学与西南特支

　　在重庆武隆有这么一所象征红色革命遗迹的中学旧址，人们称它为和平中学旧址。它位于重庆市武隆区平桥镇和平路40号，现武隆区平桥镇人民政府办公楼旁。

　　今天，我们就来看看它极不平凡的创办经历，和它作为当年西南特支第一个地下党组织活动场所特殊身份的历史风貌。

　　和平中学原为文庙，又叫文昌宫，建于清同治十年（1871），坐南朝北，占地面积约500平方米，两层木质四合院结构，内有正堂、戏楼、厢房、魁星楼（已拆除），雕梁画栋，十分古雅。一直是晚清、民国时期供奉文昌帝君及孔子的庙宇。抗战结束后，在进步民主人士的推动下，将其创办为和平中学。1949年2月中共武隆（平桥）特支在此成立并开展地下革命工作，与国民党反动政府进行斗争，为迎接大西南解放做前期积极准备。

　　揭开中共武隆党史，和平中学的诞生，主要源于中国共产党地下活动的开展。1946年初，时任中共涪陵城关区委书记的李树尧、进步人士王朴等，利用游泽培的赔款在平桥文庙创建和平中学，聘高新亚、罗承烈、陈道恒、李树尧、刘忠礼、马天一、陈席儒、王朴等为校董，推选高新亚为董事长、罗承烈为副董事长、王朴为校长。提整师资，图治教学，发展革命力量。

　　1946年秋，和平中学开始招收第一期学生，步入教学轨道。之后，部分共产党员以和平中学教师身份作掩护从事地下工作，为新中国培养了大批地下干部和进步人士。诸如王朴、徐炽煊、王远恒、何心源等。

王朴当属和平中学的主要奠基人，他出生在武隆平桥的一个地主家庭，8岁时，其父亲被涪陵旧官府敲诈勒索致死。因而从小对贪官污吏深恶痛绝，并积极求学，接触新思想、新科学，启蒙民主精神，激发爱国热情。

1936年，王朴开办教育用品消费合作社，在涪陵、武隆发展会员，广泛宣传、介绍《新华日报》等革命书刊。之后，王朴参加中国农村经济研究会，成为"中农会"会员，开始接受马列主义理论和共产主义思想。

1943年，王朴回到武隆平桥，相约200余名开明士绅联名向四川省政府控告国民党伪县长游泽培横征暴敛，贪污贿赂行为。在得到诸多省参议员的支持后，游泽培受到撤职处理，并退出赃款800万元（旧币）。王朴力排众议，利用这笔钱创办了"和平中学"，并出任校长。后来，王朴经李树尧介绍加入中国共产党，积极投身党的地下工作。

1948年8月，四川华蓥山地区武装起义相继失败，川东地下党组织除川南工委、南涪工委和铜梁、长寿、荣昌等少数县委及黔北党组织完整外，其余大部分遭到巨大破坏。1949年2月，华蓥山纵队第七支队政治部副主任张正祥起义失败后，受中共南涪工委副书记刘渝明安排，转移来到武隆平桥和平中学，正式成立中共武隆（平桥）特支，代号"中三区"。

中共武隆（平桥）特支成立后，由张正祥任书记，隶属中共南涪工委，由刘渝明直接领导，下辖和平中学直属两个党小组（支部），兼管中共"五乡"边区区委（后为武隆鸭江片区）和涪陵梓里乡小区。从此，和平中学成为川东地下党组织的一个重要据点，建立迎接解放大西南的交通线。

西南特支利用和平中学身份的掩护，承担起传播知识、传播思想、传播真理的历史使命，培养了一大批有志青年，成为以后解放战争中的中坚力量，为武隆及南川、涪陵周边地区的解放做出了积极贡献。这期间和平中学办学三年半，共招生6个

77

班，计200余人。

新中国成立后，和平中学为武隆县（现武隆区）平桥区工所驻地，直至20世纪80年代。2009年12月15日经重庆市人民政府批准，确定为重庆市文物保护单位。

现平桥镇正致力于将和平中学旧址打造为爱国主义教育基地。我们希望它容光焕发，永葆康健，为武隆的历史文化、革命党史文化添砖加瓦，绽放异彩。

第三辑

山水绵邈

从麻啄岩的"脚"往上看

　　龙年二月，我奉命采写县域西南片区自然及人文景点，为出版《武隆山水印象》画册出一份绵薄之力。主办单位要求在短期内完成所分景点的文字说明，接到任务后，我便马不停蹄地行动。而偏远的麻啄岩便是要去的第一站。

　　起初，我认为麻啄岩是一座小山岩而已，当我在它的"裙摆"下旋了一圈后，才知只看到了它的一只"脚"。虽然只此一部分，却让我神魂颠倒，尤其是这阳春白雪的麻啄岩，从"脚"往上看，那是多么迷人。

　　越野车在山路上蜿蜒而行，一路的雪景，一路的宁静，让你觉得进入了浩瀚的大山。顺着山脚盘旋向上，我们来到了铁矿乡红宝村罗光碧家的门前。见一面望不到顶的林坡从我的脚边呈30度～40度的角斜向铺了上去直与天接，雪茫茫的一片分不清山与天的交接点。

　　身后，十来处农舍于林海雪原边依山择地而居，青瓦木房，竹木掩映，每家房上几乎都缭绕着淡淡的炊烟。继而鸡犬相闻，打破山村的宁静。田土时坡时湾，镶嵌于山峰林海之隙，正见两三农人耕犁于融化的雪地间，渐次传来转犁的山歌之声，平添了些寒春的农作生机。这些概貌宛如一面冷美却不失妖娆的白发女性脸谱，呈现在我们的面前。田土便是那张玉脸，白发便是那白雪皑皑的林坡。

　　"因大雪封山车不能上行，先在这儿歇息。"头扎围巾、腰系围裙的罗光碧，正站在门前的路边招呼我们停车。她身形敦实，满脸红润，是红宝村的村支书，对我们的到来显得特别亲热。我们称着"罗大姐"进了她的暖屋，围着"北京炉"大家谈起了麻啄岩。她的故事便从麻啄岩的脚上展开。

这次对麻啄岩的采写，无法上山——体验，材料来源主要建立在与当地群众访谈的基础之上，他们在那里土生土长，对麻啄岩的每一块皮肤，每一次脉动都弄得清清楚楚。因此，我的笔记本便紧贴"北京炉"感受起麻啄岩的呼吸来。

麻啄岩位于渝东南武隆县（现武隆区）铁矿乡境内，紧靠武隆西南部的赵银山、大佛岩，并与贵州道真县、重庆南川县（现南川区）接壤。海拔约两千米，山高林密，植被繁茂，动植物种类繁多，堪比武隆白马山生物基因库。麻啄岩距县城约八十公里，是武隆县（现武隆区）继白马山原始森林第二大原生态林区，环境幽深，景色迷人。

这里原始生态面积近三百平方公里，山峦叠嶂、林海浩瀚。随着海拔差异，以及河谷、山地地形气候的不同，出现有亚热带常绿阔叶林、落叶阔叶林、针叶林、温带植物，以及互相交混的植被类型。年平均气温12摄氏度～14摄氏度。植物种类繁多，仅高等植物就有1000多种。最为珍稀的是银杉，植物学界曾认为，冰川时代曾经生长在地球上的银杉植物，除了在德国还保留两块化石标本外，已在世界上绝迹，因而被誉为"活化矿"。麻啄岩林区里还栖息着600多种珍稀野生动物，有金钱豹、野羊、青猴、麝、飞虎、狸、兔、鸟类、鱼类等。还有娃娃鱼、半边鱼、各类青蛙等有趣的动物。其名贵中药材有：天麻、黄芩、重楼、虫草（红色）、猕猴桃等500余种。每年夏秋全国各地的中草药医生及药商便云集麻啄岩采药及交易。

麻啄岩景点繁多，传说神秘。山上有奇峰绝壁，林海风光，山中有绿地湖，有传说中的金子洞、穆桂英练兵场、跑马场等，山下有大洞河河谷、石田风光、暗河鱼泉，景色奇异，引人入胜。关于绿地湖，处麻啄岩中部，为20世纪70年代人工造湖。因长年水清见底，呈碧水一潭，被当地百姓称为绿地湖。这里海拔一千余米，属武隆县（现武隆区）继山虎关水库第二人工湖。库容面积约三百亩，四周青山林密，鸟兽活跃。那石田据说规模不小，有二百余平方米，共十二块，状如山村水田，呈梯级排列，实系水中的碳酸钙沉积物日积月累所致，与云南香格里拉白水台的仙人遗田应属同类。传说有十二条龙曾在此洗澡、嬉戏，故当地人又称龙田沟，并传每块田从下到上代表十二个月，如果哪块石田干枯，就预示着那月无雨，百姓们用此来当晴雨表，合理安排农事。属西南峡谷罕见之景。那暗河鱼泉，当地人也称喊鱼泉，灵气活现，实属稀奇。在大洞河到石梯田之间有一地冒水泉，小碗口粗细，对泉呼喊，便见鱼儿涌出，据传当地常有人喊鱼食用。现偶见喊鱼成功，但鱼儿很小，想必是上游河谷有暗河相通，小鱼潜入闻声受惊而出。

罗光碧还说，听她爷爷讲述，大清年间黔州下来一位姓湛的老人上山采药，发现了金色的梯子，并沿梯进入一个洞中，见洞内有金色柱子、金色的桌子，老人看到洞内金碧辉煌，所有东西全是金子所造，无比惊奇。在老人万分激动之余，见天色已晚不能久留，便将去路一一作了标记，心想来日去采。回家后湛老人立即组织众人前去探寻，结果一路上只见标记，不见金色的梯子，也再没有找到那个满是金子的洞穴。众人皆认为是老人眼花看错了，便返回作罢，再没有人去理睬寻找金子的事了。20世纪70年代，当地百姓见麻啄岩上空常有飞机盘旋，便传出该山勘查出了金矿，还说在山上立了三脚架。

更为神奇的是，在麻啄岩的南面山地上，地貌平缓开阔，有近万亩草场铺展，一望无际，为西南山部地区罕见。一块宽敞的跑马场遗址，长约二百米、宽约一百米，占地约两万平方米，传说是穆桂英与杨宗保的练兵之地，用于讨伐住在鸡尾山上的羌王寨，现存有马槽、八角寨等石器、石门等。中国古代的巾帼英雄穆桂英据史料记载生于河北、山西等地（具体地点不详），生前的主要活动地点在北方抗辽，怎么这一带的人辈辈代代传说穆、杨在此练兵呢？当地还有个地方名叫穆杨沟，说的也是穆桂英、杨宗保在那里生产生活、囤积粮草，并操练兵马讨伐羌王的事，说得有名有姓，实在奇巧异常。

"大炼钢铁"的"战火"当年烧到了全国的每一个角落，然而麻啄岩有幸处于"火"的边缘地带，森林植被得以保全。它对当地慈善的人们，给予巨大的回报，为各种动植物提供着旺盛的生存乐园。茂密的森林用它们的身躯挡住西北面的暴风，用脚紧紧地抓住每一粒沙石与泥土，留住了每一滴雨露与流水，使乌江支流石梁河绿得晶莹剔透，柔情万般；用强大的林木之肺不断叠加负氧离子，生产出武隆山区最清新的空气。

这里美妙的自然景观、神奇的民间传说，令人倾倒和陶醉。此山藏金子？此地是穆桂英、杨宗保的练兵场？石田能预兆气候，暗河鱼泉能流出鱼来？谁来揭开她神秘的面纱，谁来考证那些祖辈的传说？麻啄岩张开热情的双臂，请那些向往大西南美景的人来审题作答吧！

初探山王洞

"白玉坝、三条江，有水无粮闹灾荒，山王菩萨借谷子，不打摆子不生疮。"这是石桥香龙人过去祭祀山王洞的几句顺口溜。当地最年长的金学万老人说是祖传下来的，具体起源，他也说不清。

意思是很多年前，当地出现过一次严重的水患，大面积闹粮荒，灾民生疮患病，死亡无数。这时山王洞里的山王显灵治理水怪，使得风调雨顺，谷物丰登，百姓们得以度灾复元。之后，香龙人便年年到山王洞烧香祈福，求山王菩萨永远保佑他们。

带着这样的古怪传说，我们组织了一个九人"探险队"，决定利用端午节阳光明媚的天气，一探山王洞的神秘。

一

山王洞，地处黔渝高原、盆地断裂分界线上，地势险要、交通不便，除石桥本地人偶尔在云层中一睹那绝崖之上的芳容外，外界可谓鲜为人知。正是因为其险要，让知晓和靠近它的人很少，才保持着它的处女之身。因此，它算是藏在深闺中的秘密境地。

我们的车辆从石桥的白龙洞分路上山后，便颠颠簸簸行于又陡又窄的村路。沿路繁茂的植被，远山水墨的云烟，跟着在车窗外抖动，但丝毫不减我们一路的欢快与愉悦。充当向导的春林兄开的是一个无前驱的越野车，曾两次陷入稀泥中，通过反复折腾，终于上到山岩脚下。

大家进入一农户家中小憩，村民刘朝发告诉我们已踏入香龙村回龙堡地界。山王洞还需要前行，但高岩绝壁的气势已迎面而来，端着村民递过来的茶水，环顾四周，山下一片朦胧，芙蓉湖只依稀可辨，此时已龟缩成了一个小小的水塘。

面山而望，一匹绝岩左右绵延横亘约三十里后再折返而下形成包抄山势，状若一把硕大的座椅，靠在贵州大岩口至燕子岩东南边界线上，全石桥的村社及芙蓉湖区均安坐其椅子内的盆地中。山的右侧突显一神似雄鹰的岩体，呈直立飞天之势，其神形兼备，直叫人拍案叫绝。当地人称山鹰岩，极具标志性景观。山王洞居于山鹰岩左侧那最高处的绝壁下端，暂时只见白崖森森，云雾混淆，还看不见那时隐时现的洞眼。

已年过七十的刘朝发老人讲，山王洞是当地人的气象指南，根据它在夏季冒出烟雾的形态，可知当年的雨水情况，有句谚语叫"烟起罩子，干死耗子"。农人们便据此调节庄稼的种植。还说"大四清"那年，他与吴汉云、金学万等三人为集体找水源，曾寻到山王洞下，准备了木梯攀缘，但攀了一半便腿脚发软就和吴退了下来，只有金学万不怕眼花，用竹竿绑木钩挂于洞口的岩枫树桩上才扭上了洞去，此后，再无人进山王洞。金学万说里面宽得很，有人工修的寨子，还有几口水塘，他打起马灯走了很长时间，见越往里走风越大，怕把马灯吹熄了，便没敢继续探洞。

虽然听起来进洞艰险，但有寨子、有水塘、有风吹，更觉神奇，更坚定了我们探险的决心。

又走走停停地行了十来分钟，我们终于把车弄到了袁世昌的坝子边，决定步行探洞。这时已是下午三点，袁世昌与张正书相邻，都居于绝岩脚下，但从未探过洞，听我们要去爬山王洞，也兴趣倍增，放下手中的活要和我们一同前往。原来，春林兄与他们有亲戚关系，一招呼便拿了砍柴刀走在最前面。

其实，探险队的原班人员已有三人因路况原因中途而返，此时又补充了两名新队员，总算队伍整齐。从时间看，已见太阳偏西，从准备的设备看，只有两把砍柴弯刀，再结合刘朝发老人的讲述，我们实际上并不具备探洞的条件。不过大家的热情甚浓，哪怕能到洞下面感受一下也心甘情愿。

二

从张正书的房后面沿柴山路拐行而上，路越走越峭，荆棘丛生，攀爬甚难。翻上山坳进入了一段稍平缓的地带，大家便累得气喘吁吁，汗流浃背。稍事休息后，又继续穿林而上。正要钻入一片灌木丛，有两名本来兴致勃勃的"队员"开始动摇了，便掉在后面不肯前行。但两位向导却用刀在前面卖力开路，不断鼓励大家抓岩而进。正在倍感艰难时，从树缝中已能隐约看见洞口的大概，大家便又情绪高涨起来。

抬眼仰望，那洞口直令人心跳加速，既震撼又顿觉羞赧。这是每个人第一眼的感受。洞口立生崖壁，呈标准的椭圆形，洞下口长着一撮灌木，远看神似毛须，让人平添了许多想象。张正书说了个像什么来着，虽有些不雅但毕竟说出了心里话，大家竟异口同声地赞同。春林兄把洞形拿来和芙蓉洞中的生命之缘相匹配，更是觉得珠联璧合，妙不可言。但民间没有将洞冠以它名，而是取名山王洞，我想山王或许是个女的吧，那栩栩如生的洞形，仿佛在证明这一点。后来，查了资料，见山王菩萨也称为地藏王，为印度婆罗门教之女，还正应了我的判断。可见山王洞曾经的取名人是何等地高超。我们不敢有邪念，更不敢有亵渎之心，大家不约而同地虔诚起来，商讨如何快速靠近洞口。

面对神奇的洞形，队员们个个精神陡增，抓树根，扭藤条，抠石碗碗，眨眼就翻上了两个岩屯。后面两个人一直没有跟上，打手机询问才知他们已知难而下，可惜他们没有看见洞形的风采，我们本来已经被荆棘划破手臂，倒为他们遗憾起来。

转眼间，面前出现一个岩穴，似有烟熏火燎的痕迹，张正书说这里原放有一个烧香石，是专门敬山王菩萨用的，他采药时，曾见过这儿塑有菩萨塑像，后来被人毁掉了。为了赶路，大家来不及细究，只得继续攀登。张正书是当地的采药高手，今天在开路当中，已采到当归、穿心莲各一株，再联想到他晒在坝子边的金银花，我不禁对这位已年近五旬的"土医生"肃然起敬。由于当地离医院较远，村民有个三病两痛，全靠他土诊土治解决问题。

我们爬坡、抓壁、跪坎、躬登，做出了各种攀缘姿势，终于到达了洞口下方的一条岩线上。朝上一看，我们已登临绝壁之根，将头尽力后仰亦看不见岩顶，忽然，一只山鹰从山王洞右上方约三百米高的阡穴中飞射半空、盘旋惊叫，宛若金庸笔下的金雕长啸，凄厉绝崖。随即山王洞中密密麻麻的燕子亦倾巢而出，盘旋乱舞，叫声连连。一时间，鹰燕和鸣，声震山野，气氛骤然紧张。显然，大家的出现已惊扰了这里的生灵，它们相互传递信息，告诫同类警觉。而此时的我们，已顾不得鹰燕所带来的惊异气氛，先坐下来喘气歇息。

俯瞰山下，朦胧的森林融入花青色依依稀稀一片，与夕阳余晖交织在一起，别有一番苍茫、浩渺景象，恰如谢灵运的诗，"林壑敛暝色，云霞收夕霏"。远处的村庄、山头、湖水全沉到了山谷底部，小得似些泥丸、水点一般。观地形全貌，我们已处"椅子"的靠背上。一会儿，燕子入洞归巢，山鹰也停止了鸣叫，山崖才又归于平静。

大家开始讨论下山还是进洞的问题，时间已近下午五时，都认为今天进洞的条件不成熟，但多数人的好奇心占了上风。眼看洞口就在头上方十多米的地方，已近在咫尺，伸手可触，不上去，总觉前功可惜，两位村民也很有决心，提出了只要能设法进洞即可，下不了山就在洞中过夜的设想。

于是，大家分头行动，袁世昌砍树搭云梯，张正书割藤绑梯步，其余人帮忙打杂，快速协作起来。砍树时，山鹰又飞出鸣叫，而且是两只互和，盘旋上空，继而又是燕子大量飞出乱舞。

三

身处绝壁扎梯绝非易事，张正书与袁世昌轮流操作，一步步往上捆扎云梯，大家正在紧张地劳作，下边的树林突然冒出一个人来，原来是张正书的小儿子，竟循着我们走过的印子也爬了上来。张正书只说了句："跶起两片鞋也不怕摔倒。"但绑扎葛藤的手一点也没有停息，儿子却说："你们来看稀奇，我也想。"见此情形，一行人都佩服起小伙子的灵敏快捷劲儿来。

在春林兄的鼓励下，用两棵树木、几节横条扎成的云梯终于附壁而架。由于岩壁上长有一个天生的石鼻眼，为固定云梯起了关键作用，使云梯有了几分结实感。但云梯长度有限，尚够不着洞口下方的树丛，得用一根带钩的木条辅助才有望爬上去。大家用力抻了几下，觉得可以上扭成功，便火速借梯攀壁。事后，大家对这个石鼻眼做了充分肯定，认为是山王菩萨为大家准备的一个安全扣。

袁世昌第一个扭了上去，在爬的过程中他不断打招呼让后面的人不忙上来，那撮树丛上面堆了不少松土，继而石块泥渣飞泻而下，幸张正书有经验叫大家先躲在侧边，等上边的人同意后再上第二个，因而飞石完全伤不到人。如此安排后，我第三个开始爬云梯。正在这时手机响了，已返回的两名队员均催促我们快速下山，并表示不同意我攀梯进洞，说风险太大。

的确，我攀爬起来异常不易，眼睛因恐高而不敢下看，可此时退缩，实在心有不甘。在抓倒钩的时候，我已经感觉到了恐惧，曾想放弃了，但我已触到了树丛的根部，我抓住最结实的树干，铆足了所有力气拼命往上一纵，进到了那片毛丛里。我停下来不停喘气，平复剧烈的心跳。其实，我的手足都在颤抖，说不出的慌乱。不过，已脱离暂时的危险，那小毛丛挡住了视觉上的万丈深渊。

稍稍镇定后，抬头一看离真正的洞眼还有近三十米远，前面袁世昌和李春林的感受与我一样，惊魂而行。为了安全，他们在等我。摆在大家眼前的是已进入"椭圆"范围，而洞眼还在面前的斜坡顶端，坡面堆满了松动的灰土与石块，没有可供手抓脚靠的树木和杂草，极不利于爬行。远远看去，只在洞眼边上长有一棵小树，那已是目的地的植物了，对此时的攀缘毫无用处。我们只能一个一个脚挖手抠"之"行上爬，袁世昌仍走前面，春林让我排在第二，紧靠斜坡岩壁蠕动。眼看袁世昌就要抵达洞眼，忽然绊下一块石块飞驰而下，我来不及躲闪，眼睁睁看着石块正中我的右腿上膝。天哪！幸而石小，否则我会连同石块飞于岩下。我一边忍着钻心的疼痛，一边暗悔未听夫人之劝，但见袁世昌已进入洞中大呼，又见春林鼓劲，便又产生了动力。

事后，我体会出好奇心能战胜死亡的恐惧。我终于成功了，我也大呼，向山下传递信息，这时的燕子更加闹热，不断地从洞中飞进飞出。很快，春林兄也上来了。迎接我们的，除了燕子，就是进入洞内的一切新奇印象，尤其摆在洞口的两个大土灶，表示了先人的烟火气，已为我们准备了好久、好久。可惜，暮色渐至，光线已弱，只觉抵达甚晚。我们开始往洞里探身，阵阵凉风从里面传出，寒意袭人浸骨。春林由于攀缘之便，在下面脱掉了鞋子，进洞后才感知脚板受不了冰凉，不敢冒进，只能在洞眼处徘徊观望。

进洞数米后，再回首一瞥，才发现此时的洞眼形态极美，在洞外夕阳及那棵小树的映衬下，形似一个高大而又丰满的花瓶。不得不服造物主的神奇，把一个险峻的山洞装扮得如此妖娆动人，却又远离凡尘，不为人晓。洞口的土灶头，春林兄说应是古人熬硝留下的。不难想象当地先民"居洞观天下、熬硝制火药"的悠远景象。它让我们瞬间体味到了人迹的亲近。顺洞口往里走由小见大，渐次开阔，高宽分别在十米、二十米左右，洞顶洞壁为石灰岩碳酸钙风化层，洞底为泥尘石块类沉淀。从连续不息的凉风判断，该洞应该有其他出口或暗河相通。

由于天色已晚，我们又没准备手电工具，进洞不到二十米便作罢而止，只草草观察了洞口一小段的形态，即决定出洞。大家尽管不无留念，但考虑上来的路况和返回的安全，只能做出回撤的果断决策。因为洞口流出的寒凉气息表明，留洞而住极不现实。

四

来时，山下的那段路让大家觉得艰辛，甚至打算返回时另辟蹊径，现在与爬洞的路相比较已经是平易大道了。因此，大家只有一个信念，下到云梯的地方就是我们的平安地了。值得一提的是，我们三人攀云梯后，从安全和时间考虑制止了后面的队员攀登。

三人特别谨慎地在回路上往下退，在下倒钩的时候我实在累得不行，心里发怵，我死死地抱住那片小树丛停顿了片刻，才顺那倒钩缓慢下悬身体，直至脚尖够着云梯的梯栓，才舒了一口长气。三个人全都下到地面，大家的心也跟着落了地。虽然底下的人没有上去多少流露了遗憾之意，但我们制止他们上去的决策非常英明。

张正书说，他的岳父大人杨文安在洞中为土匪杨太礼修过寨子，新中国成立后，寨子被贵州过来的人拆去修了住房。他很想上去看看，还有不有留下的痕迹，可惜只有另择时间了。他还给我们讲，杨太礼是贵州有名的土匪，曾抢过很多金银财宝移到洞中藏匿，并派重兵把守，但寨子修好后他进住甚少，怕因结怨太多，入洞后有人黑他……未等正书的龙门阵摆完，我们开始摸黑下山。好在袁世昌已事先通知他哥哥带手电、水、山芋来接我们，真是感激他想得周到。

下山过程中，我的腿脚开始抽筋，同时口干舌燥，浑身乏力。他们将就着我走，好不容易下到了先前两个队员的折返点，再也迈不动脚步了。庆幸的是接应的手电、水等物资送到了，我们狼吞虎咽地喝水、吃山芋，很快又有了精神。便一鼓作气下山到了张正书家，家人已煮好饭菜等着我们。

吃着老腊肉、品着苞谷酒，大家开始神侃。袁世昌第一个进洞，是当地几十年来进洞第一人，他不断地代我和春林兄说着探洞的一路精彩。表示要和乡亲们商量再深入探洞，还要修路搞开发，要让他的山羊肉就地卖钱……乡亲们本对山王洞感到神秘，听世昌一吹，更是兴奋不已，把他视为进洞英雄，嚷着要袁世昌日后带他们也进洞一游，还说如要开发大家共同出力打造。

酒足饭饱后，我们驱车下山，村民们不断地邀请我们再去，袁世昌更是有说不完的亢奋的话，直到我们与刘朝发告别，他才放手说"再见"。

其实，山王洞的真面目远未揭开，我们只观摩了一下"表皮"，那里边的斑斓色彩，暗河秘道，紫气烟岚，以及三天三夜走不到头的传说，特别是它与石桥盆地的诸多溪流与那山王菩萨借的谷子有什么关系，还有待我们深耕细琢，再识芳春。

边走边回忆一天的惊险与刺激，我和春林兄皆异口同声"不虚此行"。摸摸手臂上的伤口火辣辣的，动动身子还酸溜溜的。"没事，过两天就好了""哎哟！痛死我了！"春林兄安慰我的巴掌，恰好拍在石块砸过的腿上，让人痛得要命。回到家洗澡一看，一幅青紫色的山水图已被浓缩在细白的皮肉上，形如山王洞那匹绝岩的艳照。

天边的净土

本以为世间不会有净土的，但三去犀牛寨，颠覆了我的看法。深山老林，远离烦嚣，古朴而与世隔绝的村落，像外星降临的天地，把我的视觉洗濯得干干净净，明眸透亮。我把它视为天边的净土。

犀牛寨地处武隆偏远的土地乡天生村，四面环山，植被繁茂，整个村落隐藏在峡谷与森林之间，清一色的土家吊脚楼依山而建，飞檐翘角，竹木掩映，溪水潺潺。四十余家农户，与世无争，和谐而居，民风淳朴，鸡犬相闻。

古寨子大门高悬，戏楼、厢房、古井、古树、古农具，保存完好。外面的人进到村子，老人小孩见客便呼"屋里坐，请喝茶""请吃饭，请喝酒""请打锣、唱戏"等亲切而朴素的问候。村内溶洞众多，暗河密布，尤其犀牛洞充满传奇，男女老少，都会指着寨子对面的洞子说："过去，犀牛从那儿出来，喝水，吃草。"这里海拔1300米左右，森林覆盖率70%，是得天独厚的天然氧吧。盛产细鲹鱼、野生香菇、天麻、蜂蜜、土鸡、老腊肉等特产。

前两次去犀牛寨已是五年前的事了，印象颇深的是一路上需要问路而行，翻山越岭，七弯八拐，只觉人烟稀少，偏僻异常，仿佛离天越来越近，离人类越来越远。极目四野，到处是入骨的绿、舒心的翠，安静清新，鸟语花香。特别是寨子后山的沿沧河曲径幽深，风光非凡，令人流连，如入忘我之境。第三次是和一位美女作家去的，她叫般若，喜欢《道德经》。路上，她拿出《道德经》的话题来说，我觉得实在太深奥，不过我们还颇有一些心得，说起了老子的法界与犀牛寨的净土。

就净土而言，各有看法，我向往自然、安静、本朴人文、没有污染的地方。她说："这正是老子主张的纯朴、无私、清静、谦让、贵柔、守弱、淡泊等因循自然的德性。"接着又说："在人类大肆破坏和掠夺自然的时代，真正的安静之地，已属凤毛麟角。""是的，到处都弥漫着人类挥舞泥土、火药或腐臭的味道，人们开始渴望呼吸到新鲜的空气、喝到纯净的水。市面上售卖矿泉水已流行多年，又有人提出将开设售卖空气的店铺，有力反映了人们对环境破坏与侵略的条件反射，想不到整个法界、整个大自然赋予人类最基本、最纯粹的空气与水，已成为时尚并趋于奢侈。"我这样应道。心想这种条件反射一点也不夸张，如果这段时间把犀牛寨的空气与水卖到叙利亚等海湾国家，一定会商机无限。

就这样聊着，虽然步步是景，惹人陶醉，但老子的思想却在山色与寨子间萦回。般若那双漂亮而智慧的大眼睛总是给我以启迪，她谈到了人法地，地法天，天法道，道法自然。道是创造天地万物之母，万物只有遵循天道，才可能正常循环。否则，天若坏了，移星易宿，地若坏了，地震洪流，人心坏了，天地反覆。只有天人合一，才会万物安定。因此，人要遵守净土，净土要不违天理，天要遵循道之母源，道要遵循自由的犀牛、天然的森林。如果是那样，今天我们还可以看到那吻部上方长角，身着铠甲一般的厚皮，有几分野性而又憨态可掬的动物。

犀牛寨，说是净土只是我的相对论，原以为犀牛与《道德经》风马牛不相及，这下慢慢说到了一起，或许是心有灵犀吧，我们似乎找到了众妙之门。最早的净土是森林与犀牛，那时叫犀牛山或犀牛峡、犀牛洞等为犀牛主宰的地方，就犀牛与原始森林来说那是净土中的净土。其实，也不只是犀牛与森林二者的关系，还有百兽争食，百花争艳，百鸟争鸣的大自然物象所表现的多彩世界。只不过犀牛的名气占了上风，所以今天拿犀牛说事。试想想，那慢条斯理的犀牛以及形形色色的珍禽异兽曾在这里繁衍栖息，悠然自得，享受着净土的宁静与安详，这是多美的人间图画。

后来人类来了，考证起来有苗、土、汉等民族的生活史，他们起源各方，因为各种原因，诸如"涿鹿大战""巴楚相争""赶苗拓业""改土归流"或是这里的犀牛珍贵资源抢夺等相互斗争，你来我往盘踞了近三千年，直到人与寨子相传，定格为犀牛寨。其中，犀牛和人类共同生活的近两千年时间，特别值得追忆和怀念。所以当初的那片净土，着实令人神往。

揣测人与犀牛相处，在劳动工具简陋的时代，是谁先感知危险，尚不好说，但可以肯定犀牛的地盘被人类逐渐蚕食殆尽。商代有甲骨文记载犀牛为"兕"。其皮厚实坚韧，能抵挡刀、箭等兵器的攻击。到了战国时期，犀牛皮制成的盾牌、铠甲随着军队南征北战，驰骋沙场，由此，犀牛数量锐减。古文化中有八宝：火珠、铜钱、方胜、犀角、艾叶、银锭、珊瑚、书。犀角是其中之一。古代的聚宝盆里，也有犀角一双。尤其犀角具有清心安神、凉血止血、泻火解毒之奇特药效等，都是人类杀戮犀牛的证据。

可惜，温峤的"犀角烛怪"没有能够照见人性的贪婪与无知，到了19世纪初，中国最后一头犀牛在云南的偏僻乡村被杀灭了。而犀牛寨的犀牛推算起来应在明朝中期便渐次绝迹。这时的净土掺杂了太多说不清道不明的东西，空气中少不了血腥与野蛮的气息。

后来，犀牛寨就只剩下了人和寨子。没有了犀牛，人与人就领地意识相处起来要复杂得多，开始一个民族，后来多个民族，直到今天的文明群居。但这个过程漫长而深沉。当初，人们杀死犀牛并分享完血肉后，又把角、皮拿来以礼示好，让王者在分封领地的时候掂量分寸，这样领地的分割除了人与自然、人与动物的平衡被打破以外，人与人之间的平衡也在不断地倾斜变化。再之后权位、贵贱、贫富、种族便于绞杀、争斗中此消彼长、新陈代谢。这种状况下净土便逐渐蜕变，生灵、人与自然就在不断的蜕变中竞争、淘汰、生存、衍化。而且这种蜕变，在世界的每个角落都在进行，净土变得越来越少，直到硝烟散尽，进入一个新的宁静时期。新的净土又相对诞生，净土的历史便如此循环。但谁也没有注意到破坏净土最原始的躁动可能起自一头犀牛的猎杀或一支犀牛角的馈赠。

如今，那穿越时空的犀牛远离了我们，人们带着无限向往与眷念在寻找它并呼唤它。特别是历史处在净土濒危的边缘，在内心痛苦挣扎的时代，想觅得一口新鲜的空气，一口干净的水所表现出来的渴望，在触动那根净土的神经。

当岁月埋葬一切，经历了无数风雨的犀牛寨安静了下来，虽然没有了犀牛，但那些树木、花草、溪流还在，鸟儿还在，一些古灵精怪的动物还在，古老的寨子还在，几个民族的后裔还在。他们是组成新一轮净土的元素。看似锁在深山里，却因远离外界，成了我们这个时代的净土。

因为这方净土，所以四方倾慕。来这里养心洗肺，修耳明目，安住几日，实为宝贵的享受。人与人的领地意识也变得井然有序，来来去去，十分安然。当地的人把自家的房屋院坝清扫干净，挂上红艳艳的灯笼，又把责任地划出一部分给集体建设公路、花园等公益设施，把保留下来的森林、空气、泉水、民俗拿来招引客商，外地的人来去自由，懂得珍惜山寨规矩，除了尽情地分享世外桃源的美景美食外，其余杂念在这里也得到过滤与净化。尤其人们把这里的净土作为尊重自然、净化心灵的良药对外传播并培育，实属来此一游的最高境界。仿佛心中悬挂着犀牛古老的图腾，内心深处也置下了一片净土。

说到这里，我问般若，这是在说《道德经》吗？她顿了一下，语气温婉而平静地应道："我们或许是在'犀牛望月'吧！"原来的那些烟云已随风而去，但犀牛寨的犀牛活在了人们的心中。

的确，犀牛寨的森林、水、土地、阳光、月亮，还在无私地为人们四季奉献，它们没有要求人类、生灵予之回报，它始终躺着自然的怀抱，不管你是尊重它，还是践踏它。它还是那样从容与安详。老子要人类也学大自然，也遵循自然之规律达致"无为而无不为"这个大道。

天赐灵泉

——探武隆火炉三潮圣水

中秋之际，与儿子继旭前往火炉镇徐家塘观"三潮圣水"景象，感受天赐灵泉传奇，心情可谓格外舒爽恬适，若有生风之翼插翅而行。

绵雨之后的秋阳，温婉和煦，朗朗相照。沿途的谷物、水果流光溢彩，泼染村庄，更有桂树飘香，紫薇艳红。使熟亮的朗秋如兔子般在我的视野里欢跳，尤其那颗怦怦靠近目的地的窃心早已如痴如醉。

"三潮圣水"传之盛早，一日三潮，间歇而流，千年信守，亘古不变。如《涪州志》云"龙桥三洞，信水三潮""其泉如沸，日三潮，每至高丈余"等记载，已如潜进脑海的迷魂药挥之不去，让人欲罢不能。因而倾慕已久，向往趋之，亦是自然。

而来之前，关于水，我有过许多臆想。那淅淅沥沥、滴滴答答、漫漫渺渺、朦朦胧胧、齐齐刷刷、缠缠绵绵的天落之水；那叮叮咚咚、哗哗啦啦、呼呼啸啸、澎澎湃湃的山泉、沟壑之水；那浩浩荡荡、迢迢淼淼、苍苍茫茫、沧沧浪浪的江河湖海之水无不在心中营构，无不在胸中起伏，但它们似乎太过平凡，司空见惯。而"三潮圣水"则从未见过，好似神秘的女郎，等待我来揭开盖头。

当然，水就本身而言并不平凡，它有着太多的内涵与外延。诸如：自然之水、生命之水、万事万物之水、上善之水。然而水也被冠以佛水圣水，金水银水，柔情似水，红颜祸水之水。

那"三潮圣水"该是什么样的水，它真的那么灵圣吗？心中总在联想那份神奇。

至徐家塘后，需弃车步行一段山路方可抵达"圣水"所在地。见一路植被丰茂，碑刻林立，别有一番自然与人文景观和谐搭配的氛围相随左右。继旭脚快，已随人流前去。因为一日三潮，第二潮水即将分娩临盆，为看到来潮盛况，同行者皆争先恐后，快步向前。我独爱路边碑刻，看到几方"天赐灵泉""三潮圣水""信水三潮"等老碑书艺精湛，人文厚重，遂缓步观行，欲探寻由来。心想潮缘自在，水会等人。一阵磨蹭，待我赶到时，前方已见人群沸动，原来水已来了。

这时，一个宽阔的山谷呈现眼前，山谷的崖肩处顺山横卧一块约二百平方米的缓冲地，似天设平台一般，供人们歇息观景。东面靠壁立了一尊观音，高七尺有余，观音右侧为一小佛堂，土木结构，占地面积二十平方米，内设数尊木雕佛像及瓷塑菩萨，形象颇有些怪诞，似像非像，若现代简陋造制。香案上倒点了不少善男信女们插的香烛。佛堂门框写有篆体楹联，上联为："圣水三潮润泽万物勿予邪恶施灵"，下联为："佛光普照庇佑众生有求正义必应"，横批为"佛泉圣境"。楹联内容及对仗不及细究，但平添了几分古朴的"佛泉"气味。

佛堂右侧约五米远的地方，见一泉眼，碗口粗细，生长在崖壁穴位，岩穴上方及左右皆倒挂着长短不一的钟乳石，若写意的毛须。内里一汪清泉涓涓流出，随即淙淙而下，穿茂林腾至谷底，落差一百五十米开外。

此时，观音、佛堂及泉水四周皆站满了喧哗的人群，有来取水的，有来拜佛的，各表心迹，各抒胸臆。一条古石板路从圣水地延向沟谷并至对岸山涧。应是通往远方的取水之路了。

没有看到来潮的盛况，但我也没有遗憾，已上完香从佛堂内走出来的继旭说："来潮时，里边有敲锣击磬一般的声音，随后泉水一涌而出。等会，您再看收潮便是了。"是的，有来潮必有收潮，儿子已帮我观到了来潮，我看收潮也算圆满。趁先到的人

99

群散开，我上前掬了一把水洗洗手，感觉爽凉凉的，似冰箱里短藏过一般，不透骨，不僵手，再喝一口，润润的，回甜的，不呛口，不刮喉咙。我想这便是传说中观音赐的"佛水"吧！

我虔诚地等着，看它是怎么收水的。我要它证明这是有计划、有安排、守时守信的水。徐家塘的老人朱治福在佛堂前与我聊起了"三潮圣水"的奇特。他说："一日之中，潮水三次，分别为：早晨7时—8时，上午11时—12时，下午18时—19时。过去方圆百里的百姓每逢农历二月十九、六月十九、九月十九，便要来此烧香祈福，人山人海络绎不绝，20世纪50年代，更是潮动四方，影响甚远。尤其贵州过来烧钱化纸、取土提水的人牵起线线。"

老朱特别补充："说来灵验，许多有病的人，取'圣水'回家用后，病即痊愈。不仅如此，一些求财谋职的人也来焚香许愿。有位官吏，来此守潮，见一红螃蟹顺水涌出，大喜，以为吉祥，遂筹款修路，果不久便晋升新职。"

他还说："邻村一位外出务工者，出发前特来此许愿只要当年找到'大钱'，就来立尊观音供人朝拜，结果他顺利实现了百万元收入目标，便守信立了佛堂右侧那尊观音像。"

听了朱治福老人的讲述，我一边观水一边思考。这种按时呈现潮水的奇妙现象，为何让人感觉有神灵存在，以为冥冥中有神在安排这一切？以至于有人许之以愿，求之以果。其实，此为自然界的物理现象，内部的泉水积蓄到一定程度后，便排出一次，属物理学中的虹吸原理。不过这种自然形成的虹吸吐纳，定时涨潮收水，内部构造堪称特殊，实为罕见的地理奇观。有专家对"三潮圣水"深一步解释为：水在山体中因水进水出及气压的此消彼长刚好满足一日中的三个时间节点而调节出的动态平衡，造就了"三潮"神奇。

因此，这定时潮供之水很容易披上一层神话色彩。或许那位官吏，那位务工者，那些芸芸众生，受了信水启迪，顺了天意，真正做到了天人合一，所以得以天遂人愿。

"收潮了，收潮了……"正待我浮想联翩，有人已发出了信号。我赶紧凑前，刚才小碗大小的泉水已小至酒杯粗细，随即众人息声，贴耳聆听收水之音，见水越来越小，渐至收成一根麻线，随即泉眼内部传出一阵咕咚，咕咚，咕咕咚咚的鼓点声，并渐次弱小，待声音消尽，麻线水也干干净净，无影无踪了。收水前后五六分钟光景，我抬手看了看时间，为上午十一时二十分。

有人说"三潮圣水"奇观是我国西南地区特产，多出自喀斯特地貌。最具说服力的是，涪陵丛林乡的老龙洞及云南安宁曹溪寺的北潮泉，也分早、中、晚三次涨潮。但涪陵老龙洞及曹溪寺潮泉皆来潮较小，水量不大，远不如火炉潮泉规模盛况，更没有来去时的鼓锣之声。全赖个别名人题刻而闻名于世，其曹溪寺的北潮泉就因徐霞客的留痕而颇具名色。然火炉"三潮圣水"紧连大唐路，属古蜀驿道，过往名题亦众，只缘路边碑刻及曾建于"潮水"附近的白川寺，均遭受过20世纪60年代破"四旧"的捣毁，而显得有些落寞。有人猜测是否有黄庭坚、张之洞等人在此落墨，亦说不准，因为他们曾是这条道上的过客，行至此半山腰，难免等水解乏，即兴挥毫也不一定。

"三潮圣水"归类于间歇泉，其间歇流水有定时不定时的，有冷有热的，有大有小、有高有低的，有涨潮快慢不同的，涨潮次数不等的。诸如我国西藏的塔格架间歇泉、美国黄石公园的间歇泉、新西兰北岛的怀蒙谷间歇泉、冰岛的斯特罗克尔间歇泉，还有什么"宇宙间歇泉""土卫二间歇泉"等。但在人们的心目中，唯三潮更具灵性、佛性。"三潮圣水"如三昭三穆、三星高照、三顾茅庐、三国鼎立等与三数结缘，呈祥如意。

"三潮圣水"更在于守信不改，定时定量，守规守矩，日日三潮，为自然之信、天地之信也。于是在人们心中树了一道圣碑，立了三潮灵泉、福泉之位。寓示天地之间，一切皆在规矩之内，在讲诚守信之中，化情于理，循环生息。如此，人信自然，自然信天地，天地信日月，日月信自然，自然信人。一切顺应宇

101

宙的守信循环体系。从而，有日出而作，日落而息，春秋往复，四季轮回。以此服从天地之规律，自然之法则，为人类所依，生命所系。这何曾不是遵循有序、天下和谐的道理呢。因而，"三潮圣水"得信天地之灵，得应自然之理，三潮不绝也。

的确，天地之间自然的，人文的，神灵的，物理的，本是相通相融的，水来三潮，与日月转旋，白昼轮回，春秋更替，与阴晴圆缺，喜怒哀乐，生生息息，没有区别，它既是自然物理现象，又是人与天，人与地，人与人相通相融、和谐相处的认知反应。当然，自然的也好，人感知的神灵也好，它除了顺应自然而生，还有许多机缘巧合，比如此泉巧就巧在偏偏安排设计在了这武隆的深山之中，在这一方福地的火炉。

又想起元丰七年（1084），苏轼与儿子苏迈游石钟山的事。父子二人乘小舟夜泊石钟山绝壁之下，探究石钟山"钟声"来源。其间"有大石当中流，可坐百人，空中而多窍，与风水相吞吐，有窾坎镗鞳之声，与向之噌吰者相应，如乐作焉"。以为石钟山由此得名，视为找到了事物的本源。遂笑对迈曰："汝识之乎，噌吰者，周景王之无射也，窾坎镗鞳者，魏庄王之歌钟也。"并道出李渤、郦元观石钟山之不足。

我与儿子来此观潮，与苏家父子如出一辙，虽学不了苏家父子的那番诗文，但却喜欢他们的人生态度及与众不同的识物观。是的，深入实地，调查了解，亲自体验，方得堂奥。

石钟山乃风水相击得名，三潮水乃守信得名，且来去有声，我感悟尤深。我们来此世界又会离开世界，来的时候，也许我们都是一声鲜亮的啼哭，呱呱坠地；而我们去的时候，则不一样了，"三潮圣水"，鼓声隆隆，似在庆祝他一次又一次再生的轮回。我们能留下什么？我们还有新的潮动，还有新的再生吗？

其实是有的，比如有的人活着，他已经死去，有的人死去了但他还活着。诚然，来世一遭，看我们与什么相通相融，相碰相击，反之亦然，如天与地，水与石，人与万事万物。

总之，好泉。天赐灵泉！它让我混沌的灵魂清晰了许多。

新解穆杨沟

　　临近中秋，渝东南武隆的大洞河乡，又迎来了一个金子铺地的季节，在穆杨沟已人人可以拾掇一块黄澄澄的月牙，装进自己的诗囊或画袋，抑或在农户的晒坝、房梁与禾晾上寻找到故乡的影子与情调。

　　我来此探访，除将自己镶进那纯黄熟透的朗秋之外，还在于求证一个极古老的话题，穆杨沟真叫穆杨沟吗？它是穆桂英和杨宗保军垦屯粮、练兵讨焦的地方？

　　穆杨沟是一个颇具神秘传说的村落，地处武隆西南部，为现大娄山余脉一隅，东靠本邑，西接南川，北抵涪陵，南邻贵州，山水迤逦，人文古朴，隶属现大洞河乡百胜村管辖。拥有独特的西南田园风光及山区原始古民居景象。其弯弯田园依山而造，随湾就势，状如月牙，规模宏大，面积达1000余亩。田园风光一年四季各有特色。春如绿梳，夏似墨玉，秋比橘瓣，冬若明镜。当地农房便建在"月牙"之间，三五户吊脚楼或七八家三伙头、四合院择地而居，掩映在修竹或茂林之中，袅袅炊烟飘在村庄的房舍、田园上空，别有古村老田的悠然风貌。由于正处秋收，忙碌的男女老少在田间地头或耕或收，不时传来打趣的嬉闹之声或婉转的民歌音调，弥漫着浓浓的世外农耕气息。

　　见过云南的巍山、普者黑、红河州等鲍族、哈尼族的乡村田原风光，亦饱览过贵州的威宁、乌蒙及苗乡侗寨的农田美景及金秋的禾晾色彩。相比穆杨沟，皆大同小异，异曲同工，几乎都有森林—溪流—村寨—梯田"四素共构"的现象。但这里更具原始古朴的生态，更能一眼锁定农耕的壮观与劳动的伟大，更能彰显丰收景象的喜悦与那份幸福安然的恬适，更能表达农耕文化的悠远。这些古梯田的开垦时间，以当地苗坟遗迹推算，至少在一千年以上，与云南红河州等梯田的年历相近，甚至更早。

这里流传着一个神奇而又荒诞的故事。相传宋朝时期，穆杨沟对面的鸡尾山上驻扎着焦赞、孟良的部落，焦王寨常派人下山打家劫舍，抢收粮物，闹得百姓鸡犬不宁。当地百姓便请来穆桂英和杨宗保讨伐焦王寨，并为穆桂英和杨宗保在赵银山练兵场送粮运草，满足军需，最后终于攻下了焦王寨，取得了胜利，从此穆杨沟代代太平，百姓过上了幸福生活。

说杨六郎在此收过焦赞、孟良，当地流传的依据是，在穆杨沟所处的赵银山上发现了一个宽阔的练兵场，且有饮马槽、乱石堆、石寨子（当地人叫八角寨）等遗址。当地农民犁土，还发现有铁蛋（若鸡蛋大小）之类的东西，疑为古代使用过的火炮弹丸。该遗址被当地人们当作穆桂英与杨宗保的练兵场，传得神乎其神，难辨真伪。

而大宋历史，西南蛮夷之地，出现少数民族闹事及外来入侵的记载仅有四次。即：至道二年（996）六月，黔州少数民族起义队伍攻打盐井镇（今彭水马岭万灵山上），巡检王惟节被打死；景德二年（1005）僚兵屡次攻打黔州，黔州指挥使张君平引兵击退；政和二年（1112），黄杨洞"酉首"冉万花领兵攻打黔州，知州田祐率兵镇压；宝祐元年（1253）十二月，蒙古军进犯盐井镇，黔州守军在盐井镇修建鸡冠城抵抗。这些地点的战事均与盐有关，且与穆杨沟相距甚远，因而，没有穆杨讨焦活动的丝毫痕迹。

翻阅《西州志》《涪州志》《彭水县志》《武隆县志》，可见自三国章武元年至建兴十二年（221—234），蜀汉政权征发涪陵郡"劲卒"3000人为连弩士，至清咸丰十一年（1861），太平天国翼王石达开部将曾广依率部自武隆入县境，经郁山去黔江，经历了大小战事20余次，其中多为苗蛮起义及政府镇压等争斗，而最为惨烈的时期主要集中在明清时代。嘉靖九年（1530），贵州务川等地少数民族起义，四川巡抚、巡按等进兵围剿，以及崇祯十七年（1644），张献忠率大西军攻克涪州及后来在乌江流域一带的"赶苗"活动。再到咸丰八年至九年（1858—1859）彭水知县、酉阳知州合兵围攻"黄号军"等是历史上比较大的事件。皆无穆杨活动片言只语记载。

其实，乌江流域有战争史的可基本归纳为两种情况，第一，少数民族（蛮僚）的起义反叛争斗及部落或家族之间引发的仇杀；第二，明清时期的赶苗治蛮及改土归流活动。如果是少数民族的起义及部落争斗，历史上最贴近穆杨沟的战事没有任何记载。而传说中的练兵场及那些莫名其妙的石阵最有可能存立的还是张献忠赶苗时，苗人为抵抗追杀而留下的证据。因为历次征战，张献忠的西征赶蛮最为血腥。比如：武隆盘瓠河（今芙蓉江）一带，林茂壑深洞穴多，"赶苗"时，当地苗民躲藏在这一地区，一易姓苗民见官兵迫近，急倒于尸体中，当时官兵以割人耳计赏，易耳被割时亦强忍不动。苗民们集中在旋坝及大石笋附近被官兵包围，他们每天早上用棒打吊猪，使猪不停叫唤，让官兵以为他们每天都在杀猪，必然粮草充足，不敢冒进，终于撤走。

由此可见，当时的赶苗已遍及深山老林。武隆的桐梓后坪等高寒山区亦留有赶苗痕迹。因此，穆杨沟的练兵场诞生于此历史背景更具说服力。还有一种可能，就是人们早期祭祀活动的场所。乌江流域，巫文化（巫术）在苗族、土家族流行甚早。往往于节期、农耕时令以及重要祭祀活动进行巫术仪式，人们摆下"石阵"以此驱魔镇邪、祈求上天保佑五谷丰登，人畜安宁。

无论是军事练兵的，还是巫文化活动的场所，皆是乌江流域人类活动的印痕。那么在这西南蛮荒之地，最有可能存在哪些少数民族的活动呢？

自古西南被称为洪荒之土，蛮夷之地。《山海经·大荒南经》说："大荒之中，有人名曰驩兜，人面鸟喙，食海中鱼，杖翼而行，维宜芑苣，穋杨是食。"这驩兜便是被舜放逐于崇山的"以变南蛮"的驩兜部落。生活在今湖南大庸境内，后迁徙至黔江、彭水一带。《皇朝经世文编·郭清螺文集》云："考红苗蟠踞楚、蜀、黔三省之界……"其中的红苗即指驩兜人。驩兜与其早期居于乌江流域的蚩尤、盘瓠等部落后人，古称"三苗"遗种，是为苗族也。

而穆杨沟的先民极有可能为驩兜人。历史考证驩兜人主要生活在南方，先以邻近海河的地方"食海（水）中鱼"生存，后顺水迁徙进山区，以"维宜芑苣，穋杨是食"繁衍。芑，即白粱粟；苣，即莴苣；穋，即播种迟而成熟早的谷物；杨，即术，白术之类。其过程应为从狩渔到从事农耕的发展轨迹。

这中间的"穋杨"二字与"穆杨"有何关系？"穋杨"本意为可食的谷物和药物，属植物类，而"穆杨"传说为北宋时期两个英雄人物。显然植物与人物风马牛不相及。而我们认真地审读那湾湾田土，那一牙牙月亮田表现的地书，告诉了我们，这里是很早很古老的农耕所在地，那些春播秋收，仅间隔5个月的谷物，即为"穋"也。那些绿叶红花，根粗茎大，气香特异的白术，即为杨也。二者皆为古人生活的必备品。有了粮食才能解决温饱问题，有了药物才能治疗生活中的疾病。查阅《本草纲目》其杨有补中益气，健脾和胃，燥湿利水，止吐泻、止汗，安胎等功效。可见早期的驩兜人笃定保持这两样最基本的东西，即相当于拥有生存繁衍的最基本保证。

穋（音卤）与穆（音木）字形相似，韵母相同，疾读易读为穆。因而古老的当地人将"穋"读为"穆"极有可能，同时借用穆桂英与杨宗保特殊的历史传说，将"穋杨"嫁接为"穆杨"未尝不可。也许"穋杨"与"穆杨"，字形、音韵极为相近，人们在交流中将"穋杨"误写误读成了"穆杨"，抑或因"穆杨"的英雄故事在民间产生了仰慕效应，有意将"穋杨"传为"穆杨"了。

如今生活在穆杨沟的人还是驩兜人吗，《彭水县志》记载，早期在彭水生活的驩兜族，亦因从古墓中发掘出"人面鸟喙"图案的砖块而作为佐证依据。

大洞河发源于大娄山系，属乌江之流石梁河上游，贯穿长坝、白云、大洞河三个乡镇，是武隆西南部最深的河谷之一。

大洞河水资源丰富，林木繁盛，环境幽雅，犹如人间仙境。两岸时而绝壁千仞，时而青山如黛。一会儿峰回路转，曲折蜿蜒，雄奇幽深，一会儿又丛林密布，修竹成荫，草藤繁茂。河水清澈见底，鱼儿来回游弋。是古代少数民族理想的生活栖居地。

当年驩兜人自舜放逐开始，从湖南来武隆并不难，既可以沿陆路至黔江、彭水顺乌江而下，又可以沿长江至涪陵进乌江而上，到古汉平县（白马镇），再顺溪流淙淙的石梁河进大洞河谷驻扎定居，可说十分容易。

赵银山与大洞河峡谷紧紧相连，山峦叠嶂、林海浩瀚，亦是景色奇异、宜人栖息的好地方。且富藏云豹、银杉、虫草等珍稀动植物及名贵中药材。因此，驩兜人当年极有可能在此选择有利地形，生存繁衍，并构建军事设施，若在岩洞中建山寨，躲避战乱，在平缓地带，操练兵马，加强防范。而中国古代的巾帼英雄穆桂英生活于河北、山西等地，生前的主要活动地点在北方，怎么可能来此操练兵马，讨伐焦赞、孟良呢？

当地人说焦王寨位于今大洞河乡幸福村茶园堡组，其地形险要，易守难攻，实属古人建寨安营的理想地带。现仍保存有山寨大门等遗址旧物。其实，焦赞、孟良本为河北绿林好汉，后为宋军对辽防御的北军军官，何来此地盘踞，又被穆桂英、杨宗保收服，实在是奇怪异常。

而现居穆杨沟的人还是驩兜人的后裔吗？

年近八旬的李德学是百胜村德高望重的老人，他说，这里集汉族、仡佬族、苗族合居，计60余户，200余人，民风纯朴，很有西南多民族杂居的风味。但关于当地是否真叫穆杨沟他也说不清楚，穆桂英和杨宗保的传说更是无史可考，仅为一些模棱两可的传说而已。他也曾带着疑问翻过不少资料，但均无果而终。现在居住在百胜村的人没有一个姓穆的，姓杨的也极少，他了解到最早搬来百胜村居住的主要是王姓人家，也只是在张献忠赶苗时期搬来住的。现在当地发现最古老的坟茔呈圆形、马蹄形形状，应为苗人的丧葬习俗。但赶苗后，这种"坟形"就再没出现过。要么就是驩兜人自赶苗后便消失，要么就是幸存下来的驩兜人随了汉族人生活习俗。

另外，过去的穆杨沟毕竟蛮荒偏僻，极为闭塞。在交通信息极为落后的状况下，人们很难发现这样的世外王国。尤其大山区，沟壑纵横，根本不适于规模性的跑马、练兵、作战。

反观北宋时期，建都河南开封，国家民族的矛盾主要针对北方匈奴等游牧民族的侵扰，因此，穆桂英与杨宗保不可能来穆杨沟这个狭窄而偏远的地方屯粮练兵。从现在的农田规模来看，也只能满足一个小山村的人烟生活。如果大的军事屯粮，除了百姓所需，兵马所用，绝非一个小山村的田土能够承载供给的。现发现的跑马场遗址，长约200米、宽约60米，占地约10000平方米，在西南山地地区算得一块平坝，而与河南开封或北方的广袤丘陵、平原相比，就是区区之地了，所以凭此作"穆杨"练兵场实在是过于小气和闭塞，又显得过于离奇荒诞。

然而穆杨沟已被人们叫得朗朗上口，本人绝无要求别人有苟同之意，亦无将穆杨沟改为穆杨沟之想法，仅作个人对乌江流域早期人类活动史的研究补充。

因此，"穆杨"就"穆杨"，留下一个荒诞的故事作引子，让更多的人来探究大洞河风光的美丽与神奇，倒是大有裨益的，或许能找到更多乌江先民的生活印痕，为我们带来更加悠远而清新的历史视觉。

走进犀牛寨的水墨淡烟

千百年来，一句"采菊东篱下，悠然见南山"总被人们追寻和向往，哪怕只是暂时的，短促的，总在凡尘的忙碌喧嚣中众里寻他千百度。

我亦在找，想找这么个地方待待，把自己放平，放得又松又软。

但看了些山山水水，方知天下之大，而心中的那片乐土，始终保持着一个标准，得纤尘不染，得宁静清幽。这势必又有了欲念，又蒙了尘垢。所以这种找寻真是千辛万苦。

结果，转来转去，还是觉得自处的武隆好，而武隆的古村落——土地乡犀牛寨，便是那片梦中的恬适与安然之地。

一、烟雨霏霏，古寨寻幽

喀斯特，绿色，原生态，是我骨子里的原色，武隆用巍巍大娄及莽莽武陵源源不断地充盈着这种原色的血液及营养。所以我的偏好便是这方山水孕育的行为与思想。但我的顿悟，却是因为霏雨中的犀牛寨带给我从未有过的血液涌动及心潮澎湃。

显然，雨天去看犀牛寨并非最初的盘算，但雨中有雨中的情趣，尤其这高寒山区的5月正在霏雨中表现春天的妩媚与葳蕤。内心会充满黑压压的绿，白晃晃的雾，湿漉漉的思绪，如陶渊明的淡定，如谢灵运的洒脱。随一群文友于烟雨朦胧中投入它大山大水、大彻大悟的怀抱，有了我对一个幽然环境与一个古村落或一个古老民族的深沉思考。

去过黔江的濯水古寨，流连过那里的风雨廊桥，徜徉过那里的石板古道。去过福建的永定土楼，陶醉过那里的土宅木院，圆环天井，感叹过那圆中圆、圈中圈的"大家族，小社会"。去过凤凰古寨，拥抱过那里的水上吊脚城，钟情过苗家、土家妹子的"莺歌燕舞"。看过秦岭华阳的古阁楼亭，羡慕过江南乌镇的烟雨诗画。但没有见过犀牛寨抓魂的古村落气息，没见过那摄魂的原始风情及悠悠人烟。

这莽莽森森的山，这川流不息的水，这起起落落的沟壑峡谷，这神秘兮兮的深幽村落，不像江南水乡的老镇旧寨，不像秦岭秘境的古城故园，扑面便知鱼米之乡的靓丽，茶马古道的壮美，而是在深山密林中，给你带来一种人类生存环境的挑战、震撼和冲击，它会让你滚沸的凡心瞬间冷却。

是的，单说她的环境，犀牛寨囿于武隆东北部的青山翠屏之中，喀斯特的雄奇风貌在这里尽情发育，尽显风流，山更重峦叠嶂，水更沟谷密布，仿若山水的群英荟萃。植被恣意地翠，清泉纵情地流，鸟语花香，烟雨纷飞，雾岚缭绕，云蒸霞蔚。有刀削斧劈、白白森森的绝崖孤壁，有神秘莫测、奇幻幽深的洞穴石桥，有纵横交错、龙走蛇行的河流峡谷，有铺天盖地、一望无际的森林植被，有原始古朴、择地而居的土家木楼。她处武陵山系最雄奇秀丽的段落，宛如老天为人间精雕细琢的迷宫。有着幽远宁静的独立天地。

就寨子而言，这深锁的大山里，山隔水阻，何来人烟，何来这神奇的寨子，它离现在的场镇、县城那么遥远，在不通公路的过去，怎么与外界接触。给人诸多联想与疑问。而取名犀牛寨，则更富神奇色彩。她的土瓦飞檐，她的雕梁画栋，她的石海坝、古寨门，她的老油茶、蜡染布，她的民歌民谣、民族舞，怎么来的？这些疑问似乎正在剥开武隆乌江流域土著人生活的秘史，或从某一个侧面正在反映武隆社会生存繁衍的发展轨迹。

二、水墨河谷，仙境觅胜

要一睹犀牛寨的概貌，可直接驱车而至。而要细探犀牛寨的幽深，则需弃车步行沿沧河，领略她步步是景的清幽曲径与神秘通道。

沿沧河是流经犀牛寨后山的溪流河道，全长约五十公里，沿河有一条三五里长的蜿蜒小路连通里外。我们沿草长莺飞、山花烂漫的幽径慢慢探入。

只见河谷时宽时窄，水流时急时缓，若玉带一般隐现于山谷之间。两岸群峰错落，植被繁茂，乔木、灌木、刺类、藤类，品类繁多，恣意竞长，翠色绵绵，蓬蓬勃勃。特别是那水竹、金竹、苦竹、黑竹、刺竹，见缝插针，盘根错节，沟坡连坎，绿得发亮。林中、河中、丛中、洞中，不时出现竹鸡、岩鸡、锦鸡扑腾，不时出现喜鹊、啄木鸟、黄麻雀、红嘴相思、布谷鸟，叽叽咕咕，婉转细语，欢快鸣叫。

一路上，沿谷的野花、芳草、藤蔓新发的枝茎、叶芽，若柔嫩的小手，不时伸到你行路的面前或腰间，撒情弄娇。可见红山茶、红杜鹃、野樱桃、紫丁香、女贞子、百合花、白玉兰，此开彼放，争奇斗艳，细雨刚散，马上便有蝶舞蜂飞，氤氲嗡鸣。谷间，随处是清泉石上流，秀水潺潺来，水瀑、水幔、水雾、水花，百态交织，让你融入一个水的天堂，升起一袭袅袅晶莹的灵魂。向导说，内里产娃娃鱼、细鳞鱼、黄腊丁等珍稀鱼种，令你边走边吞咽着口水。

行着赏着，你会来到一座人行便桥，可见峡谷开朗，山色空蒙，突感山谷荡气回肠，收放自如的绝妙。正处遐思，忽见四山如黛，云如润墨，小雨又唰唰而淋，朦朦胧胧，雨山雨水，如入水墨淡烟，写意丹青。这时，细雨中的沿沧河，完全湿透了她的衣裙，紧贴着秀峰秘谷的迷人身段，仿若梦中的射姑神女。少顷，不远处的深涧、洞穴，吞烟吐雾，意趣无穷，幻觉飘升。又见山崖之间，沟河之中滑过轻轻雾岚，若丝若带，若神若仙。忽而，雨戛然而停，太阳哗地露一脸儿，几道金光洒下，浩渺仙境，便立即将你包围。随雾而移，行路慢慢拐向山壁，拾级而上，通向寨子。

暮色之中，我们来到古村落。似从现代社会进入了一个陌生而原始的世界。只见两山之间的一个凹槽里，有四十来户人家，木房青瓦，吊脚飞檐，竹木掩映，阡陌相通。凹槽的两头又分别被两条河谷切断，整体地形如一个硕大而畸形的"回"字，村落便处在"回"字中间。可说青山相围，又沟河分割。凹槽东西各有一路相连，一条便是进山的公路，另一条是我们步行的后山路。整个地理，被造物主纵横切割，颇具魔幻，如天然迷宫或仙人摆下的八卦阵，显得极其隐秘和偏僻。但造物主的灵性给予了古寨人特有的礼遇，在两山之间留下宽大的壕口，置上近十平方公里的平缓土地，供其生存繁衍，在前山留一天生桥与公路相连，可踏桥进出，在后山留有攀崖路与河谷相通，可沿河去留。

就这样的环境及通行条件，让古村落做出最原初的选择，给外界布设了太多的悬念。进寨前经过的天生桥不经意是看不出来的，现今的公路可清晰地看出一段整齐凿山的痕迹，而后山的河谷无人带路通不了后寨。这为生存在里面的古村落提供了安全而神奇的天然屏障。可见古寨先民如此选择一定有不可回避的原因。是躲藏？是寻找世外桃源？雨中的犀牛寨，若隐若现，像披了一层神秘的面纱。

村落的四周，满目的苍峰翠屏，摄魄的碧水玉流，让你的目光与思绪就在苏轼的《西陵壁》里打转。空气越来越清新滋润，绿色越来越鲜亮可人。

进到寨子，古色古香的土家吊脚楼，挂满红红的灯笼，显得格外喜庆温馨。土家人热情好客，大开寨门，迎接我们。桌上已摆好土家的老腊肉、石磨豆花、炒鲜笋、蛋煎油茶等农家美味，同时，那瓦泥色的土碗，盛满了芬芳四溢的土酒。一个年轻而壮实的土家汉子不断地招呼："都进屋坐，我们熬油茶喝。"那彪悍的体型，黝黑的脸膛，展现着土家人特有的质朴与友善。他给人一种头人的形象，原来他是该村的村支书。在喜庆的氛围里，我们入座其中，与土家兄弟姐妹们海吃海喝起来。享受着民族团结、兄弟友爱的和谐气氛。

之后，是土家人的歌，土家人的舞，土家人的不眠之夜。

看到土家人的豪爽及膀大腰圆的身体素质，你会想到大山的阻隔留下了不平凡的古村落，也留下了土家人抵御自然的特有风貌，活下来的是精英，是经过了万千生存法则洗礼的英雄。走在犀牛寨戏楼前的院坝里，我们讨论过蚩尤部落的后人，酉阳土司，冉家沟等与古村落有联系的事儿。联想过历史的战乱，及因此而引发的移民等问题，欲找到这古村落存在的理由。

三、土家村落，蛮夷揭秘

自古西南，称为洪荒之土，蛮夷之地。而蛮夷指谁？它与犀牛寨有何关系？章太炎在《排满评议》中说："蚩尤为苗族豪首"，其部落在涿鹿战败后，便向南方流徙。现酉、秀、黔、彭的苗族多为蚩尤后裔。故彭水郁山曾设蚩尤庙祭祀及当地人有"吃九皇斋"的习俗。

《山海经·大荒南经》说："大荒之中，有人名曰驩兜，人面鸟喙，食海中鱼，杖翼而行，维宜芑苣，穋杨是食。"这驩兜便是被舜放逐于崇山的"以变南蛮"的驩兜部落。生活在今湖南大庸境内，后迁徙至黔江、彭水一带。《皇朝经世文编·郭清螺文集》云："考红苗蟠踞楚、蜀、黔三省之界……"其中的红苗即指驩兜人。

汉代，有盘瓠部落从湖南泸溪拥兵寇掠武陵、长沙、庐江等地，建武二十四年（48）马援率兵"征蛮"，斩杀2000余人，余"皆散入竹林中"（《后汉书·马援传》），其残部迁入秀山、酉阳、武隆一带（今芙蓉江峡谷两岸）。

其蚩尤、驩兜、盘瓠等部落后人，古称"三苗"遗种，是为苗族也。

而彭水、武隆的土家族过去也称为"苗""蛮"或"土蛮"，商周时代，彭水、武隆等地均为巴国的一部分，巴人为土家族的先民。《巴蜀史迹探索》说，巴人祀虎，以虎为图腾。楚人称虎为"於菟"，读"乌图"，这乌图疾读即为"土"，土家族遂此得名。

巴人的最早起源，在今湖北长阳县的钟离山一带，原有巴、樊、暉、相、郑5个部落。在一次争夺酋长的斗争中，巴氏廪君取得了胜利，便统一成为巴氏一个民族。后来，廪君部落便由溯清江流域向西发展。一支迁入今酉、秀、黔、彭及武隆定居下来。

《华阳国志·巴志》反映，周武王伐纣时，实得巴蜀之师以得天下。并"以其宗姬封于巴，爵之以子"，即封为巴子国，"东至鱼腹，西至僰道，北接汉中，南及黔涪。"后楚子灭巴，巴人流入黔中（今彭水），分"酉、且、巫、武、沅"等五溪而踞，号为"五溪蛮"。

到唐代，乌江流域少数民族姓氏多为田、谢、朱、杨、冉、雷、向、李、邓等，从元到明代，多次"赶苗（蛮）拓业"，劫后余生者大多逃亡他乡，少数避进山林，隐姓埋名，谎称汉民。在招民垦殖中，部分远走他乡的苗人又重返故土耕织。

宋代，黄庭坚在《答从圣使君书》中提到的制茶"土人"，当为土家族的先民。元、明以后，彭水土家族也被统称为苗人，列在"赶苗拓业"之列。其冉姓为土家族中的大姓，部分迁入武隆火炉沧沟一带居住。

由此看，乌江流域的先祖们在部落争斗，"赶苗"与"反赶苗"的沧桑史中，经历过无数次的战乱、迁徙与流亡。

《隋书》《周法尚传》《李景传》分别有"黔安蛮""黔安夷""黔安夷向思多反……""击叛蛮向思多反……"记载。

是的，无论哪一个部落的来去，皆非无缘无故，其主要原因还是生存的争斗，这种争斗带来的战争、和平、迁徙、驻扎与安顿，形成了人类沧桑的发展史，有了我们乌江流域现在的汉族、少数民族聚居模式。

至此，蛮夷之说便可定为早期来乌江流域生活的苗族及土家族人。而犀牛寨的早期居民——冉、徐、侯等人家（冉姓为主），现考证为土家族。翻阅史书，可以基本推断，他们应在"赶苗拓业"阶段，选择了这安全隐秘的世外王国——犀牛寨（冉家沟）生息。

从历史看，犀牛寨的冉姓人家，其来源应为巴人之后，迁入时间应分两个阶段，其一，为楚子灭巴时，遁入森林的冉姓族人。其二，为元、明朝"赶苗拓业"时迁入，以及之后接续的"赶苗拓业，改土归流"时期的迁入与迁出。当年冉、徐、侯姓人家曾多次被"赶苗"驱散，渐次迁入吴、陈等姓氏，现还流传有"上铺坪，下铺坪，徐侯二姓一家人，再生吃的臭野猫，死后埋的团团坟"等顺口溜，指当年"赶苗"时，有徐、侯两姓男女躲入空壳的大树中，靠吃死野猫肉得以幸存，他们老死以后所埋的坟茔成圆土堆形状。今距古寨不远的徐家湾人氏当为其后，而当年的冉姓族人神秘消失了，据祖籍湖广的陈华绪老人讲，20世纪60年代红卫兵在犀牛寨抄了一座大古墓，墓碑依稀可见"冉方"二字，恐为冉氏先人。世事多磨，到了乾隆、嘉庆年间，川湘黔苗民起义遭镇压后，种族矛盾开始融化，社会曾一度安定，汉、苗、土等民族相安无事，共同生活，新中国成立后，各民族真正实现团结，亲如一家，再没出现过种族歧视及仇杀的事情。

四、世间净土，犀牛悠悠

犀牛寨的土家人历经沧桑终归安定，在他们精心挑选的世外桃源里，日出而作，日落而息。而犀牛寨中的犀牛，从何而来？它告诉我们什么？

目前，乌江流域最早的志书里只有老虎（华南虎）、金钱豹、野牛等大型动物，而没有关于犀牛的记载。何业恒在《中国野生犀牛的灭绝》一文中指出，犀牛曾广泛分布在大半个中国，主要栖息在接近水源的林缘山地地区，唐朝时，湖南、湖北、广东、广西、四川、贵州甚至青海都有分布。并随气温的变化及人类的捕杀，向西南移动，到了宋代，除云贵高原外，其他州郡只偶有犀牛记载。

到明清时期，中国犀牛已仅在云南省有残存了。由于犀牛角是一种珍贵的清热凉血中药材，也是工艺品雕琢材料，其皮和血也可以入药，犀牛皮还被古代人广泛用于皮甲制作，更加速了人类对其灭绝的速度。到了20世纪初，犀牛在中国已所剩无几。1922年后，犀牛在中国彻底绝迹了。

冉家沟传说有犀牛，说明它存在很早，前面说了冉氏迁入可能在两个时期，如果是巴人生活时期，可以肯定地说犀牛是存在的，也反过来可以证明，土家人在当地的生活史提前到距今3000年的时间。如果说是元明朝时期，犀牛可能存在，也可能绝迹（因为没有历史记载）。但想当年，洪荒闭塞，除非战乱，没有人愿意选择这深山老林居住。而巴人生活时期，疆域辽阔，人烟稀少，即便躲避战乱，也不一定选择这么偏远的犀牛寨生存。所以土家人自"赶苗拓业"时迁入，相对准确一些。也就是说当地人的生活史应在距今700年左右。所以当地犀牛灭绝之时应在元明朝时期，与何业恒"到了宋代，除云贵高原外，其他州郡只偶有犀牛记载"的推断基本一致。

古寨对面有一个洞子，被人们称为犀牛洞。传说，当地人常看见成群结队的犀牛在冉家沟出没，勇敢的土家人将犀牛射杀后，将皮剥来制成战衣，在战争中抵抗长矛及刀箭的刺入。

现在看，这样的环境更印证了犀牛寨的选择，犀牛最后栖息地是人迹罕至的地方，恰恰实用于土家人躲避战乱而落脚生根。想当年，土家族本以老虎为图腾，而今那沧桑古老的犀牛却走进了土家人的故园。

其实古寨子，随现代文明的涉足已不多见，而古村落中的古寨子更是凤毛麟角，以中国已经绝迹的动物来命名并流传，似乎天生就闪现着古老、本朴、原生态的灵魂，成为人们不需解释便能揣测出的净土。

然而世间本没有真正的世外桃源，但它带给我们向往与憧憬，你可以来此小住，来此放慢生活的时光。于自己的平仄处找到那份暂时歇脚的安然与恬淡，为明天更好的启程而养精蓄锐，亦不失为一件人生的快事。

历史的尘埃终随烟云而去。如今的犀牛寨，再不需要遮遮掩掩地藏匿于大山深处了，它在美丽的阳光下，在缠绵的霏雨中与外界深深相融，与我们款款升华。但它能否抵御现代社会的物欲侵扰，我为它隐隐担心。

愿它为我们永远留着那扇宁静而淡远的寨门！那千回百转、袅袅娜娜的梦境与实地。

探望月亭

己亥年七月十五，避暑仙女山七色天街。晚餐余，漫步郊游，觅得一探月小道，遂入。

见幽径蜿蜒，林暗清风，怪石嶙峋，虬髯阴森，有夜鸮间鸣间歇，颇具神秘焉。暗忖林密路深，何得月尔？然沿路有"引月路""奔月路""得月路"等题刻诱导，悬念跌宕，而不能自持。

或攀沿石级或穿越夹缝，凹凸上下，随形就势而进，迂回曲折，尤显气喘。片刻间，眼前豁然一亮，一垭口坪地迎面而至，正中立一亭子，飞檐翘角，古色古香，似鹤立天边，静候仙人。于亭间远眺，视野开阔，远山重峦叠嶂，气象万千，顿觉神清气爽，心旷神怡。恰夕阳隐没，秋蝉唱晚，红霞应菇云共舞，黄鹤隐苍茫孤飞。其无边意趣，全凭自我，穷抒惬意，词不达意也。

举头仰望，淡月悬于亭子上空，澄蓝浅云，清晖夺目。若露荷临曦，含苞欲放；似霜梅慕雪，玉朵凝脂。少顷，月盘转浓，愈皎洁明亮，宛如仙女出浴，淡披薄纱，秋目盈盈，含情脉脉。竟欲乘风归去，与之相会。冥冥恍惚，失魂落魄。忽闻夫人曰："此地佳绝，来张月照也！"见夫人邀照，方回神正襟。细想，何人高妙，沿路以月循循善诱，才得此佳景，享此清风朗月？

忽见亭子门柱有房皞楹联："胸中有丘壑，眼前无障碍。"落款为任恒权书。恒权者，武陵逍遥之士也。性豁达，好浏览，善书法、摄影，才艺超群，为人仰之。吾与淡水之交，闲暇论及文墨雅趣，彼乐谈笑之娱。今见字如人，油生挂念是次，服其落墨山野，心明意快，如玉佩玛瑙，画龙点睛，实乃精妙之用也。此眼里无障碍，不仅得明月、见仙女，更得心中明镜，临亭体察，万物分明，各呈异彩。确乎闲中观日月，静处览乾坤，胸怀天地也。

　　未及多想，速为夫人摆姿拍照，作抱月状乐不可支。见月明盈路，回寓所，忆及幽径所悟，遽作《探望月亭》以记。

第四辑　乡土愁肠

关于贾角山的"佛"说

贾角山，横看像古老的三齿仰锯，侧看则是大娄山里突兀的一只犄角。其实，很难一目了然看清它的面目，不过用角来命名，也算定名人为此山作了较具代表性的概括。

一次，在芙蓉江畔的三河口歇脚，我将远眺的焦距调整到久违而亲切的天边，见那遥遥相望的家乡位置，很清晰地立着一尊神形兼备的坐佛，气势宏伟，天下无双。当时，在场的人顺我手势一指无不惊呼："像佛！像佛！"

见此情景，我忽然有一种顿悟，之前，不是经过这里很多次吗，怎么就没发现呢？于是，我认为贾角山先前命名的"角"只指顶端的峰，而"佛"可概全貌，佛头、佛身，尤其那坐姿栩栩如生。其实，我并不想改变它原本"角"的定位，大家还是叫它贾角山吧！只我拜为骨子里的"佛"就行了。

曾经的家就在"佛"的肚脐上，以至于"佛"的每一次脉动都聆听得很清楚，因而亦知"佛"的饥寒与饱暖。"佛"的肚里装着硬邦邦、红番番的石头，"八间房子"的人说可以熬成铁，其实应该称为炼铁，但他们认为铁是熬出来的。日本人来中国"讨嫌"的时候，人们用它做成刀和枪。那时"佛"很青春，长满了合抱之木，喂着老虎。全面抗战结束不久，住"佛"胯下的那家人给老虎送了一头毒羊，虎哀号了三天，在雪地里打滚，直到被剥皮、烹饪。打那以后，山上的猴子开始反常，小时候的故事还响在耳边。

大约1960年的秋季，人们开始将"佛"身上的柴砍光，说是"大炼钢铁"。砍柴的人有我父亲，那时他十七岁，已是兵团的人，负责在高炉上加柴和矿石。人们热火朝天，争当砍树英雄，要让猴子消失，野猪绝迹；人们深挖矿洞，要挖穿"佛"肚，取"佛心"尝尝。于是，人山人海地砍柴，人山人海地背矿，决战、苦战、鏖战，战天斗地。这是"佛"第二次生铁，生得很壮烈，说要"赶超英美"。

忙活了数月，在当地土专家们的指点下，高炉流出了一些铁屎锅巴。兵团的头儿说太少了，赶紧安排人砸锅、砸罐，将砸烂的碎片全部用来加在堆放"炉屎"的磅秤上壮数量。从此，"佛"在"破釜沉舟"后面，加了一个"砸锅卖铁"的典故。

父亲下高炉时，边走边打瞌睡，被通知回去收庄稼。地里的谷物已生芽、发霉，有人说，不管它，"佛"可以挂起铧口吃三年。没过三年，父亲开始埋人，包括那个说可以挂起铧口吃三年的人，到父亲也差点被埋的时候，一头被抛向山洞的死牛救了他，同时还救了兵团的头儿。那头儿没捞到牛肉，但牛屎汤管了他三天。再后来，"佛"开始"三自一包，四大自由"，开始在山前山后的边边角角种菜种瓜，"佛"开始消掉水肿，眼里的瞳仁射出了生机。

但没有多久，父亲被"炮"打，被"原子弹"炸，说这叫"文化革命"，但全是用的"重型武器"。父亲居然没被炸死，倒炼成了铁板一块，使别人不能见缝插针。不过，父亲从此老实，本来他一贯都是老实的，他开始忙时吃干、闲时吃稀、平时半干半稀地过日子。这段时间"佛"仿佛瘦得有些厉害，它被剥了一层皮，人们从脚到头在它的身上种满了"鸡脑壳"，只在山顶上留了几根"马耳秆"。

那一年春，凤铃的母亲去坡地下种时被山上滚落的石头砸中了，她父亲慌慌张张来教室叫了声："铃儿，你妈噻去了也。"说完便转身走了。那身影有汗、有泪、有血、有茫然。凤铃和我同桌，我吃过她带的烧红薯和烤玉米。看到这一幕，我猛然呆住了，见凤铃"哇"一声大哭并跑出教室。从此，她没有读书，那张漂亮的脸和那香喷喷的烧烤物，就此成了我永恒的记忆。最难忘的是她父亲的背影和她那瞬间流下的泪水，如一把匕首插在了我的心上。

人们知道，日子就这样过或者只能这么过，直到包产到户，才对生活有了新说。"佛"开始从"丰衣五尺布，足食三两油"到穿的确良、的确卡，吃两头猪、三头猪……

一晃三十多年过去了，父亲佝偻着带领我们回去看"佛"，那"佛"长胖了，满山的精神，在郁郁葱葱中矗立，它坐南向北，神态安详。

启教寺里的镜子

　　启教寺为道教文化的产物，坐落在渝东南武隆区白云乡，传为明代涪州启氏所建。亦说更早，兴于唐贞观年间。主要宣扬道教、佛教，后又丰富儒家文化，并不断走向儒释道的融合。香火延续甚长，至20世纪60年代毁于人祸。

　　据《武隆文物志》记载，启教寺原规模宏大，占地五亩，有四大殿建筑，雕梁画栋，回环四合，堪与丰都鬼城媲美。

　　我曾两次登临白云山顶拜谒，头一次为21世纪初，参加全区风景名胜普查而往，第二次为助力乡镇扶贫文学笔会采风。两次相拜，一冬一春，景致及心态自是不同。

　　第一次去，尚见瑞雪飘飞，寒风瑟瑟，松岗冷清，万籁俱静，颇有萧然空寂之感。从白云乡政府所在地至启教寺步行约半小时左右，一路有一位德高望重的退休老师做向导，除了新奇外，亦觉佛缘难得，令人向往。行至山腰，便见龙脉蜿蜒，青峰敞怀，一座宽大的寺庙遗址环抱其间。原有的寺庙建筑，已基本看不到向导所讲的实物，只留一处瓦木、土石结构的房屋，在那儿孤零零地迎接我们。

　　由于房屋空间并不大，佛堂显得较拥挤，正中供着释迦牟尼、右侧供着观音菩萨等塑像，左右两边分列十八罗汉、二十四诸天群像，大部分雕塑为民间人士自发修造。其塑像神态，大有粗制滥造之嫌，石雕泥塑，形态怪诞，似像非像，色彩花花绿绿，无不随心所欲，甚至滑稽怪诞，令人啼笑皆非。全无一点道教、佛教圣地庄严持重的印象。但却见香火留存，烛光飘摇。

　　而这一次去，正值春暖花开，庙堂扫得干净，又新设了硕大的香炉、烛台、钟楼等，生机自是增添了不少。又是那位退休老师介绍情况，他沧桑了许多，已认不出我，但精神矍铄，依然谈笑风生。更重要的是，我对启教寺又有了新的认识，尤其，那些怪模怪样的菩萨们，一下子变得可爱了，全没有先前的不屑。那些似乎有缺陷的雕塑，竟被我看成艺术，当成饱经风霜的文物了。

　　是的，那是一双双农民的朴拙的手，一个个虔诚得让人油然而生怜悯之情的民间智慧所催生的作品。常言说，透过现象看本质，中国几千年的儒释道，博大精深，除当年的高僧、长老、文人们穷尽一生研究外，又有多少民间人士放下手中的活儿皓首穷经地去学习并塑造它们呢。普通人只要心存善念，行善积德，便善莫大焉。而后来的人依葫芦画瓢，凭仿造或凭想象弄出这些供奉的菩萨来，亦是难得一见。这或许就是民间佛道文化的正果，抑或叫民间善念教化的大同。

　　据说启教寺每逢二月十九日、六月十九日、九月十九日，都较热闹，前来烧钱化纸的人不少。这种现象全是自发，人们不一定对佛道文化了解得有多深，但内心向善，信奉因果报应，讲求来生救赎，即是几千年百姓潜在的道德风向。解剖了看也十分平常和朴素。

　　虽然喜欢上了启教寺里的菩萨们，但我从未研究过它们，只是从心底里盲目地敬畏。而这一次我倒对释迦牟尼、观世音几个大菩萨做了些背景查阅，知道了些来路。关于十八罗汉及二十四诸天，我的确时间有限，多有忽略。不过，其中的包拯我倒是认真地看了又看，他额上的那弯小月亮特别醒目。

　　包拯的清官形象伴我长大，小时候老家大姑姑爱给我们讲《打龙袍》《铡美案》的故事，尤其陈世美与秦香莲的剧情，讲得叫人心醉。从小也就埋下了对包拯肃然起敬的种子。更有一次，河兴的黄婶半夜起来哭呼，大喊包公显灵，要包公给她断理。后来她还真如了愿，让我对包公更加尊敬。

原来，黄婶闺女春燕在失恋中喝农药了，因为邻村所处的对象刚考上乡干部就变了心，弄得小姑娘茶饭不思，去寻短见。黄婶一个劲地喊："金子岩那个昧良心的，要挨千刀万剐，我闺女给你洗给你缝，这下嫌是农村的了。"边哭边拜："包公啊，你要为我做主！闺女的命捡不回来，我怎么活啊！"

黄婶对着西南方一把鼻涕一把泪，把乡亲们都给惊醒了，天上的月亮也不断地用云朵擦着眼睛。说也怪，春燕送县医院给抢救了回来，在鬼门关走了一趟的她，开始了新的生活。后来一位组织部的同志找到那位小伙子谈了话，两个年轻人又重归于好，终于步入了婚姻殿堂。这次，在包公面前我瞄了一下方向，还正好对着黄婶遥拜的地方。

或许那位医生、那位组织部干部就是现实中的包青天，那些讲清廉、讲公道的人都是包青天。我在启教寺里兜兜转转，突然感觉那些雕塑都拿着一面镜子，在千古照人。也让我看到百姓们供奉的菩萨绝非无缘无故，历史的时间、空间总在沉淀人心的考量。

凤凰于飞心如许

走在凤来的田野里，感受凤凰的到来，我的心底陡然升起一团"凤凰于飞，翙翙其羽……"的火焰。仿佛一杯久仰的热酒在打开我美好的企盼与期许。

虽处初冬，却巧遇高阳朗照，气候温婉。犹见田畴如镜，山林尽染，满目的明快与金黄。使此次文学采风的心情格外热络偾张。庆幸的是，《城市地理》的大编辑李海洲和董继平先生也助阵前往，平添了一路"大咖"气象。

我和李、董两位先生边走边聊，享受着武隆田园山水的乡村景致，意趣相投的诗画情怀。其实，周围还有很多人，二三十人的队伍，热热闹闹，其乐融融。很快，我们便参观了当地打造的葡萄园和荷花园，那里正在招商引资，引"凤"筑巢。

一

噗，噗……一对白鹭从面前的水田里腾起，"嘿，凤凰，凤凰……"继平先生随手一指。一个随行者道："是白鹭而已！""哦，凤凰。"继平仍指着远方，坚持他的说法。大家都一齐看，但谁也没有看见他说的哪种鸟，"凤凰"似乎瞬间消失得无影无踪。"继平，英文字母看多了，眼发花哟！"海洲一旁打趣。狐疑中，大家走进了凤来的特色农业示范区——"鳅田稻"种植中心。

眼前，一座不大的实验楼整齐别致，外墙上介绍着"鳅田稻"的科学种植技术，实验楼一旁紧挨着几个孵化鱼鳅的棚子和育池。听着该中心的创业牛人陈明亿的介绍，我们分享了他种植、加工、网络销售等激动人心的运营过程。

最引人注目的是外面宽阔的种植基地，亮花花的一坝水田，分了整齐的格子，如一面硕大的棋盘，铺展在蓝天之下。格子的线条便是我们参观的路线，用水泥做了硬化。突然，路边的鱼篓在晃动，带队的印克文书记，抓住篓子端口一抖，打开网门瞅了瞅，半篓鲫鱼和鱼鳅在里面活蹦乱跳。大家一窝蜂凑上去又抓鱼又拍照。那鱼鳅滑溜至极，哗的一下，只听一声尖叫，鱼鳅飞跃到一个女士的胸前，女士眼疾手快，顺手逮住鳅尾，但尚未回过神，那鳅又翻身弹入田里，引来一片爽朗的笑声。

关于风来的水稻种植，据说可以追溯到夏朝时期，有考古发现，夏王朝存在于中国南方，稻作农业孕育了华夏文明。大禹治水就是为了发展农业，予民"庶稻"。风来紧邻古涪陵巴国国都所在地，是重要的产粮之乡。自古就有"农耕如画，稻田飘香"的流传。大家怀古论今，谈锋热烈。克文书记见机解说："'鳅田稻'是风来过去进贡皇城的大米，曾卷起无数驿站的黄土，那时鳅与稻的关系，被古人巧妙运用，形成'稻苗护鳅遮荫，鳅食虫蛾除害，鳅动疏根躁泥，鳅粪为稻施肥'的环保生态机制。后来，这里出了一个刘进士，携米进京，受皇上恩宠，使'鳅田稻'成为世代相袭的'贡米'。因此，风来人不忘鱼鳅、黄鳝与水稻生态养殖的初心，使清香四溢、口感爽润的'贡米'滋味永远保留了下来。"一席话，说得大家对"鳅田稻"直咽口水。

其实，聊到生态农业，人们无不兴趣陡增。因为大家无不有过对近年来假冒伪劣食品所产生的危机和恐惧，也无不有过对今天纯天然食品所产生的强烈向往与追求。之所以有人拍摄《舌尖上的中国》，除了宣传中国美食外，更在于对纯天然及绿色食品的推崇与追捧。

武隆风来作为传统农业之乡，更有利于发展纯天然食品，

"鳅田稻"正是看准生态农业发展的前景和商机，持续不断地做起了"贡米"文章。随行的乡长张泽恒告诉我们，"鳅田稻"已形成发动农民科学种植，统一加工，公司回收，网络外销一条龙服务的"产业链"循环模式。

百闻不如一见，采风者们在农家乐的午宴上，品尝到了"鳅田稻"米饭的醇香与滋润，同时也吃到了当地农民煮的活水豆花、老腊肉、鲫鱼汤，更有引种成功的大闸蟹等新鲜美食。海洲边吃边赞："安逸、安逸，天然的空气，天然的食品，天然的人。"继平说："凤凰、凤凰，飞在高处的凤凰。"同桌正好有人举起酒杯道："哦！说得好，为那飞在高处的精灵，我们干了这杯。"

二

占地2000余平方米的明朝进士刘秋佩故居，是凤来人的精神高地。这里圈着围墙，里面三排房子，土木结构，古色沧桑。

随行的解说员道，这并非故居原貌，原来的雕花门窗、院子大门、石狮子等均被当年"破四旧"损毁。那些预示福禄寿喜的龙凤、蝴蝶、驴马类楠木雕刻，已不复存在。偶有幸存于房壁的残破雕琢，要么缺臂少腿，要么断头无尾，在无言地诉说着岁月的伤痕。现房为改建的粮站，里面的架构尚在，梁柱壮硕，穿斗雄健，仍隐约可见当年建筑的壮美与辉煌。

刘秋佩，名蘽，字惟馨，明弘治十二年（1499）进士，官至明代监察御史，因弹劾贪官刘瑾被贬回乡，明代大儒王阳明曾写诗赞曰："骨鲠英风海外知，况于青史万年垂。"在凤来，刘进士创办书院，大兴教育，造福乡梓，被后人称颂。其耕读为本，忠孝传家的进士遗风，成了乡人们繁衍生息的不灭心灯。

而今，进士故居已人去楼空，深锁的宅院显得十分寂寥。作为市级文物保护单位，大家都有说不尽的感慨，每个人的心绪都随那故居的前世今生飘飞。臆想其如果保留完好，现在一

131

定是价值不菲的人文景观。似乎残存的背后总在浮现那些文明结晶的败落与惋惜。海洲与继平自是叹息连连，联想万端。不过，他们都说："正常，这在其他地方已司空见惯。诸如文物古迹，图书字画，都是当时的重点冲击对象。"

由此，我想起乌江边的唐朝长孙无忌墓，被当年的一些人拆毁养兔，也是同样的遭遇。继平突然道："这些文化遗产几乎都在同一个时期遭受灭顶之灾，这本是人为的。这在历史上也有，楚汉相争，楚霸王一把火烧掉阿房宫，足足烧了三个月。上学的时候，先生在讲到这一课的时候，颇觉阿房宫烧得好。回头来看，兴许是阿房宫隔我们的时空太远，但现在想来也同样可惜。何必烧了呢，没收做新政权的公产或分给穷人总可以吧！这一点看，项羽不过也是一介武夫，历史选择刘邦似乎更有道理。"海洲这时拍起了手掌，谓之："高见"。

现在，刘秋佩的人文风貌又重返人们的精神故园，乡人们把这伤痕累累的故居给保护下来，寄予了乡村振兴的美好期望，它像乡愁里的明月，愿景里的曙光。因为在他们的眼里，"巢"在那里，灵魂在那里，凤凰还在那里。

三

在一阵进士人文的余音绕梁中，大家进了一片松竹林，眼前呈现数尊巨石，体态雄奇，如天卵降世，鬼斧神工造化。见门户处的大石上，刻有"大石箐石林"五个大字，大家方知走进了三百年前的一个佛教、道教圣地。

行人于石缝的间隙中拾级而上，像走进一幅古墨丹青。不过，这丹青的核心全不是罕见怪石与苍古的松竹，而是接下来的令所有人不胜唏嘘的一幕幕古寺奇观。

万未料到，在这西南山乡，一行人竟有如此际遇。这是一座拥有无常、夫子、黑神、老君、观音等十二殿堂的寺院。它藏宫卧阙，错落有致，巧妙地构建于这大石林中，隐没于云霞深处。当地人称石林寺，亦将它喻为"小丰都"。

据带路的向导说："该寺建于顺治年间。每逢农历六月十九，这里人声鼎沸，香火旺盛。原有十二殿堂，各罗列菩萨塑像数尊，皆精雕细琢，或文或武，或凶或善，神态各异，神形兼备，栩栩如生，惟妙惟肖。寺内洞、桥、庙舍或以大石架构天然布局，或依大石形态人造刻凿，皆配搭和谐，自然成趣。"

然而抵临寺庙，却与观进士故居一样，这里也是无数的残缺，无尽的感伤。殿堂里的人人马马，牌匾字画都经过了刀斧的"洗礼"，钎锤的磨击。多数菩萨塑像身首断裂，残损不堪。因此，我们现在看到的大多只是一些原塑像的身子，其新接上的一些怪异头颅，粗制滥造，形象怪诞。如孔子的头挽着红帕，柳眉杏目，一副娇媚之态。关圣人鹅蛋脸型，没有胡子，似唐僧却又毫无一点俊秀。

"哟！太富创造力和想象力了。"海洲一声惊呼，接着又道："那孔夫子弄个女人头显示文秀也就罢了，关将军没了胡子怎个威武得起来。而这一文一武总是少不得，那孔、关二人的身子还稳稳地留在那里。老农们朴拙的手，无疑在唤醒另一个世界，但真有些张冠李戴了。"说到这，继平也在长吁短叹："三百年前成就的艺术，风来人积了多少心血、柴米和银两，用了多少能工巧匠的奇思妙想，怎流落得这等模样？"

幸有一座老君殿牌坊较完整地保留了下来，上面有联曰："修心须悟存心妙，炼性当知养心安。"横批"心境虚明"。才让人们激动的心潮止水般安静。的确，人生若是如此修心炼性，那还有什么心境不高洁明快？心境空明清澈，能照万象之象，纤尘不染，超然物外。可惜当年，那些风风火火的人们没有真正读懂。

现在看来，这些石头所赋予的内涵并不简单，它的背后集中国几千年佛家、道家思想的大成，这些思想无疑是先人们在生存与灭亡，在奋斗与抗争中积累衍化的心血与结晶。那用匠心刻出的艺术瑰宝，已归集为和谐文化的行为荟萃，浓缩成崇德向善的精神符号，可谓真正的点石成金，文明烙印。未曾想一场浩劫，而使之面目全非，不能不令人扼腕叹息。

　　而当今的凤来人又去移花接木，要复活他们心中的"塑像"，这也难能可贵。也许他们要在那些残缺的肢体上找到心灵的救赎，或是繁育慰藉乡愁的瓜果，以滋养生息轮回的永恒旅程。

　　离开大石箐，落日已经模糊，但我却久久不能平静，还在想着继平先生手指的"凤凰"。恍惚间，我看见真有一群发光的禽鸟，栖息在凤来的枝头。

乡间"屁"事

早年间，事关本立哥的一些乡间"屁"事，于我印象颇深。常因大庭广众之下，闹出放"屁"的事来，而多有诟病。

本立哥为我同乡表兄，长我二十余岁，生性开朗，豁达乐观，人多与之亲近。同辈兄弟多叫他立哥，爱将贾角山下三崇堂的生活窘境与他的自立精神联系起来称呼。在当年艰难的农村，他自我奋斗，依"本"而"立"，常被父母当作教育我们的榜样。但他"火炮"性子，心里装不住事，往往快人快语"有话直说，有屁就放"，要把心头的话噼里啪啦地吐完了事。所以在他的田间地头，房前屋后，总是隔着半里就能听见他响亮的嗓门。经常是说完话便一阵哈哈收尾，笑得两颗豁着的门牙就要飞出去似的。这既得人喜欢，也遭人怨恨。

因此，有人说他一根肠子通出头，城门里扛竹竿，直来直去。在我的心目中，他如张飞，似李逵。

立哥是生产队的强劳力，对搞生产那一套他是精熟的，但就是不赞同"亩产万斤粮"的说法。种冬麦的时候，时渊队长专门开了会说："我们要敢于'放卫星'，'人有多大胆，地就有多大产。'一颗麦子一刁麦，一刁麦子长粒百，依此算，我们三崇堂只种五亩地，单麦子就够吃了。"正讲着，突听"噗——"一声屁响，后面立刻有人偷笑，立哥赶紧解释："中午红苕吃多了，起气。"坐在台上的童主任瞄了立哥一眼："少吃点嘛，开个会，搞得个屁撒连天的。"话未说完，又"噗"了一声，"哎，这阀门不争气。"立哥有点自我解嘲。会场随即一阵哄笑，笑声未停，又"噗"了一声，还拖了一点尾音。"哎呀，靠这点点，干脆整干净。"立哥说:"实在是压都没有压得住。"表嫂坐在侧边，拿起正在做的鞋底板，向立哥打了过去:"砍脑壳的，你这比'放卫星'还要扎实。"这下全场都笑开了。看会场失控，时渊说:"明年的麦子产不了万斤，找你苏本立算账。"这一唬，会场安静了。

坐台上一直一脸严肃的那个又矮又胖、脑袋滚圆的童副主任，是公社派下来专门动员"放卫星"的。三崇堂的人管他叫"铜鼎罐"，说他"促生产"的主意特别多，脑袋罐随便一摇，管人治人的方法就出来了。"鼎罐"早就看不惯立哥的放"屁"行为，这回要提到高度来看问题了，定立哥的行为是扰乱会场，破坏生产，放的是毒气。便与时渊队长研究如何治他，研究来研究去，因放两个"屁"而安上罪名，觉得没有震慑力，报到上面去还要闹笑话，最后合计安排立哥下雪天犁冬田。冬天寒冬刺骨，谁也不敢下田，这下落到立哥身上了。立哥心里明白，不去，就好安罪名了。不服从安排，就是抗命生产。

出工那天，立哥二话没说，呼哧呼哧地吆喝着老牛下了田。"铜鼎罐"怕立哥是做样子，便蹲在田埂上监督，立哥却越犁越欢，每犁到尽头就拖起长腔唱一句:"还要啊转来哟嚯嚯，哟咿哟嚯嚯……"突然一个灰斑鸠飞临"鼎罐"的旁边，立哥顺手抓起一把田泥抛了过去，只听"鼎罐"哎哟一声，如断弦的弹弓一下撑了起来，将鼻尖上沾的稀泥慌忙一抹，竟搞成了泥花脸，被这又冰又凉的稀泥一击，气得"鼎罐"连声叫:"你是成心的，你是成心的……"本立哥却当没听见只顾"还要啊转来哟嚯嚯，哟咿哟嚯嚯……"

但高兴的终不是立哥，后连续几天都被唤住犁冬田，最后一天立哥再没有大声叫着那转犁的号子了，沙哑低沉地喊着"还要啊转来哟嚯嚯，哟咿哟嚯嚯……"打此，立哥开始尿血，幺爸上山给他采了药，吃过了冬才勉强转色。

立哥和我幺爸相处甚密，因母舅关系而互通痛痒。记得幺爸高小快毕业的时候，想实现自学篆刻的梦，便在大磨箱上刻下"某造反兵团万岁"的字样，视为处女作，结果被已升任"造反派司令"的"铜鼎罐"看见，说幺爸刻写的"造反兵团"像个"屁"，要幺爸马上到公社写检查，并接受批斗，幺爸无论怎样申辩均不得要领。立哥立即来个先声夺人："说某造反兵团像个'屁'的是你童司令，走，我们到公社辩论去，看你这司令的帽儿还要不要。"童司令豆子眼一转，万没料到被倒打了一钉耙，只好改口："说造反兵团像个'屁'也没啥，'屁'一散了，还是'造反兵团'嘛！"

立哥孩子多，四个子女名字的最后一个字连起来，叫"勇群猛唱"，这十分符合他的性格，旨在激励生活的勇气与成长的斗志。为了他的"勇群猛唱"他下过很多力，吃过很多苦，因此，他力气练得很大，可以背负三百斤货物走半里地不歇气。但经"铜鼎罐"一折腾，身体就大不如前了，只好将就着身体做事了。

一次，远在他乡的朋友，约他去采些便宜货转卖，赚一点盐巴钱，乘船至了白涛，一农民打扮的人将他肩膀一拍，说了声："大哥，请帮我下忙，如成了给你买包'经济烟'。"见来人有些遮遮掩掩捉摸不透，立哥说："脱了裤衩打屁，爽朗点。"那人便转弯抹角地道："我和后舱那位大爷讲猪儿生意未谈拢，他四元五卖别人也不卖我，请你帮我买过来，事成后我马上给你钱。"那人说完，突然从身下很轻地冒了点响声，随即又不好意思地说了句："哎！今早整了些盐豆。"立哥虽觉很臭，但见也是个爱放"屁"的人，竟有一丝认同。同时正愁身上没了叶子烟，便过去牵猪了。

立哥不知是套，猪儿牵到手后，那位真正的买猪人却转身不见了。两个瘦小的猪崽叽叽咕咕地跟着立哥四处搜寻，任凭立哥大叫："是哪位大哥托我买猪的，请出来。"可就是不见买猪人的身影。船员见了，叫他："拴好、拴好，不要乱跑。"立哥方知上当，只得骂着："他娘个放臭屁的……"将猪儿牵下了涪陵码头，好容易才在河边猪儿市场甩脱了"包袱"，结果倒赔一元五。回家摆起猪儿的事，笑得幺爸说："枉做聪明，竟被猪贩子给烫了。"

这之后，立哥经历了包产到户，自主经营，当过村文书、村主任，走上了与村人共同致富的道路。他的"勇群猛唱"也都个个长大成人，当兵、经商、搞运输，过上了畅快的日子。但有一样没变，他的嗓门还是那样大，老远就知道是他来了。

一晃悠，离开立哥也有二十载了，如果没有记错，他应该有七十出头了。

芙蓉湖的魂牵

一

挑了一个桃李竞开的季节去看芙蓉湖。带着湛蓝澄碧的梦幻、烟花三月的氤氲，我仿佛飞出笼子的鸟儿，欢腾在四面春花、一镜湖泊的王国里。

山水相映，天光鲜亮，一切都是那么新颖、明媚，充满朝气。从区城出发，仅半小时车程便抵达了梦境般的芙蓉湖畔。

站在老同学大勇的农家乐院坝上，我有些多愁善感，被他家湖心岛的环境给彻底陶醉了。眼前的那个澄澈深透，那个宽阔迢渺，那个旷远绵邈，秒杀了之前积蓄的所有困顿，懈怠，不安分。它仿佛征服了一个奢侈的逃亡者，从斗室到山水怀抱，那岂是一点点轻松、惬意、自由的礼遇，那简直就是去了天堂。

是的，多美的梦之湖！清澈透明的湖水，湛蓝凝脂的湖面，涟漪粼亮的湖光，起伏蜿蜒的湖岸，恣意开花的村落，在亲切和煦的丽日之下，尽皆大泄春光。似乎到处都在闪动春波，都在与我相通相融。

而今天，我的思绪不只是随湖而飞，我要与湖心农家乐的老板娘陶芙蓉，说说压在30年前的心里话。因为在湖区形成之前，陶芙蓉家的一些风物旧貌、人情往事，常让我夜不能寐，感慨万千，尤其是年近六旬后，总爱魂牵与陶芙蓉的一次牵手情愫，让人挥之不去，罢之不能。

当年，我的老家处贾角山下，四周环绕芙蓉江、盘古河偌大的沟谷河域，虽然大美自在，但在生产力落后的年代，仍只能被称为穷山恶水之地。儿时就觉得沟谷长长，山岭崇崇，难行难爬，苑囿于大山之间。而湖区形成后，才感知天地之巨，人力之伟，芙蓉湖才是世界上涅槃的奇迹。

回头看，芙蓉江就像一根藤，盘古河则形似藤上的大肚葫芦，而现在的芙蓉湖便是藤上连接的一大片"瓜园"了。

这片"瓜园"，起源于20世纪90年代的水电工程。远在天外的大唐国际公司，被芙蓉江的千娇百媚及巨大的水能潜力所吸引，特找了一个峡谷地带筑坝修建大容量水电站。其落差一百三十余米的沟河谷地便成了亮汪汪的湖区水域，纵横面积近百平方公里，成就了家乡的湖光山色，烟水库区。

芙蓉湖恰好漫延于贵州高原与巴渝盆地的分界线上，成为水接两地的联袂之湖。有着高原、绝壁、盆地立体组合的独特风貌。发育于大娄山中部绵延下来的余脉，形态各异，林木葱茏，若千龙下凡，拥吻着芙蓉江藤蔓上的水泊"葫芦"。尤其水连岛，岛连岛，岛连山，山连村，构成了家乡吐纳包容的山水风物。

放眼湖周，碧峰滴翠，村落绵延，土家苗寨，人烟如画，出落得如高贵的鱼米之乡，再不是过去的穷乡僻壤了。

二

而儿时见过的沟河、桥梁、田园、房舍已成追忆。

记得从老家去江口镇读书，常往返芙蓉江三河口，每次步行三个多小时，沿路的沟沟坎坎，草木林石，都深印脑海历历在目。哪儿去捉鱼，遇过花斑蛇，哪儿去洗澡，被"嫂子"拿走衣，犹在眼前，回声耳际。特别有一次过河经历留下了陶芙蓉的娇美印象。

高中临末，我背了两个猪崽过三河口，要去江口场上换取最后的住学费用。这里的河面很宽，系芙蓉江的盘古河、白龙河、沙溪河的交汇口，是家乡人通往江口镇的必经之路。曾有一座石桥供人通行，但有一年特大洪水冲没了石桥，行人只能靠临时搭建的石墩过河，可石墩只在水浅时才露出水面，一旦涨水，过河就得涉水而行了。

那一天，夏日炎炎，骄阳如火，陶芙蓉打着花伞走在前面，一身清爽的连衣裙倩影迷人。虽然离她有十多米远，仍能嗅到空气中淡淡的芬芳。过河时，她一边发出咯咯的笑声，看我负重踩水的狼狈状，一边叮嘱我："踩稳石头小心行进。"似在看我出洋相，又似在关心我的安全。我心想，陶芙蓉平时是从不跟哪个男生主动说话的呀，今天怎么关心起我这个穿补疤衣服的人呢，难道是今天没有其他人一路？正在闪念间而又不忘专心挪步时，小猪崽在背篓里突然蹦跶起来，又窜又叫，似害怕湍急的河水一样，我双手紧扣背篓底部，稳住重心，咬牙渡河。不料，一股热流从指缝间淌了下来。原来，猪儿在背篓里撒尿了，气得我是有苦说不出，既不敢停留，又不敢甩背篓，生怕那热乎乎的臭水打湿我上学的衣裤。好在及岸不远，只能拼命向前。

这时，陶芙蓉已经上岸，她突然转过身来，向我伸出援助之手，但我刚把手伸出去，却又缩了回来。那一刻，陶芙蓉的脸颊瞬间泛红，如火烧云漫延。她分明是来牵我一把，我却没领她的情，显然是让她万分难堪。她转身快步地跑了。

而暖流已涌遍全身，我清楚地看到她那双白皙而柔嫩的手，多么地好看，多么地细腻如玉。是我从没触碰过又似梦中想要拉住的手。望着她快步离开的背影，我恨死那背篓里的两个还在咕咕叫的"黑花花"，我抬手嗅了嗅，一股尿骚味直扑心扉，赶紧将手伸向水里，洗！洗！洗！洗过手，再看已远去的她，我真想把那两个小家伙抛入江中。但转念一想，要它们换我半学期的饭票啊！又只能把它们背在背上。我不知怎么向陶芙蓉解释这超级的失礼，也不知道怎么来弥补一个女孩用热切换来的冷遇。我茫然、愤怒，没能追赶上她，她的裙子飘得像

141

鸟儿的翅膀。

陶芙蓉，瓜子脸、凤眼、小酒窝，身材高挑，长得就像那芙蓉花的化身，皎白粉红，艳似菡萏。她父亲是三河口的村支书，虽然文化不高，却以芙蓉江岸盛产的木芙蓉给她取名。恰好她生在十月，正是芙蓉花盛开的时节，其寓意深远。长大后的她果真"天然去雕饰，清水出芙蓉"，成了人见人爱的美女、校花。

她家就住在三河口不远的公路边，我读书每次都要经过其家门口。偶尔同路上学，并到她家里讨些水喝，她低我年级，可谓同校就读，难得见我进屋也都如其他同学一般，简单招呼或点个头即过。有次她问我一个数学方面的问题，讲完后她睁着纯真的明眸，说我比她们老师讲来好懂一些。仅此而已，我们其实并不常遇见的。加之，她不像我间或要父母想苦方凑生活费求学。她家有哥哥、姐姐在单位，家境甚好。所以我离家庭优越的学生们总有一些距离。这次河口相遇，她竟在前面边走边提示我小心慢行，着实让人感动。尤其是她竟不顾矜持伸手来牵我，而我却负了她的好意。

三

后来，我总想向陶芙蓉解释，但阴差阳错，未能把堵在心里的话说出去。

待我真正"醒事"后，陶芙蓉已成了我大勇同学的媳妇。一晃几十年，才发现他们一家从原来的湖底搬到了湖面的一个岛上办起了农家乐，家境甚是兴旺。席间，我乘着酒兴，终于鼓起勇气对着他两口子，说出了当年"缩手"的原因，陶芙蓉说她早忘记了。岂知，大勇为此跟我多干了两杯，只听他唻唻地说道："你小子，'缩手'是对的，你那两个猪儿更是对的。"说完我们哄堂大笑，一仰脖子，又整了一杯。

大勇与我高中同班，身形矮壮敦实，为人和易。他曾回乡当过一段时间的代课教师，后来辞职在三河口开起了小卖部，收入颇丰。见芙蓉湖出现后，与陶芙蓉灵机一动，做起了湖心岛的美食文章，把本地特有的乡土菜搬上了乡村旅游的大桌面，轰轰烈烈地干起了饮食生意。几易春秋，他们已在城里购了门面、住房，儿子也大学毕业参加了工作，日子过得十分红火。这次他俩特邀当年的十几个同学相聚叙旧，我便有了心里话一吐为快的机会。

陶芙蓉不光会料理生意，还有几分文学兴趣，常咏怀于她家周围的芙蓉湖，把四季绝色分享给外面的游人前来打卡。今天，她兴致高涨，给同学们描述起她观察到的四季美景，要大家替她多做宣传。

她说："这春日的芙蓉湖大家也都看到了，山花烂漫，湖水盈光。湖面缎子一般柔软，映着岛上桃花缤纷、鸟鸣婉转。生命与爱情的故事开始上演，俊男靓女，一口米酒，一首情歌。春花秋月，迷离漫幻，到处令你骨销魂醉，流连忘返。

"而夏日的芙蓉湖，湛蓝浓厚，四岸苍翠，绝在雨后初晴时，碧空万里，湖澈如眸。湖周桐梨花煽情，白鹭群嬉，鸳鸯戏水，鹰击长空，鹤鸣翠林；也绝在夏夜月明时，银光泛影，水天交映，岛林幽会，湖月传情。这时，你会听见叶笛芳音，放飞宁静。谁再饮上一碗土家或苗家烧的油茶，则整个夜色就更加心旷神怡了。

"秋日的芙蓉湖，清明碧透，山峰映彩，绝在层林尽染时。秋高气爽，碧水迎霜。湖岛群峰黄红相间，彩湖迷人。秋天的芙蓉湖是鱼肥虾壮的时节。鳜鱼在餐桌上被视为珍品，而芙蓉人更爱好由湖窜向溪沟的'黄腊丁'，围追堵截，叫你既兴奋又惧它的尖刺，还是'江团'诱人，肥而细嫩，爽口过瘾。此外，石磨豆花、棒打糍粑、芋儿烧鸡也在推高秋色，炫耀舌尖上的文化，引人折腰。

"冬天的芙蓉湖，圣水如眠，清朗爽俊，绝在燕子岩雪线升腾时。湖面如镜，雪山倒影，梅竹相间的村子，杀猪歌飘飞，一半在岸上一半在水中。若你再来个寒湖独钓，那又是一番志趣与境界了。"

听到此处，我不禁想到，曾去看过有着"高原明珠"美誉的云南滇池，在昆明城边，却有捂不住鼻的腐水味弥漫。也曾去踏过"杭州西湖"断桥，在那儿浏览过十景奇观，但无法透视的湖水与烦嚣的空气，岂有芙蓉湖碧水连天的清纯质感？

见陶芙蓉道出芙蓉湖的四季美妙，我特补充了一句："那深秋的芙蓉花更是让人倾慕难忘。"同学们一阵起哄，让陶芙蓉一下子羞成了"桃春花"，见大勇又要拿酒治我，我立即缄口躲开。

几杯下肚，儿时的水飘石、狗刨骚仿佛又回到湖底的清水潭打闹，又于沙洲间指点江山、激扬文字。总之，那湛蓝、纯净、清澈的湖水无法盖住同学们曾沸腾燃烧的青春情怀，大家沉浸在时空轮回的欢乐里。正是这种早年埋下的情愫，芙蓉湖成了我魂牵梦萦的湖，也成了我隔时便要回乡探望、拜谒的湖。

四

可激情之后，仍欣喜于现实的境遇。

因为每次在乡间行走的时候，就在想，30年前为什么不出现这个湖呢？那要减少多少的爬坡上坎，少走多少的弯弯拐拐，少多少年的苦熬与企盼。只两刻之驾就直抵湖心岛，一桥之跨就扑面贾角山了。许多事就又都改写了，家乡的演变兴许更有我的存在感，或是另一种角色转换。

好在芙蓉湖终究还是来了，积水成湖，风雨兴焉，芙蓉山水的面貌正在朝着乡亲们的诗意远方不断嬗变。

"仁者乐山，智者乐水。"家乡的人们和大勇夫妇一样，对水的守望，对山的敬畏，不光用心在感受山水的呼吸、山水的诉说、山水的微笑、山水的映照，还用行动在山水的慈眉善目间、长袍广袖中找到了生活的法宝。因此这片芙蓉山水幻化为了他们心中的希望之湖、吉祥之"佛"。

站在清澈的湖水面前，还真是有了不少人生的悟道。是这片山水给他们启示，给他们圆明，使他们"身处芙蓉颜愈少，吾心安处是吾乡"，有依靠，有温馨，有安宁。

的确，谁还比这芙蓉湖更宽容淡定、清澈透明呢？是湖还是"佛"，是一种境界。是湖还是"佛"，小彻小悟，大彻大悟。正所谓"镜明而影像千差，心净而神通万应"。我想这多么像一次走在故乡里的修行。

是啊！坐在这明镜般的湖边，远眺贾角山的灵光，景仰燕子岩的奇峻，再俯身它们的倒影，捧一把湖水润润肠，拨一把云气抚抚心。我释怀了30年前的尴尬缩手，饱览了今天大勇夫妇的幸福天地，算不算一次特别的修行呢？

我既澎湃于往昔的羞涩，又心静于当下的境转。仿佛在冥冥中听到，感谢这芙蓉湖带给我们彼此的失去与拥有，我们的明天会更加欣慰和安然。让那些过往的景致，如涓涓溪流永驻芙蓉湖吧，让那些无言的芳华，如朵朵芙蓉永绽家乡的娇颜吧。

如此看来，"问渠哪得清如许，为有源头活水来。"不仅是朱熹所说的本意了，芙蓉湖的澄碧深透，不光有着芙蓉江源源不断的活水源头。它的地久天长，碧蓝无量，还有今人"天人合一"的文明开辟与勤劳励志的丰沛浇灌。

带着这样的期许，芙蓉湖正张开双臂迎接天下的人们，来此领略大娄山中的蓝宝石风采。陶芙蓉及那些从湖底跃升到湖面的远亲正盛情恭候！他们将用一湖烟水为你接风洗尘，煮酒热肠。

乌江崖上的好儿媳

——记乡村媳妇郭远淑认叔娘当母行孝美德

在武隆区江口古镇黄草村的"上善堂"里，有一套简陋的木制洗脸用具格外显眼，后面的墙壁上贴着一方小字标牌，上面写着："认叔娘当母34年，如今天天为母洗脸。"那脱了漆的脸盆和一个老旧的洗脸架，似乎泛着岁月的悠悠之光，在诉说一段人间大爱的不凡故事。

其实，这套特殊而珍贵的物件，并不在于它本身而在于它的情分。它见证了主人日日夜夜的洗漱情，以及因此而折射出的朴素情怀与孝义风貌。这组镜头得先从武隆区医院2022年5月前某一日的病房展开。

天刚蒙蒙亮，郭远淑就迷迷糊糊听见老母在说："糟了，远淑，又流了！"躺在陪伴床上的她，赶紧起来道："母，没事的，换了就是。"病床上说话的老母名叫冉国珍，似很难为情又不好意思似的。这对母女相称的人，她们在武隆区医院已住了一个多星期，每天郭远淑为唤作"母"的冉国珍洗脸、擦身、洗脚，扶她上厕所，拿药送饭，更换尿不湿。

处理完这些后，老母央求道："女，我们还是回去吧！在这儿不花钱吗？""母，莫担心！钱是人找的，你把心放宽些，好了就没事了。"郭远淑温婉地安慰着冉国珍。

同病房的人，起先都以为她俩是母女或是婆媳关系，过了几天后才弄清二人不是母女也非真正的婆媳，但她们却比母女、婆媳关系处得更亲，她们来自乌江中游罗英山下的罗英村七组。

就在郭远淑去给老人缴费、取药的过程中，冉国珍给周围的人讲述了她们之间的关系。郭远淑是她的侄儿媳妇，她跟侄儿住一起，侄儿叫她叔娘，侄儿媳妇却叫她"母"，一家相处已34年了，侄儿媳妇把她当娘来孝顺。

老人今年已81岁，处心力衰竭晚期，虽来自高山农村，但衣着整洁，精气神安定，她脸露幸福，总对问起的人说，自己过得很好，这辈子很值。

原来，侄儿媳妇待她有说不完的温馨与厚道。冬天郭远淑给她买羽绒服，还买"暖宝宝"贴到鞋底板上为她保暖，夏天给她买短袖衫，还给她洗头洗澡；平时有啥好吃的，总要让她先尝口味；还给她买医疗保险预防大病；外出游玩，总不忘带她一路，共同分享外面的世界。去永川动物园，去重庆洪崖洞，都有母女牵手的身影，就连去内蒙古看望打工的侄儿，郭远淑也把她带起出远门。按郭远淑的话说："把她留在家里不放心，怕她摔倒磕倒，没人晓得。"

为了送孙娃子读书，郭远淑把老母又一起带到区城才按揭的新房住。一天，趁郭远淑送娃上学的当儿，冉国珍想去逛商场买点菜替侄儿媳妇分担点家务，结果走丢了，四处寻不到回家的路，只好打电话求助侄儿媳妇。郭远淑一边安慰："母，你莫走，就待在原地，我来找你。"一边火速赶到商场寻人。当找到"母"时，冉国珍正坐在商场外面的公园一角，焦急万分地向路人打听自己所处的位置，好告诉侄儿媳妇来找她。二人见面后，冉国珍说："这人老了才不中用呃，离了你真是寸步难行，又给你添累赘了。""母，莫这么说，有我一路，就啥事都没有了。"郭远淑赶紧宽着老人的心。

事后，有人问："她没有后人管她吗？"郭远淑却是这么回答："我们就是她的后人，养她就是我们的责任。"

说到这里，不得不说说老人前半生的情况。当年，冉国珍嫁给罗英山谢家的老二，即郭远淑丈夫的二叔谢成禄，夫妻二人生了三个女儿，好不容易把孩子们拉扯大，本望着招女婿进

147

屋为两老养老送终。但由于身处高山，环境条件甚差，女儿们都不愿守候在山上，选择远嫁到低山乡村去了，冉国珍夫妇为不耽误女儿们的幸福，也没有阻拦她们的去处。

常言道："嫁出门的女，泼出门的水。"女儿们嫁出去后毕竟又有婆家屋的繁琐生活缠绕在身，哪有精力长时间照顾谢成禄夫妇呢？只逢年过节才回山上去看望一下二老，便算尽了孝心。遇到三病两痛，也是近一点的女儿回去探望一两天便离开了，于是剩下的老两口与侄儿一屋两头居住，便把侄儿一家当依靠，吃住都弄到了一起。侄儿长期在外面打工，家里的事就由郭远淑张罗着。后来，叔叔过世了，冉国珍就更是仰仗侄儿一家生活，每走一步都被郭远淑带着。

如此，一晃34年，郭远淑几乎与"母"形影不离，吃住在同一个屋檐下，尤其近十年里，天天给母洗脸，侍弄穿戴，俨然亲母女一样。

今年5月，81岁的冉国珍终于走完了她人生的最后一程，弥留之际，她拉着郭远淑的手说："女啊！谢谢你了，你对我这么好，你媳妇也会对你好的。"说完安详地闭上了眼睛。郭远淑抱着老母哭喊道："母啊！你不能走，有我一路，你好好活啊！……"这是多么深情的婆媳，多么难分的母女，令在场的人无不为之动容。

郭远淑的行为很快在乌江两岸不胫而走，人们对她的举动津津乐道、广为传颂，而郭远淑自己却觉得没有什么值得称道的，她总是说："侄儿媳妇也是媳妇，为母做的那些事，都是平凡小事，是应尽的义务。"

一天，一位扶贫干部下乡检查扶贫情况，从黄草村老支部书记那里了解到郭远淑的情况，很是感动，认为这是现代社会孝文化的典范，要去采访郭远淑，可郭远淑却推却了，并道："我没有什么好宣传的，孝敬老的是我应该做的。"

一句很平常的话，反映了一个普通农村妇女高尚的美德，她为中国几千年来的孝文化翻开了新的一页。人们惊奇地发现，又一例不一样的感人孝义故事——"认叔娘为母，侍亲三十四年"出现在了现实生活中。尤其，它与过去流传的"孝妇河""姜诗侍亲""行佣供母""怀橘遗亲"等儿子、儿媳孝敬父母的流传，有了那么一点点区别，这是侄儿媳妇侍亲的佳话。

有人专门编顺口溜称颂："平凡女子郭远淑，认婶侍亲当娘母。洗脸孝义三十载，美德清风百年殊。"

是的，人性的美可能就展现在日常的平凡小事中，体现在生活细微处，它不需要包装、修饰，不需要台面上的"高大上"，更不需要在某一件事某一个时点上去刻意雕琢，而是闪光在点滴积累的生活长河。它有时平凡得可能有些低下甚至有些卑微，但恰恰在此时释放出了人性最美妙的光芒。

后来，那位扶贫干部没有放弃对郭远淑的采访，他深感百姓的安宁是基层扶贫追求的最高目标。如果人人都以贤德孝义持家，岂不是万家之福？他便组织干群在黄草村设置"上善堂"，把郭远淑为母洗脸的脸盆及洗脸架征集到堂上陈列起来，供人们参观学习，倡导这一百善第一的孝义之举。使之成为"乡村善治"的文明钥匙，以打开更多美丽的"乡风"之门。

如今，"上善堂"里，不光有众多驻村书记、帮扶干部、街道负责人、群众代表等党员干部的"善治"灵魂所在，更有百姓投身于公益、善良孝道的鲜活人物风采绽放。诸如：骆昌友见义勇为在乌江里救出落水妇女；儿媳妇涂光容精心护理瘫痪婆子妈卢万碧十几年如一日等感人事迹。

在那架洗脸架前，我们仿佛看到郭远淑与冉国珍"母女"还在传递热气腾腾的毛巾，那温婉的对话："母，我给你多敷敷，脸要舒服一些……""嗯！真是好……"还萦绕在耳边。

行政服务之德泽

《书经》道："政化治理，其德泽惠施，乃浸润生民。"意指国家的行政服务，其功德在于把施政良策，惠及天下百姓中去。

时下，从党中央到地方各级都在大讲简政放权，去繁就简，提升行政服务能力，为中小微企业，为更多的创业者提供高效快捷的服务，以促进整个经济社会稳健快速发展。无疑是"其德惠施，乃浸润生民"的具体体现。

论及行政服务，鄙人最早接触的便是县行政审批大厅，当年，为办一个实验性微型项目，便拿了申请到行政服务大厅，依次办理相关手续及证照，可跑前跑后，跑进跑出，手上的资料越跑越多，看似一张表的十来项内容，却一个大内容生几个小内容，再由小内容转几个大内容，还要涉及数个中介公司的条目。手上的资料高叠如山，印章像太阳一般，爬了一重又一重。

正殚精竭虑、茫然无措之际，遇到了刚从"政协办"过去的老杨，他是一腔热肠，立即组织相关人员专题研究，探讨速办措施，并请副手老甘负责督导。之后，很快取得了盖上大红印的"三证一书"，微型项目得以顺利实施。现在想来心里还无比温馨，得朋友助，真是如鱼得水。但又觉得哪里不是滋味，若没有朋友相助呢？我是不是会半途而废。显然，我们制度层面有了芜杂和沉疴。

其实，一个国家的行政服务，远不止《书经》之论，所有的德政皆释尽其意。诸如"贞观之治""商鞅变法""徙木立信"皆是惠施之举，大清的"康乾"治世之道，近代的"三民"主义，20世纪的"为人民服务"等等都是"浸润生民"的政务核心要旨。

张三、李四，黎民百姓，讲求衣食住行乐，开门七件事。更有发展伟业，圆梦大计的智者及创业人，他们企盼那红太阳般的大印早日爬上手上的那一沓沓资料及文件垒起的山峰，希望那一本本代表通行的证照早日在脚下亮起绿灯，他们好施展拳脚去干、去大干。继而，他们创业成功，国家的税收亦如涓涓之流汇集国库。因此，无论过去现在还是将来，历朝历代都重视行政服务的功效，特别在制度层面精心设计，如何贴近地气，体现服务的高效。

时如穿梭，一晃十年，当我有事再次走进县行政审批大厅的时候，我傻眼了，新挪了窝的大厅，更加宽敞明亮，更加整洁有序，方方正正的大门，宽宽阔阔的厅堂，整整齐齐的窗口，彰显着高端大气，展示着国家行政服务的胸怀。

老杨还坚守着老岗位，头发已见花白，有人戏称他为"老厅长"，他见面说，现在我不用为你开会找人了，你随便办，你不满意那墙上挂着"刀枪棍棒"，你随便使。我抬眼一看已简化成服务文化的制度标杆，被他说成了"刀枪棍棒"。厅里人，衣冠整洁，挂着牌号，流水一般迎着前来办理业务的百姓，整个大厅惠风和畅，如沐春光。

诚然，万般事一环扣一环，行政服务看似平常，但每一个窗口，每一道服务都体现政府的脸，群众的颜。哪里卡壳，哪里就流转不畅，小则办事不顺，引来骂娘，大则影响群众关系，社会停滞。因而政务畅，天地宽，苍生安，圆梦中华才会指日可待。

第五辑　人文感怀

乌江摩崖第一石刻

"闺藏深山人未识，一朝闻名天下惊。"这是清代诗人翁若梅在江口古镇观赏美景的惬意感受。

今天，我们在这里不仅重温当年翁诗人所描写的山水风光，还能欣赏到古镇的一座人文丰碑。它就是我们乌江流域巨幅摩崖石刻——李进士故里石刻。

在这里我们看到，苍莽乌江与秀水芙蓉交汇奔流，千年老镇与跨江古桥联袂石刻，别有水墨丹青意味的小城风貌。

这座石刻位于古镇两江汇流的左岸，离芙蓉江桥头30余米，四周占地1040平方米。它錾凿在长22米、宽6.5米的长方形巨幅石壁上，为阴刻颜体楷书，有题跋十行386字，款署二行半37字，字高0.16米，宽0.11米。石刻的主体为碑心的"李进士故里"五个大字，平均字高3.17米，宽2米。就算二三里之外亦能清晰入眼。

石刻依江而立，视野开阔，左有石级行道相连，右有黄桷绿荫覆盖，坐南向北，与对岸的大唐长孙无忌衣冠冢遥遥相对。其规模之宏大，字体之雄浑，实乃乌江流域罕见。有人称其为乌江流域第一摩崖石刻。

石刻书写十分讲究，其跋文、主体、款署，皆端严工稳，雄浑苍劲，给人极大的书法及文学艺术享受。这块石刻概括记录了古镇进士李铭熙的风华人生，呈现了中国晚清社会的一段历史风貌。

李铭熙，1850年出生在该镇一个士绅家庭，家学渊源流长，其太高伯祖李光地、太高祖李光埰皆为大清有功之臣。铭熙自幼聪慧过人，对学习极为用功。十六岁考取秀才，十八岁即得中举子。之后，他纵览群书，讲求实用，通中西，格致诸绝学。终于光绪十六年（1890）高中进士，签分户部浙江清吏司主事，晋授中宪大夫。并有流传，还获过光绪所赐"文魁"牌匾，悬挂江口李进士故居大门，为世人所景仰，直至20世纪50年代才被损毁。

光绪二十一年（1895），甲午战败，清政府被迫签订《马关条约》，铭熙当时与大批爱国志士积极支持清政治高层组织的"公车上书"请愿活动，大力挽救倾覆时局。可惜"公车上书"并未成功，其维新主张及要求被清政府拒绝。

铭熙逐渐对清廷失望，遂离职回乡，于彭水鹿山书院教书育人，着力教学救国，改造郁山采盐工艺，支持民族工商业发展。并热忱投身康有为、梁启超等人掀起的戊戌变法运动。遗憾的是维新变法仍以失败告终，铭熙因此受到株连而终。年仅48岁。

据说，李进士当年系大清户部尚书翁同龢门下，属以光绪为首的帝党派人物，曾与把持朝政的慈禧后党派展开了激烈斗争，终因帝党派失败而殃及池鱼。

进士一生激励民众变法图强，积极投身爱国救亡政治运动，受到人民敬仰。尤其为地方百姓"筹积股、定差费、治保甲、兴学堂，为民兴利除弊"等实务，深受世人爱戴。人们在碑文中颂其"公盖伟人矣！亦奇人矣！"

石刻的书写者为江口古镇晚清秀才邵建侯，传说其从小习字，6岁能帮镇人写对联，10岁即练得颜柳七分，15岁时已鼎立书林鳌头。光绪二十六年（1900）夏，受命书写石刻。

当年，镇人为缅怀李铭熙进士业绩，由江口塘汛事周义堂及李进士弟弟李铭煊组织刻石纪念，并由黔江防汛署主事牵头錾凿摩崖石刻。邵建侯即为其石刻撰文及书写者。

是时，石壁上搭起了避雨的棚架，挑选了吉日书写碑文，邵建侯先将"李进士故里"五字书于母稿，再打成方格备用，待石壁清理平整，才将中间的"五字寿"按长宽比例放大复制，而题跋与款署则按版面布局现场书写。

当日，全镇上下绅士现场观赏，见邵建侯精神饱满，屏气提笔，落墨石壁。其扶梯挪位、托墨递水者亦默契配合，心手如一。数日工夫，书法终成，围观者掌声不绝，皆赞宏伟俊美。

待书法成后，精挑细选的石匠们便在许署事的指挥下，加班作业，用心刻凿。10余工匠奋战3月余，才完美竣工。遂成古镇人文标志，得以彪炳史册，流芳千古。

如今，这里已被打造成了武隆旅游的主要人文景观，为市级文物保护单位。来此观光赏美者也越来越多，已成为网红打卡景点。

长孙无忌何以长眠乌江之畔

千百年来，江口百姓对古镇对岸的一座封土丘一直盛传不衰，代代呼之"天子坟"，以示墓主人身份显赫。原来，墓主人正是当年流落黔州的大唐国舅爷——长孙无忌。

这座被称作"天子坟"的墓葬，也被人们叫作长孙无忌衣冠冢。意指无忌的遗骨被送还了长安，陪葬在了昭陵。剩下的仅为其衣冠之冢而已。它与江口古镇隔江相望，坐东向西，中心地理坐标为东经107度，北纬29度，高程218米。前为临江平地，后有依山土坡，小溪环绕，蕉竹相映，显得依山傍水，地理开阔。尤其中间硕大的封土丘磅礴葳蕤，生机蓊郁，别有"天子"墓葬气势。

也有人认为，这不仅仅是无忌的衣冠墓，它就是无忌埋葬的地方，无忌至少在此陵寝埋葬了15年，因为上元元年无忌才追复官爵，陪葬昭陵。此时，他的遗骨早已融入了令旗山下的这片土地。

在这里凭丘而望，可见大娄、武陵苍莽起伏，乌江、芙蓉，奔流不息，特别旷远绵邈，山川空阔。但放眼巴渝，历史上多称蛮夷之地，长孙无忌贵为一代名相何以来到偏远的西南河畔呢？

翻开中国大唐历史，我们赫然可见：永徽年间，长孙无忌因反对高宗改立武则天为后，被中书令许敬宗诬陷谋反，于659年削爵流放黔州，被逼自缢，葬令旗山麓。记载中的黔州即是我们现在的武隆、彭水一带行政辖区，无忌死后所葬之地，恰好是我们今天江口古镇的乌江村六组，为当年的大唐信宁县北岸。

却说当年，好端端的无忌公，身为唐太宗李世民的大舅子，长孙皇后的哥哥，唐朝的开国元勋，也是"玄武门之变"的主要策划者，帮助李世民夺取了帝位，位居"凌烟阁二十四功臣"之首，先后被封为齐国公和赵国公。李世民曾当众宣称："我有天下，多赖无忌之力。"他怎会流落黔州，长眠于这乌江之滨？

说到这位国舅爷，除了帮助李世民奠定江山外，学法律的人都知道他编纂的《唐律》也称《唐律疏议》，在中国法制史上有着特别崇高的地位。是传世的中国古代最早、最完整的一部法典，代表着中国乃至世界封建法律的最高成就。甚至在世界法律界也享有"西有罗马法，东有唐律"的美誉，对东亚各国如日本、朝鲜、越南的古代立法产生了深远和巨大的影响。

长孙无忌虽为"贞观盛世""永徽之治"建立了不朽功勋，可后来却遭到流放，客死异乡。应该说与当年大唐王朝深刻的历史背景有关。

看上去是唐高宗李治执意要立武昭仪为皇后，致使长孙无忌被杀，实际上却是因为李治想从以长孙无忌为代表的关陇集团手里夺回属于自己的权力。

虽然当初长孙无忌在立储之争时支持了晋王李治，之后又成为李治的辅政大臣，但他的存在又严重束缚了李治当皇帝初期的手脚，而立武则天当皇后不过就是由头罢了。

从浅层看，李治和长孙无忌的矛盾源于武则天是否能被立后，从深层看，二人的矛盾其实是一场大唐帝国政治结构和利益分配的权力之战，是关陇集团与庶族集团的巅峰对决，而在这场斗争中，皇权选择了庶族集团。李治赐死长孙无忌之后，标志着在这场政治博弈中取得了彻底的胜利。

如此，我们便看到了无忌落幕的真正原因，从而知晓了这"天子坟"的来历，它有表面的涟漪水花，更有深层的洪流巨浪。

关于无忌话题其实很多，从长安到西南，发配千里遥程，可叹一代名臣呼风唤雨落得孤魂寡梦客死异乡。岂是三言两语可以概括。从唐朝到现在，跨越千年时空，可观几度春秋岁月红尘尽皆沧海桑田物是人非。它留给我们太多的思考。因而我们要感谢这乌江一隅的不凡坟茔。

据史料记载，墓地规模原占地三亩，呈圆锥形大土堆。墓址内原置楼台亭阁，刻有石碑、石狮、石马、石龟，铺有神道，显得沉郁苍凉，气氛森严。而此墓于20世纪60年代遭到毁损，有人将其石构件打成磨子，砌成堡坎用，并在墓周围饲养动物等，后经文物部门及时发现并整治得以保存下来。

现存直径三十余米的封土堆一丘；有明万历年间彭水知县吴元凤立"唐太傅长孙公无忌之墓"碑一方；清乾隆十一年（1746）彭水知县立"长孙无忌之墓"碑一方；清咸丰十年（1860）彭水邑令立"长孙公墓诗"碑一方。

封土堆旁有近代修的祭亭，亭侧有散落的石质龙首残件，据说是原墓上的构件物。1982年原四川省武隆县人民政府新立"唐长孙无忌墓"石碑一方，墓的周边用卵石培砌以护土丘。2000年重庆市人民政府将其列为市级文物保护单位。

斗转星移，感慨悠悠，无忌公静静地守望乌江西流，聆听涛声依旧，兴许他已安然而息，不再遥想北国的繁华与争斗了吧！如今这里已被武隆区作为重点人文旅游地打造，他再不会孤单寂寥了。

古镇风流

芸芸众生，红尘滚滚，古镇已模糊了记忆，将太多的辉煌忽略。

留下一堆伤残的汉砖唐瓦，赋闲无事，乐道当年。

一尊出土的虎钮錞于和鸡首壶，为先贤画龙点睛。

一条石板路，蹒跚着时光，不肯离去。

一

让古镇烙印深深，魂牵梦萦的是一方摩崖，流着古镇的血液，打着古镇的胎记。

这个古镇便是重庆武隆县（现武隆区）江口镇，这方摩崖刻着古镇的另名——李进士故里。背靠大娄，远眺武陵，面前奔腾清澈的乌江。

的确，伫立在李进士石刻的面前，我感悟良多。

这是一幅巨大的斜面摩崖石刻。位于江口镇下街芙蓉江与乌江汇合处左岸石壁上，从芙蓉江出口与乌江交汇处左岸20米左右，坐南向北，占地1040平方米。石刻錾凿在长22米、宽6.5米的长方形石壁上，为阴刻颜体楷书，有题跋十行386字，款署二行半37字，字高0.16米，宽0.11米。字体端严工稳，雄浑苍劲，力透石壁，韵致超然。尤其"李进士故里"五字从右至左錾于碑心，字高3.17米，宽2米，架构宏伟，气韵非凡。虽二三里之外亦能清晰看见。

石刻的右侧，一棵浓荫参天、古朴繁茂的黄桷树，牢牢地抓扣在乌江至街边吊脚楼之间的半坡上，树冠的一半枝叶触到吊脚楼的窗子、挑楼栏边，一半枝叶伸到碧绿的乌江河面约3米高的地方，彰显生命的健旺与抗争。这棵应该晚于石壁诞生的黄桷，盘根错节，依石而生，显得枝繁叶茂，情真意切。

一条石板路紧靠石壁拾级而过，路面光滑，看得出，走过千万的足迹，行过无数的生命印记，沸沸扬扬的人声似乎仍不绝于耳，来来往往的货物似乎仍不绝于道。

这河水、这树、这石刻、这石板路，自然谐构，相映成趣，融天地人文于一体，合成一幅绝妙的水墨丹青。我为这特别的环境感到震撼。这里，大娄山余脉左右包抄，山势曲绕，直抵江边，芙蓉江、乌江龙走蛇行，吐纳交融，武陵绵延，隔江而望，令旗峰高，罐子山绿，古镇江口依山而建，顺水而生。

站在古朴沧桑的黄桷树下，紧挨碧茵如凝、婉约柔美的芙蓉江，弥望奔腾豪放、绿如碧玉的乌江，我设问山川，乌江流域建在江边的无论镇级还是县级行政城池，能见这种灵气盘回，藏风聚气，大气浑厚，荡气回肠的地理有多少呢？苍苍大娄，绵绵武陵，何处还有这般奇绝的石壁。这一切，是上苍的恩赐，还是地母的馈赠，是大娄奔腾的升华，还是武陵斯守的诱因，是乌江、芙蓉江交融的神话，还是历史千回百转埋下的伏笔，我想都是。显然这块石壁经过日月的淬烁，风霜的锻打，凸立在这里已是千万年，毫无疑问，这块石壁独江口莫属。

在这浩荡的江边，李进士故里石刻，既像诗赋一曲，又若古琴一张，指法如山脉起伏，拨弦似水流跌宕，聆听江风，细品气韵，弹不尽的"滚滚乌江西逝水"势贯古镇风流，气含两江神韵，收放自如，洒脱飘逸。

石刻上写着："公讳铭熙，字佐卿，先世闽籍也。其上高祖光塽公国初时以名孝廉宰斯邑，有政声，擢西阳本州牧。解组后，恣情流览，乐郁山形胜，遂家焉。阅数传，至树端赠君徙于江，生公。公生而神异，聪颖离伦，十岁能文，经史诸子，过目辄克之记，每与谈恒叠叠然，乐此不倦，无或遗者。十六入邑庠，十八领乡荐。春闱四上不第，纵览群书，讲求实用，通中西，格致诸绝学，人称博洽焉。四十二举进士，签分户部浙江清吏司主政，晋授中宪大夫，通显也。公乃恬澹自若，不慕荣利，退老山林，与斯民兴利除弊，筹积股，定差费，治保甲，邑人赖之；若修圣庙，建考棚，募置义渡、田产诸大端，亦公力居多焉。光绪二十三年入犍，以减灶煎盐法授犍为，何君悦之，使其子受学焉。惜未卒业，以疾终。其弟仲卿明经、少卿别驾迎与归，卜河东鹦鹉坪葬之，时年四十有八。呜呼！公盖伟人矣！亦奇人矣！余为公表弟，行素重公，故知公深，窃心向往之，欲识未逮也。会黔江许君瀛州摄汛篆，晋接之下，尚论及之，拟以：'李进士故里'五字寿，诸君命余书之，余本非善书者，辞不□，勉充命作□，骥想耳后之来者，或亦知我镇之尚不乏伟人矣。清光绪二十六年六月丁丑，邵国本建侯氏撰语书碑，署汛事黔江许永洪瀛州氏率士民勒石。"

　　就石刻艺术而论，李进士故里石刻的版面铺排，书体选择，跋文、主体、款署，皆通体连贯，协调大方，韵致疏朗，既显雄伟壮观的震撼，又具美不胜收的享受。就石刻规模和体量而论，规模宏大，四周开阔，立面效果辉煌，长宽大小比例适中，壁立孤高。就所处地理位置而言，处重庆腹地，武隆江口古镇城边，交通便利。就丰富的历史内涵和史料价值而论，无疑是一幅江口古镇晚清社会的精湛缩写，一幅本土人文历史烙印的艺术传帖。

　　对于李进士故里石刻的单体规模及气势，云阳边上的"江上风清"墨题、彭水岸上的"绿荫轩"留迹，自是不能望其项背的。拿全国几处著名石刻相比，武夷山摩崖石刻遍布山中，虽琳琅满目，各呈异彩，但却无一处有李进士故里石刻夺人心魄。泰山摩崖石刻更甚，共1000余处，但就最著名的《纪泰山铭》刻石而言，摩崖高12.3米，宽5.3米，字大16厘米×25厘米，除额高3.95米，隶书"纪泰山铭"字大45厘米×56厘米，书法遒劲婉润，端严雄浑。从体量及字体大小亦难与李进士故里石刻媲美，实因碑文为唐玄宗李隆基亲手撰书，燕许修其辞，韩史润其笔，而千古流芳。徐州子房山摩崖石刻，面积甚大，为当代新作，毕竟历练岁月不足，尚需沉淀、淡定。

这块石刻概括地记录了李进士的生平事迹，主要分祖籍来源、迁徙脉络；读书、中士、封官历程；弃官还乡，为民兴利除弊，外授盐术，积劳成疾而终；百姓刻石纪念等四个部分。这四部分中有两个问题引人思考：其一是高中进士，有一个辉煌的标志；其二是生命苦短，有一个潦草的结局。但这两点分析起来都是石刻的亮点及厚重所在。

就第一个问题而言，余秋雨在《十万进士》里已做了详尽的描画，这里不做赘述。这是封建社会读书人用毕生精力追求的目标，尤其是一个十分落后封闭的乌江流域出一个进士可称奇迹。武隆境内自明清数下来572年历史仅出两个进士，可想而知，其稀其贵。572年啊！只有两人"春风得意马蹄疾，一日看遍长安花"。

对于第二个问题是高中进士封官后，仅6年，李进士便在犍为积劳成疾而终，享年仅48岁。这里埋下了诸多伏笔是我要重点说的。48岁正值壮年，可谓人生的黄金岁月，咋就戛然而止，客死异乡？这6年要做官、要去官、要制盐，究竟经历了什么？究竟有何种惊心动魄的事件发生？碑文的表面似乎覆盖着一层神秘的面纱，是主人翁本就这么简单，做官去官甚至死亡只需一笔带过，还是晚清社会的阴霾将许多真实的东西隐去，毋可示人。总之，透过石壁，看李进士的生平好似疑窦丛生，欲言又止。

站在这乌江之畔，我凝视着这块乌江，乃至长江流域最大的石刻，思绪万千。

二

1737年（乾隆二年），李铭熙上高祖李光墺千里迢迢，背井离乡，从福建来此西南蛮夷之地彭水任知县，1750年（乾隆十五年）平定戊辰金川之役，同年擢升酉阳州刺史，可谓劳身劳心，艰辛难表。当他历任至老，因为官清廉，囊中羞涩，无法还乡，只得将家小安顿于郁山生活，成为地道的蜀人时，更是感慨万千，思绪难平。顺应环境，发展生存，成了后人的生活主题。于是李氏后人除不忘耕读外，以光墺公在任时，因平叛有功，所获朝廷奖的部分盐卷，参与食盐运销得以安身立命，传到李铭熙父亲之际，江口已成为李氏辗转运销食盐的重要驿站。

江口的食盐运销，要上溯到清雍正时期，政府实施定岸计口授盐法，开始配运犍为盐销酉、秀、黔、彭4县，共计水引493张，约计原盐28340担。乾隆初年（1736），政府额配犍为陆引256张，计1530担运销彭水。后又分别于乾隆七年（1742）、乾隆二十五年（1760）配犍为盐运销彭水。犍为陆引，当时亦可由水路运达销地，陆引和水引仅数量上有差别而已，由于乌江险滩多，上航盐船航速缓慢，途中如遇洪水，就要停航。不少盐商为了加速周转，将盐运抵彭水所属江口镇时，即卸载销售，附近商贩又由江口运到贵州边境各地销售。

当时的江口古镇，以芙蓉江为界分为上街、下街，沿路依山而建，临河一面大都有吊脚楼，迎水而居，主要为木主砖铺的楼房商号，巨富官宦的四角天井、走马转角楼院子及一些盐场公署、楼堂管所，风韵雅致，古色古香。

上街从码头到柿坪连接彭水、垫水、龙阳、润溪，下街自河边到铁匠炉、马鞍山连接贵州的道真、务川、濯水等地，均由一条石板路相连，东西连接乌江上下游各地。自汉代开始这里商贾繁荣，马帮、商贩、力夫及当地居民来来往往牵起线线，油、盐、漆、倍、药材、皮张等沿路转运，特别是贵州务川、濯水过来的商贩呈帮、呈组以米易盐、易布，直奔江口而来，路边的打杵印子挤密挨密状如筛眼。

1850年李铭熙父亲李尧楷择上街一块平坦之地建起一座规模不大的四合院房屋，并与江口的盐商巨贾们合股经营食盐运销，算是李氏漂泊江口的最早居所。

光绪三年（1877），政府实施食盐官运商销政策，李家便与镇上的杨、邵、向、苏等10户盐商集资承销黔盐。组成了"三会公"盐号，并在镇上开设"食盐官销店"。江口10户盐商为销路畅通和提高运盐速度，还集资修筑江口至务川县约150余公里的石板大道，利于马帮及力夫转运食盐及地方物资。当时渝涪商的盐船到岸，统由"三会公"接购，贵州盐商及当地商贩购盐，由"三会公"统一发售，每逢集市，10户盐商轮流在"官销店"售盐，其售盐办法是由10家人依次轮流，今天李姓卖盐，其余9家帮助开票、过秤、发盐；明天轮到邵家卖盐，其余9家同样帮忙；以此类推，依轮卖盐。久而久之，便有了"江口卖盐——依轮子"的言子。

那时上下二街沿街两旁，家家有三尺高的商铺柜台，每逢二、五、八赶场天，店主人便一早取下栈板迎客，晚上散场又插上栈板歇息。一般逢场这一天，上下二街街坊、客栈、茶馆、戏楼、餐馆、食店座无虚席，水陆各路人马一进江口地界，便只听沸沸扬扬，人声鼎沸。市井上担箩篾的，挑高肩的，抬杠子的，背背篼、背篓的，牵骡过马的，人挤人、人挨人，不断有人吆喝"油笨衣服、柴挂衣服""莫挤、莫挤，依轮子"，俨然现实版的清明上河图。

马帮、力夫们穿过市井，陆续集结在河边的大黄桷树下上船。搬运工们"嗨咗、嘿咗，嗨咗、嘿咗"地喊着号子，有条不紊地将货物从船舱到岸上抬进抬出。将犍为来的川盐和长江下游来的布匹、棉纱、陶器，及郁山下来的郁盐、粮食等下岸，搬进"三会公"盐仓及杨、邵、向、苏等各家仓库，再将各路的山货特产上船，运往涪陵、宜昌、武汉等地。

这里舟楫往来，商贾辐奏，百货云集，是集商贸物流枢纽的重要口岸。同时，这里融苗土风情与汉民族各地文化、艺术精粹于一方，不但学风清正，而且民间文化、佛教文化兴盛。人们办学堂、尊夫子，吊长孙、海袍哥、拜把子，敬关圣、求观音，春节玩龙舞、打莲箫、耍花灯、端午祭屈原、划龙船，中秋赏明月、听川戏，文化生活十分丰富。

1849年（道光己酉年二月初三），李铭熙出生在了这个十分热闹的镇上。

三

清王朝的科举，一年一科（即一代），其考生亦经数次筛选，先是县考取为童生（也叫入庠），然后赴州（府）考取为秀才（又名秀士），再才能赴省考取为举人（又名举子），必须具备举子资格才能赴京参考（或称会试），取得会试资格又才能参加殿试，殿试如被考取，首名即为状元，次名榜眼，三名探花，余皆称进士。

老辈数代单传，至高祖尧楷公，始有铭熙、铭瑛、铭煊三子，长子铭熙，即我曾祖父，少时聪颖过人，在高祖父的直接施教下，先是参与彭水县试，其时，彭水一县只有六个童生的名额，僧多粥少，竞争颇烈，对参考资格限制殊严，主管人说我家非彭水县人，不允报考，高祖父据理力争，出示彭水县发给的笔架山（坟产地）粮赋税契，查对县衙粮册，亦有高祖父之名，此为县有户籍之铁证，乃得参考县试，父子同时中榜，曾祖父名列第一，特发长榜举为案首。

继则参与州考，父子又同时中榜，均获秀士。1867年恩科，父子再赴省考（成都），是次，高祖尧楷公落榜，曾祖铭熙公得中举人（即举子），尧楷公未能考中举人，自无资格上京会试，只铭熙公一人1890年前往，并高中进士。得中进士后，通过签分，李铭熙被分清户部浙江清吏司主政，即为户部下设的省级

167

机构主事，除掌核该省疆土、田地、户籍、赋税、俸饷及一切财政事宜外，亦兼管其他衙门的部分政务，职责多有交叉。

这期间应为李铭熙人生中最辉煌的一段，他实现了自己的人生梦想。苦心经营多年，就为这一刻的到来，同时其任所杭州为中国重点风景旅游城市和历史文化名城，是中国七大古都之一。

这里，江流襟带，山色藏幽，湖光翠秀；同时，杭州作为吴越首府、南宋行都和明、清的浙江省会，杭州的历史文化积淀深厚凝重，经久弥新。代表着中华传统文明硕果的陶瓷、印刷、丝绸、茶饮、中医、宗教、书画文化艺术在杭州的一大批博物馆、纪念馆和乡野水滨、名山大刹、老街古镇、文献典籍，都能一一寻访和欣赏。签分户部后，户部尚书翁同龢专门约见李铭熙，嘱其杭州史脉悠远，文风炽盛，鱼米之乡、丝绸之府、文物之邦，自宋以后享有"人间天堂"的美誉。

李铭熙赴任后，鼓励百姓兴业，发展粮食及经济，在农业方面，他结合浙江的地理气候特点大力支持农民发展杭州水蜜梨、西湖莼菜、奉化芋芳头、处州白莲、兰溪蜜枣、山核桃、白果、白术、茶叶、红河蟹等种植养殖业，在工商业方面支持发展畲族绿酒、绍兴黄酒、嵊州竹编、金华火腿及丝绸陶瓷等加工产业，一时间商贸繁荣，民族工业发展兴旺。李铭熙又将一系列相关农工商务、银行币制改革规划写成《浙江经贸改良疏议》上表翁老并转奏光绪帝，光绪见改良策略详尽，大加赏识。又见其文笔非凡，特赐中宪大夫。

这是一段为官充实，生活安定，心情愉悦的日子，然而是什么缘故，让李进士如碑文中所说："公乃恬澹自若，不慕荣利，退老山林？"一个突如其来的大转弯，使人有些费解。

四

翻开清王朝1895年的历史，令人大惊失色。这一年究竟发生了什么？

光绪二十一年（1895），甲午战败，清政府被迫签订《马关条约》，中国割去台湾及辽东，并向日本赔款二万万两白银的消息，激起全国反对，4月，康有为、梁启超作成上皇帝的万言书，提出拒和、迁都及变法的主张，得到一千多参加科举考试士子连署。5月2日，康、梁二人，十八省举人及数千市民，集合在都察院门前要求代奏。因为外省举人到京是由朝廷的公车接送，事件亦被称为"公车上书"。这次上书并没有取得实质性的结果，但它拉开了变法运动的序幕。

而此时的杭州开为日本通商商埠，拱宸桥辟为日本租界。面对满街的示威游行，李铭熙百感交集，忧愤难平。看着日商船及日货壅塞码头，抢占商铺，横行霸道，政府却无能为力。便将浙江经贸现况向在京的翁尚书汇报，并请求明示"治日"方略。但朝廷并无良方可赐，李进士心如火焚，对清政府的软弱十分无奈。

正当百感交集之际，日本商人以改良机械为借口要强行收购杭州丝绸股份，引起商界波动，丝厂原股东强烈不满，且大批工人开始罢工，纷纷要求李大人出面制止。李铭熙对日商如此蛮横，十分愤慨，决心帮助杭州丝绸渡过难关。通过一番思索，李铭熙想出了应对日商之策，他与副主事及丝厂代表反复研究后，精心策划出了解决方案，瓦解了日商阴谋。

数日后，报童在北京、杭州的大街小巷奔走相告："号外，号外，李大人巧对日商，强扭的瓜不甜。""号外，号外，日商宫井强行收股失败，杭州丝厂设备选购自主。"

其实，李铭熙利用俄国及法国商人均要求竞售杭州丝厂设备的策略，相互制衡，化解了日商强行入股的矛盾，保护了国人的权益。

消息传到京城，朝廷翁尚书将报纸递到光绪手上，光绪大为赞赏："李铭熙办法殊甚，用两个外国商人让倭人无话可讲，甚好、甚好！"而另一边李鸿章也将报纸递到慈禧手上，慈禧却对李鸿章道："愿这李铭熙不惹来麻烦就好。"此举虽得帝党肯定，后党却表现淡然，这令李进士内心十分矛盾。

但这期间变法浪潮却在全国漫延。康有为、梁启超等人在北京出版《万国公报》（后改名为《中外纪闻》），宣扬变法，组织强学会。唐才常等人在湖南成立了强学会，创办了《湘报》。其思潮普遍认为："'中国积弊极深''命在旦夕''变则存，不变则亡。'"

丝厂的事暂时安静了一段时间，而李铭熙在杭州的作为却引起了另一个人的注意，这个人便是李铭熙的同榜进士，被翁尚书批荐、光绪钦点为榜眼的文廷式。他专程从京城南下拜见李铭熙，也正是这位不速之客的造访，使李铭熙的命运得以急转。

来到杭州后，文廷式将全国形势，特别是浙江沿海各地，外国势力入侵，日本右翼猖獗，局势越来越差的情况，以及朝廷将改革户部的设想向李铭熙作了介绍，并示其审时度势，顺应形势的变化，尽早投入变法的滚滚大潮中。

李铭熙对杭州表面繁华，实则内部空虚，景况大不如前的现状，本就去留无意。对文的观点"观时事清政府如不实行改良，国家前途渺茫"十分赞同，并对其被杨崇伊等贼参劾革职的遭遇深表敬佩和同情。

原来，文廷式遇事敢言，与黄绍箕、盛昱等列名"清流"，与汪鸣銮、张謇等被称为"翁同龢门六子"，是帝党重要人物。中日甲午战争，他力主抗击，上疏请罢慈禧生日"庆典"、召恭亲王参大政；奏劾李鸿章"昏庸骄蹇、丧心误国"；谏阻和议，以为"辱国病民，莫此为甚。"光绪二十一年（1895）秋，与陈炽等出面赞助康有为，倡立强学会于北京。次年二月，遭李鸿章姻亲御史杨崇伊参劾，被革职驱逐出京。

此次来杭，文廷式实则怀揣翁尚书使命，发展变法中坚，扩充帝党实力。李铭熙深知其志在救世，甚觉志趣相投，更觉远离乡土，无所作为，不如辞官还乡，与帝党等人一道投身变法，干点实事。

这便是李铭熙命运变化的谜底。到这里我们似乎可见一些李进士辞官缘由的端倪，也不难想象他与变法有关的后续人生。

其实关于变法，历史有过许多次，这些变法往往因读书人、政治家或思想激进的人所提起。诸如中国历史上管仲改革、商鞅变法、李悝变法、北魏孝文帝改革、王莽改制、王安石变法、戊戌变法等。然而李进士正是卷入戊戌变法运动，才招致了一个"潦草"的结局。这样的结局是他预料不到的，也是他根本摆脱不了的，他的人生已经注定了这样的结局，也许正是这样的结局，才更加重了这块石刻的分量，才更让江口人无法抑制刻石镌碑的沸腾情感，使江口另一个具有特定意义的名字——李进士故里更加坚实厚重。

五

在这场变法运动中，或者说在这场变法运动的前前后后，李进士做了些什么呢？如何卷入这场要命的运动？还得从他的进京考试说起。

掀开历史的云烟，1890年（光绪十六年）4月初，会试开始了，试题为："子贡曰夫子之文章至惟恐有闻。"李铭熙本就对夫子之文章烂熟于心，准备充分，对夫子文章的理解能从书中漫溢至书外，而不惧"惟恐有闻"，他答道："对夫子之文，君子之所不可及者唯其人之所不见乎！"于是很轻松过关，取得贡士资格。

接着参加殿试，李铭熙沉着应战，试题最后一题为："自作五言八韵诗一首"，他深知每题必争，此八韵诗为本次殿试的收官之作，必须认真对待，但时间不多，毋庸多想。监考官已告知只剩不到一刻钟了，但写什么一时竟没考虑成熟，头脑中闪现过许多念头，写乌江？芙蓉江？还是长孙无忌，但都觉入题不佳。忽然想到过三峡时，所遇那场风雨，便灵机一动，挥笔

171

而成《赋得巫峡秋涛天地过》：

> 商意盈天地，奔涛遏远流。
> 澜过巫峡水，风撼大江秋。
> 震汤疑悬雨，低昂久眩眸。
> 萧森观未已，合沓势难休。
> 一色星辰掩，三巴险介收。
> 长堤雷鼓骈，暗谷海门浮。
> 春意斯须变，惊波哮薄道。
> 仙源知可溯，破浪达皇州。

其实，本次为贺光绪帝亲政而加开的恩科会试背后实则帝、后党争暗流汹涌。会试主考官是时任军机大臣、兵部尚书的孙毓汶，孙为"甲申易枢之变"后替慈禧把持朝政的"后党"中坚，其人"性阴险深阻，如崖窒不可测，能以一二语含沙射人，倾挤清流，诛锄殆尽"，因而其所作所为早为当时以翁同龢为首的"后清流"所不齿。李铭熙等江南才子派多以翁的"后清流"为主，这次会试张謇等一些"江南名士"亦被孙毓汶堂批黜落。因此铭熙也曾担心名落会试，好在皇天有眼，李铭熙顺利过关。而殿试完后，翁同龢则在4月20日被派为殿试读卷官，"寅正三刻诣西苑门"，并且整日与同僚拟题、制题，"竟夜未合眼"，之后直至22日申初都未能离开试场，翁同龢利用被派为复试、殿试阅卷官的机会，超拔江南才子文廷式为榜眼，总算是为清流名士挽回些损失。见李铭熙的文章华实并茂，情文相生大加赞赏，且所作五言八韵诗在考官批"诗志和音雅"的基础上，特加批"雄浑超脱，工雅绝伦"。

正加批之际，光绪皇帝前来巡视，翁本为光绪帝的老师，便将李铭熙的试卷，呈与光绪审阅，光绪帝见李铭熙所答"对夫子之文，君子之所不可及者唯其人之所不见乎！"非常赏识，又见其五言八韵诗，通卷切实，诗艺尤雅，称赞曰：

"不愧江南才子，可以'文魁'赐之。"又见其太高伯祖李光地、太高祖李光墺皆为大清有功之臣，很是高兴，对翁说，此人将为我朝可用之才。

次日，长安街上皇榜贴出，李铭熙高中进士。

上段内容可见李铭熙京城赶考的一瞬，诸多的惊心动魄，其中我们不难把焦点集中到李铭熙中进士后与光绪帝、翁同龢紧密联系的走向上。李铭熙签分户部浙江清吏司主政，本为户部下设浙江的省级机构，自是翁同龢的门下，翁同龢乃光绪帝的老师，光绪帝就是变法的核心人，李铭熙本是激进之人会不走这条变法之线？石刻上写着：

公生而神异，聪颖离伦，十岁能文章，经史诸子，过目辄克之记，每与谈恒叠叠然，乐此不倦，无或遗者。十六入邑庠，十八领乡荐。春闱四上不第，纵览群书，讲求实用，通中西，格致诸绝学，人称博洽焉。四十二举进士，签分户部浙江清吏司主政，晋授中宪大夫，通显也。

其中的"纵览群书，讲求实用，通中西，格致诸绝学，人称博洽焉"正合变法的初衷。这样的人会置所学所染不顾，会置国难当头不顾，会置"帝党"不顾，放弃这场变革？这是万万不可能的，既然沾上变法的事儿，他的最后结局也就不难想象了。

六

自从那日，李铭熙与文廷式交流后，便向朝廷递交了辞呈。

回到乡里后，李铭熙即在翁尚书的指导下，到彭水鹿山书院任教席，并以此为中心组织地方各书院，宣传变法救国思想，同时联系时任四川学政的恩师杨礼南夫子也投身变法，互通信息。这期间，他执教于鹿山书院，教书育人，著书立说，将相关散文和诗歌收录于《二酉英华》。

来到书院，时任书院院长秦子谦即要求李进士题联。李铭熙便挥笔题下：

鹿洞朔遗徽，贤宰官乡近新安，吏治都由经训出；

山堂勤考索，诸君子居邻旧馆，人材应得地灵多。

在闲游中，李铭熙常到云顶寺与圆空大师谈经论道，当圆空问他如何看待时局时，李进士看了看庙宇的佛像又俯瞰山下的云态雾势，欣然题联：

依傍本全空，高掌擎天，直同泰岳岩岩，弥望山河归宇下；

氤氲符大造，无心出岫，行见升云围围，崇朝霖雨遍人间。

圆空大声喝彩："妙极、妙极！"此联表达了一个晚清进士，寄望时局变化，能像云彩一样孕育一场风雨，使"崇朝霖雨遍人间"，以滋润普天下百姓的美好愿望。铭熙还在武陵山主峰顶真武观佛殿题联：

山耸青螺两角孤云分佛髻，经传白马半江皓月印禅心。

在观音堂题联：

山名武陵，西方即在眼前，百千里接踵朝山，川内更无香火比；

佛号观音，南摩时闻耳畔，亿万众同声念佛，世界毕竟善人多。

透过这些楹联，明眼人不难看出李进士的心路历程。

1898年的6月，正是乌江两岸玉米、稻禾成熟的季节，李铭熙心情愉悦，趁学院暑期放假，决定去犍为一趟，按住犍为五通桥的恩师查仙舟来信约定，为其门徒何君传授郁山的减灶煎盐法，便带着夫人、孩子回江口老家小住。

回到江口，邵国本、刘龙霖及铭瑛、铭煊、银洪鸾等人便齐聚集贤乐邀铭熙讲讲时局及形势的变化。李铭熙拿出一本严复翻译的英国生物学家赫胥黎的《天演论》，给大家做宣传。《天演论》内容涉及动物学、古生物学、地质学、人类学和植物学等多方面知识。主要讲述了宇宙过程中的自然力量与伦理过程中的人为力量相互激扬、相互制约、相互依存的根本问题。其基本观点是：自然界的生物不是亘古不变，而是不断进化的；进化的原因在于"物竞天择，适者生存"。大家对这前所未闻的新生事物既惊讶又惶然，但心里还是充盈着由衷的敬意。李铭熙的讲述像缕缕凉风拂着燥热的夏天。

　　同时，铭熙结合当前时事向大家传播变法思想。他认为，变法已是大势所趋，人心所向，"变"就是"物竞天择"，追求进化。其实当时的李鸿章、张之洞等人也支持康梁的变法主张，特别是光绪帝已下诏，在经济上，要提倡实业，保护农工商业；在政治上，要广开言路，允许官民上书言事；在文化上，要改革科举制度，废除八股，普设中、小学堂，在军事上，国家要训练和建设新式海、陆军，加强国防等。针对这些变法纲领，李铭熙希望家乡的有识之士能结合实际，融入地方改革中来。如当时的郁盐生产技术引进及外传，治保甲、设团练和各地书院的改革及学堂建设，都是切实可行的。听到这些变革思想，江口的秀才学子们热血沸腾，情绪激昂，憧憬着美好的未来。

　　这次回家正赶上长孙无忌的祭日，镇上的几大头人提议7月10日率众祭拜，李进士便和大家一同前往。

　　令旗山下，一个硕大的圆土堆堆，面朝乌江西南，头枕令旗山。人们沿着圆土堆堆外面一条约3米宽的青砂石梯坎路，走向墓前按仪式程序点上香烛纸钱，遥寄哀思。李铭熙代表参祭全体人员读祭辞，并率大家向无忌墓默哀、行三鞠躬礼。

　　默哀的三分钟，人们安静下来，只有那香炉上袅娜的香烟在肃静中飘过那圆土堆堆的墓头，把人们的思绪一下带到唐朝的时空，人们仿佛又听到玄武门惊心动魄的杀伐声、呼叫声，又见到那足智多谋、智勇双全的无忌，为大唐的建立疾步走在长安街上。此时此刻，李铭熙也和大家一样，回到了唐朝，不过他集中在了玄武门之变的那个"变"字上，他想如果当朝之"变"能有唐朝之"变"的效应，又不至于那么血腥将是多好！他要采撷一片思"变"之云，播种到故乡的土地上。

七

光绪二十四年（1898），李铭熙抱着振兴民族经济的宏愿，与兵部武库司主事支福田共同商议，将彭水郁山盐厂先进的制盐技术——减灶煎盐法传授到四川犍为，以提升当地的盐业生产力。惜为卒业，积劳成疾，客死异乡，其弟铭瑛、铭煊迎葬于江口莺鹉坪。而李铭熙真正的死因却是：

1897年11月，德国强占胶州湾，法国强租广州湾，英国强租后来被称为新界的地区和威海卫，全国人心激愤，维新运动从理论宣传转到政治实践。12月，康有为第五次上书，陈述列强瓜分中国，形势迫在眉睫。1898年（农历戊戌年）1月康有为再次上书光绪帝，4月，同梁启超在北京发起成立保国会，在维新人士和帝党官员的积极推动下，1898年6月11日，光绪皇帝颁布"明定国是诏"诏书，宣布变法。新政从此日开始，到9月21日慈禧太后发动政变囚禁光绪为止，变法宣布失败，历时仅一百零三天。因此戊戌变法也叫百日维新和"维新变法"。

慈禧政变后，清廷密电严拿变法活动参与者，谭嗣同、杨锐、林旭、刘光第、杨深秀、康广仁"六君子"被杀，翁同龢被停职，李铭熙在文廷式急邀出走日本不及的情况下，为保护铭瑛、铭煊、国本等变法思想激进成员，便以传授郁山煎盐技术为掩护，暂避四川犍为老师查仙舟夫子家中，但终被发现遭秘密杀害。

光绪二十四年（1898）秋，江口古镇乌云笼罩，乌江、芙蓉江涛声低沉，两江林岸凋零萧条，秋风怒号，落叶纷飞，群鸟哀鸣。低垂的云层下，曾家一船上了猴子堡的沙滩。纤夫们在秋风中唱起：

"一样的青山哟嚯呃！

一样的流水哟嚯呃！

永别了哟嚯呃！永别了哟嚯呃！

人生一去哟嚯呃！不复还呃！哟嚯呃！

人生一去哟嚯呃！不复还呃！哟嚯呃！"

李铭熙全身裹满白布由铭瑛、铭煊接回家里，李家上下已哭成一团。铭熙死后，于1900年（光绪二十六年）六月丁丑，在防汛署署事周总爷的倡议下，江口镇百姓推举秀才邵建侯（国本）于江口芙蓉江出口乌江南岸巨石上撰写了"李进士故里"碑文，并请黔江瀛洲氏许永洪率工匠刻石镌碑。为避免清廷迫害，保护家人，百姓们将李进士的死因记为光绪二十三年（1897）入犍传授减灶煎盐法，惜为卒业，以疾终。把逝去的时间有意与戊戌变法的时间避开。石刻的书写者邵国本亦称："余为公表弟，行素重公，故知公深，窃心向往之，欲识未逮也。"明确了与主人翁的关系，但说还未找到与之交往的机会。可想清廷对外欺凌的软弱，对内镇压的凶残，生者于"变"带来的恐惧，莫不避之不及，讳莫如深。但这并不能阻挡人们新陈代谢、创新求变的前进大潮，不能阻挡人们对李进士的追思与怀念。

变法唤醒了人们变法图强的思想意识，正如谭嗣同在慈禧政变后拒绝出走，表示："各国变法，无不从流血而成；今中国未闻有因变法而流血者，此国之所以不昌也。有之，请自嗣同始。"在就义时仍大义凛然："有心杀贼，无力回天，死得其所，快哉快哉！"随后从容赴死。真可谓"我自横刀向天笑，去留肝胆两昆仑！""拔起千仞，高唱入云"。谭嗣同也好，李进士及其他变法人也好，他们为了追求社会的改良和进步，置生死于不顾。可见其对当时晚清的失望，对死的淡然，李进士作为变法的投身者亦早对死做好准备，他视死如归。

这场运动虽然被镇压了，但并没有延续清王朝的生命，相反加剧了它的灭亡。历史对此的总结是，中国失去了一批倾向在原有体制下实行改革的精英和支持者；代之而起的是主张激烈变革，推翻原有制度和政府的革命者，最后造成了清朝的覆亡，中国两千年的帝制亦画上句号。于是待李进士去世两年后，出现了这块千古绝唱的石刻，昭告日月，明鉴天地。

李铭熙一生忧国忧民，追求变法图强。他厌恶清政府无能，渴望变法成功，辞官回乡后，筹积股、定差费、治保甲、兴学堂，为民兴利除弊，正是变法取得的成果，深得百姓颂扬与敬仰。邑人赖之。世人在碑文中颂其公盖伟人矣！亦奇人矣！

此石刻1983年被武隆县（现武隆区）人民政府公布为武隆县（现武隆区）首批文物保护单位，保护范围四周10米，后又申报市级文物保护单位，1990年中国线描山水画家肖中胤将李进士故里石刻绘入《芙蓉江山水画长卷》，以示纪念。

时过境迁，变法的硝烟已隐入历史的尘埃，李进士离开我们已一个多世纪，思量一个多世纪，中国社会已经历了一次又一次、再一次的变革，回头看历史的"变根"，真可以理解石刻的不易，但有一点可以肯定，历史在逝去的时空里总闪烁着明亮的眼睛，看着古镇的人文通向更深、更远的地方。

李铭瑛沥血桑梓二三事

　　二叔祖铭瑛公，为我祖光绪进士李铭熙二弟，大约生于咸丰初年，卒于戊戌年，少时饱学诗书，研穷五经，取明经而望重，人称仲卿先生。瑛公生平从教，爱好书法，传其协助其兄李进士"筹积股、置义渡、修圣庙，建考棚"，投身"维新变法"活动，受到地方人民敬仰。家史中对其偶有提及，未作详记，几次区域历史人物调研，颇觉事迹清晰，便将其二三事整理于后，以示纪念。

一、呕心书院创建，沥血民智开化

　　江口古镇，历史悠久，经济繁荣，文化荟萃，系武隆最古老的水陆码头、盐埠重镇。早在商周时期即形成城镇集居，战国至汉代，江口已成为热闹非凡的商贾辐辏之地，唐武德二年（619）设信宁县，更是成为乌江流域颇负盛名的政治、文化中心，一度盛况空前，尤其历代名人过境江口留下过不少脍炙人口的诗篇，令人流连仰望。现长孙无忌衣冠墓、李进士摩崖石刻、芙蓉洞、芙蓉江峡谷风光等人文自然景观享誉中外，引四方客人慕名光顾。而这样一个重镇，一定少不了文化繁育，人杰轶事，人们津津乐道的是李铭瑛创建江华书院的前前后后。

　　江华书院原址位于江口古镇下溪街东岳庙，前身为江华义学，创办于清道光八年（1828），早年间古镇举人邵美璠曾在此讲过义学，颇负名气。后来，廪生李尧楷（即李铭瑛父亲），约道光二十八年（1848）迁来江口后亦送儿子们进义学堂学习。因此，李铭熙、李铭瑛、李铭煊三弟兄及江口绅士子弟邵国本等均在此启蒙读书，为当时彭水县5所最具影响力的义学，尤其李铭熙于同治六年（1867）考取举人后，江华义学名声大振。清同治十三年（1874），应江口绅民提议江华义学改为江华书院，彭水知县庄定域及时给予了批复，并从修缮江口文武庙款项中拨出一部分，将义学改建为书院。同时建立江华书院学董会，由邵年堂、李尧楷、周义堂等贤达组成，负责制定书院管理章程，筹集办学经费，确定书院办理人选及监督实施等。当时，李铭瑛已考取庠生，便决定李铭瑛为办理人选。

筹建书院尤其严谨，江华书院创办之初，庄知县对经费列支及师资人选要求极为严格。彭水光绪版县志记载："江口镇旧有束修钱每年二十千，系镇东岳庙款项，江华义学由县署选聘庠士主讲，其束修亦由县署致送。渐至权在吏书，恒有钻营请托之弊，同治十年（1871）署县庄定域将该镇文武庙差租拨作各项公款，于内拨出钱四十六千文，作每年添送书院主讲，束修由首事按节致送。但所延主讲一不得由县署延订，以防钻营；二不得由绅士公举以防请托。唯视每书学使按临所本邑超等生员中，酌择品学兼优，年力未衰者，由县署选聘务到书院训课终年，不得徒有虚名或有事不能赴院。否则，所添之项不必致送，仍归二庙培修之费。"意思是先前江华义学有书吏办学弊端，庄知县来后重新定规矩，主讲人一不能由县署直接延订续期，二不得由地方绅士请托推荐。必须是选用品学皆优的秀才，且年富力强，有能力长期致力教育事业的人才能担任主讲。否则，办学经费不得列支。

为此，特强调须有举人资格的家庭才能参与书院筹建事宜，当年李铭熙已中举，李尧楷为本邑名廪生，并为学董会成员，因此完全具备承办书院的条件，而同样具备书院筹建资格的邵氏家族，其邵美璠为道光举人，其孙邵建侯与李铭瑛一样亦为文生（与庠生同等），所以邵家亦提出主导办学。其实，办学本为辛苦差事，两家争办，主要在于办学是一个极具荣耀的项目，自古尊师重教，创办书院自然身份高贵。为此，庄知县曾在邵家提出异议后左右为难，论资格他提的要求，两家人都具备，论实力均无悬殊，最后通过学董会及民间代表无记名投票，五票为李，四票为邵，选了李家承办，并由邵家监督。如此，江华书院在经费拮据的情况下得以如期建成。

其间李铭瑛组织兄弟李铭煊到花园村采木，到柿坪山取石，并到罗州坝烧制砖瓦，不无辛苦，劳心费神，生怕邵家诟病办学不力。时值清朝社会大举洋务运动之际，李家便以办学兴教，为地方社会民智开化竭尽所能为目的，热血沸腾，四处奔忙，邵家亦监督细致，每一物每一钱均用于必用之处，绝无半点纰漏。书院建成后，遂由学董会推荐、县署选聘李铭瑛为山长，并选秀才刘龙霖任主讲。

后来，李、邵二家由原来的办学分歧变得默契配合、和睦有加，同时因李铭熙发妻黄氏与邵国本亡妻高氏系表亲，两家成为亲戚更加深了亲情和友谊，且李铭熙发妻殁后继娶石桥银氏又与邵家绅士邵国银结为连襟兄弟，可谓亲上加亲，遂同心协力致力于江华书院的教学发展。

到了晚清，江华书院不光成了教书育人的摇篮，还成了李铭瑛宣传维新变法思想的阵地，培养了不少进步人才。己亥年（1899），学董会报县署选聘邵国本接任李铭瑛任山长，光绪二十九年（1903）江华书院改为江口笃信学堂，邵国本任堂长，招收中学生于此就读。"文化大革命"时期笃信学堂被拆毁。

二、募置义渡体民，刻石"平易"寄望

今江口大桥未通之前，江口人民过芙蓉江皆赖渡船通行，就连抗战时期，319国道亦靠渡轮接转。过去，江口上下二街以芙蓉江为界，去来渡行靠官方拨款和民间义渡等运营，李铭瑛曾大力协助其兄李铭熙募置义渡，以改善百姓渡江窘困。

一日，他站在芙蓉江右岸，见往来盐运上岸，山货入船，号声不断，力夫们挥汗如雨，上下艰难，不禁感慨万千，随即在身边的石壁上写下"平易道路"四个大字，寄望有朝一日在江上建一座桥梁，让百姓们过河渡水如走平地。码头管事周总爷，见书法笔力透石，遒劲大方，方正醒目，激励人心，命人将其刻凿下来。每字长约40厘米，宽约30厘米，阴刻，过往行人即可扶字而过。百姓说"平易道路"既让人们精神上得到鼓励，寓示江口人民面对难于上青天的蜀道，不畏坎坷，勇气可嘉，爬山涉水如履平地，又让人们充满希望，有朝一日一桥飞驾南北，大家平步跨越，就不用再上一坡下一坡了。新中国成立后，江口人民终于在共产党的领导下实现了"平易道路"的愿望。遗憾的是20世纪60年代，"平易道路"四字被损毁，现只能看见一方十分模糊的石刻。

李铭瑛酷爱书法，从小修炼，得颜骨柳筋真谛，其字表现方严凝重、匀称工致特色。旧时，江口、彭水不少石碑牌坊楹联多出其手，尤其保家楼徐耳山、徐敬臣等墓志铭、楹联等，十分彰显李铭瑛书法及文学的深厚造诣。另江口文武庙章程碑为其所写：碑文内容为："同治十三年知县庄定域因二庙（即文武庙）公款有录，首事每多侵蚀绅粮，具控不休，特细心筹划，酌定章程，将庙款焚献培修外，拨作该镇义学、渡等项。文生李铭瑛、萧炳章勒石。"此外，石桥张氏香火牌为其墨迹。牌楣为"弓冶箕裘"，牌心为"天地君亲师位"，两边分别为"上下神祇"，"左右昭穆"。左联为"庄敬严恪祀之"，右联为"聪明正直壹者"。其文其书皆称上乘之作。

教书之余，李铭瑛积极弘扬洋务运动实业救国思想，号召江口人民响应"师夷长技"，"自强、求富"。协助其弟李铭煊开创"有道生""春华"等商店，聘请羊角酿醋师傅创建江口醋厂，招募失业人员到醋厂就业，并支持侄子李昭文与他人合股创建"四利盐号"，从产地自贡到乌江上游龚滩均有分号，规模甚巨，并组织培修马鞍、柿坪、黄草盐路，为乌江流域盐业营销做出了有力贡献。

此外，李铭瑛于维新革命期间，竭力倡导变法改革，如：整顿市场秩序，规范商业店铺，加强盐号销售管理等均革新求变。特别是坚持发起禁毒运动，反对各地输入鸦片毒害江口人民，意志坚决，竭尽所能。当时，镇上不少有钱人进入烟馆抽大烟，并有人乘机倒卖烟土，搞得古镇乌烟瘴气，一派萧然。李铭瑛从晚清社会的大背景看到江口古镇的堕落变化，内心十分痛苦，作为读书人，他忧愤难平，不愿看到古镇人民随波逐流，便决心在力所能及的情况下，掀起禁毒运动，他在学院大肆宣扬林则徐禁烟的英雄事迹，对镇上一些绅士暗种烟土，严正贬斥，予以揭发。为此，得罪了不少绅士、保甲。一部分人竟悄悄引诱李铭瑛长子李昭德吸食烟土，并唆使李昭德身边的人种烟制烟，拉李铭瑛下水，李铭瑛得知真相后，义愤填膺，痛斥"小人可恶，无孔不入"。并坚决抵制，上报县署派人到乡下铲除烟草，查封烟馆，根治民病。同时，在家族中严控吸食烟毒，将儿子捆绑于门柱戒烟。他交代子侄："勿忘读书，钱财用于助学、扶贫济困，比食烟土、打牌赌钱强千倍、万倍。"在他的坚持及其弟李铭煊的协助下，不少地方的罂粟受到铲除。但晚清政府已病入膏肓，种植鸦片涉及官府税收，根治其毒害实则难上加难。

三、助力"维新"图强，结局悲愤吞金

1895年，甲午战败，清政府与日本明治政府签订《马关条约》，激起全国人民的反对。李铭瑛深受长兄李铭熙影响，积极投身维新变法活动，以求变法图强，救国救民于水火。在李铭熙弃官回乡执教于鹿山书院期间，常与兄长商议，如何发展地方革新人员开展维新革命，并把书院作为活动阵地，组织人员开会、学习、分派变法任务。一开始同志们热情高涨，认为大清在改革大潮中将前途无量。人们治保甲、改管制，规范商业，

制定新的市场秩序，铲除烟土，并探索芙蓉温泉利用、江口盐井开采等实业，为古镇的兴起，燃起星星之火。然而维新派最终失败，长兄李铭熙转移到四川犍为县，以传授减灶煎盐技术为掩护，躲避劫难，但终未逃离慈禧对各地变法余党的搜捕。

当年，李铭瑛与李铭煊两兄弟接回了遇难的兄长李铭熙，一方面埋葬亲人，另一方面收拾残局，稳定人心，并封锁李铭熙因"戊戌变法"受株连的信息，以保护家人。但仍有杂音传入江口，而李铭瑛身为书院山长，亦曾积极倡导变法，特别是那些在保甲整治、市场秩序整顿、烟草铲除中受到影响的少数人，暗中撺掇指责起李铭瑛来，认为李铭瑛亦属变法余党，应报官追究。李铭瑛作为一介书生，本对清廷江山一腔赤诚忠魂，为古镇发展一腔碧血丹心，却换来如此凄凉结局，竟悲愤攻心，一病不起。弥留之际，他怆然道："于国而言变法失败无望，于家而言儿子被人蛊惑吸毒，于民而言一番好意无人理解，真是心如寒冰。"当年冬月，在异常寒凉困闷的情况下，他选择了吞金而亡。至此，李家雪上加霜，将重担交到了老三李铭煊身上。

事后回忆，李氏兄弟先后殒命于戊戌年，实则为勇立潮头所致。观中国历史，任何一次破旧立新、新陈更迭，都有一批先驱者倒下，尤其读书人往往身居前列，他们先知先觉，极易点燃除旧立新、取义成仁的思想和情绪。然而早期的萌动又有诸多的经验不足和革命风险，但他们有着美好的初心，坚信成功的希望。而"维新变法"坚持了103天，也称"百日维新"，旨在"除去蒙蔽锢习"，展现中国新生面貌。如光绪诏令改变蓄辫子的风俗即是一例。李铭瑛在书院带头剪去辫子，并要求学生效仿，同时到镇上宣传剪辫新风。可民智未开，多数人疑虑、观望，甚至抵触、不满和愤怒。光绪在"百日维新"中，发布各种谕旨三百余件，诏令像雪片一般飞来，改革管制、法律、军事、经济、文教、人才选拔制度等，可谓齐头并进。但缺少必要的步骤及宣传发动，民意基础不牢，特别是农民阶级对变法认识模糊，未形成全社会的变革声势和力量。所以注定了民众对维新失败的幸灾乐祸甚至对立结果。

李铭熙曾把维新派主要领导人康有为的观点传播给李铭瑛及一些变法志士，谓"民智"的基础在建立学校，学校未成，知识未开，而兴议会参政，乃取乱之道也。学校既成，知识既开，而犹禁议会者，乃害治之势也。夫议会之终不能禁，犹学校之不能废也。还说，日本当年得以国势大振，在于民智大开，以议院必以学校为本。意思是说，开议院、兴民权，必和当时民众的教育水平连在一起，否则无益，而是"取乱之道"。李铭瑛亦深信这一观点，所以他以学院为阵地，抓教育，开民智，求革新，寄予了维新变法无限的希望。而最后的结局无疑给了他致命的打击。

虽然"百日维新"失败了，李家为此付出了两条人命，但变革的火种并未熄灭，怀着对晚清腐败政府满腔仇恨的李铭煊及一大批觉醒人士，开始蓄积起反清的力量。1911年12月，李铭煊组织保家楼何玉刚等人，在武昌起义的浪潮下，吹响了推翻清王朝的号角，在彭水县人民齐心协力的战斗中，彭水清王朝最后一届封建堡垒政府被赶下了历史舞台。至此，李铭熙、李铭瑛两位兄长得以九泉瞑目。

1978年，新中国又一轮改革开放震荡神州，并取得节节胜利，江口李进士摩崖石刻，被列为区级文物保护单位，并申报市级文物保护，而李铭瑛沥血桑梓的事迹，亦被古镇人民牢记于心间。

李铭煊推翻清知县侧记

三叔祖李铭煊，号少卿，为我祖光绪进士李铭熙三弟，生于咸丰十年（1860），卒于1916年。自幼好学，熟读四书五经，考取别驾，拣选州县通判。一生致力地方政治、经济社会发展建设，协助兄长李铭熙、李铭瑛从事"维新变法"活动，拯救民众于水火，诸如"定差费，治保甲"改革，"兴民族工商业"等多有壮举。尤其，辛亥革命时期，振臂呼号，组织县人揭竿反清，为推翻腐朽的地方清王朝政权发挥了先锋作用。成为百姓心中推动历史前进的有功之臣。

辛亥之年，武昌起义的枪声，宣告中国二千多年封建社会制度的灭亡。在成都，一批追随孙中山先生革命的同盟会员、爱国志士，值革命风潮之际，掀起"铁路保路同志会"斗争运动。当时，彭水青平乡洞口坝谢龙光（又名谢正杰）在南京临时政府任参事；赵城（又名赵光壁）以及长滩乡秦晓君（又名秦伯良）闻风而起，赶赴成都参加四川保路同志会活动。

接着，以张澜为首组织赴蓉志士，宣布四川独立，脱离清朝王廷，成立了"大汉四川军政府"，公推尹昌衡为四川军政府都督。尹都督上任后，在民众的声讨中，杀了清廷令官四川总督赵尔丰，瓦解和遣散了驻蓉清军队伍。

"大汉四川军政府"成立以后，各地相继成立起反清军事组织。1911年12月2日，李铭煊与彭水梅子乡何玉刚，组织县人徐良伟、龚国栋、龚哲工等向彭水旧县署发起了进攻，县人们在李铭煊的号令下，将炸药装入棺材，抬进县衙门，守城官兵见阵势吓人，不敢应战，夺荒而逃，知县娄同早已惊惶失措，投降交出了县印。之后，彭水县绅士们云集县衙门，酝酿数日，成立了"彭水县军政府"，于12月16日，推选李铭煊任县军政府司令，何玉刚为副司令。然而李铭煊上任不到两个月，时局又突变，孙中山先生辞去临时大总统职务，由袁世凯在北京就任中国临时总统。

袁世凯上台后，令尹昌衡任"四川都督"，取消了"大汉四川军政府"。又将"县令"改称为"县知事"。郁山镇因是产盐要地，又在郁山设置"县佐"，县佐亦称为"知事"。

1912年夏，尹都督委派李铭煊赴彭水县任县知事，施场任郁山县佐。李铭煊接任知事后，在县署下设劝学所、团练局、经征局、司法股、案牍股等单位，废除原有9房、4班及三费局、农务局。机构和人员设置，比原县衙大为缩减。并宣布"革除前清陋规，减轻农民税赋"。他规定各乡绅粮，除纳农业正税以外，每一升粮谷纳税200文钱，作为县财政其他开支。这一决定，影响了地方绅士们的利益，绅粮并未积极响应，李铭煊本对袁世凯政权不感兴趣，又见地方绅民消极税改，遂辞职卸任。

接着，都督府又派易登云赴彭水县任县知事。易知事来到彭水时，县政已经失驭，尽管清朝政府倒台灭亡，然而清军绿营防汛兵仍然驻在彭水"三镇"，由地方供给粮饷。易知事从成都来，并不了解彭水地方经济社会情况。他上任后，专程拜访李铭煊、何玉刚等人，再三挽留李铭煊辅佐县政，稳定局面。

李铭煊见易登云恳切，考虑政局稳定，民则心安，便与何玉刚去乡村秘密招募兵丁，组织维持地方政权安全的武装力量。将"募兵"招来后，暂时安排在县城附近闲居，并不急于进驻城内。不久，李铭煊与易知事、何玉刚商议，将郁山镇、汉葭镇、江口镇的绿营"把总"召进县署"开会"，然后把三位"把总"扣押在县署内，逼迫他们命令部下交出武器。这时，何玉刚才带领招募的兵丁提缴县城防汛兵的枪支，武装了一百余人，又即日收缴郁山镇、江口镇防汛兵的武器。仅数日之内，李铭

187

煊和易知事即遣散了县境内的清军，宣布成立"彭水县警备队"，共二百余人，一百多支枪。警备队由李铭煊任司令，何玉刚任副司令。警备队分为三队，一队驻县城，有一百余人枪；二队驻郁山镇，有五十余人；三队驻江口镇，有五十余人。为了提升警备队的战斗力，县城警备队遂请黢水人张大友练兵并任队长，郁山警备队就由郁山县佐施场指挥，江口警备队多属江口镇人，就由李铭煊直接领导。副司令何玉刚负责三个警备队的联络事宜。

其实，当时的中国社会，袁世凯政权本处于乱局之中，且不得人心，孙中山于1913年及时发表了《讨袁宣言》、梁启超发表了《异哉所谓国体问题者》，掀起讨袁护国运动。李铭煊本对袁政权就不抱希望，只碍于易登云求贤若渴，维持着县署安全。但当时彭水、黔江及邻近的贵州边境已匪患四起，常搅得百姓鸡犬不宁，而地方政权脆弱，人心涣散，根本无力应对日渐猖獗的匪患侵扰。

是年秋，黄家坝一带的农民纷纷到县城告状，因冉、向二姓宗族之间互相仇杀，闹得当地人民惶恐不安，请求县知事派兵平息。究其原因：先是冉家一个青年娶了向家一个姑娘为妻，而冉母十分恶躁，百般虐待儿媳，向氏不堪忍受，一气之下自缢身亡。尔后，向家族长招募本姓青年数十人，由向青廷带领去冉家讨还人命，冉母受惊吓，卧床数日而死。接着，冉家族长又集中数十人，由冉晴川带领去向青廷家里讨还人命，双方即发生打斗。就这样，冉、向宗族各组织二百余人，反复冲撞，互相仇杀，各有伤亡。

易知事闻报后，立即派人去江口镇将尚在病中的李铭煊召进县署，共商平息之策。结果，易知事决定自己带领警备队五十人枪，前往洋水桥平息冉、向宗族仇杀事件，由李铭煊领导警备队其余人枪负责防守县城安全。

易知事带领张大友等五十余人，步行两天才到达洋水桥，时值向青廷、冉晴川各带本队族人，正在混战厮杀。易知事令士兵朝天开枪，不许伤人，他们接连放了两次"排子枪"，向青廷、冉晴川都听到是"硬火"（即快枪），又不知道是哪里突然开来的队伍，便各自呼喊本队人员，分别慌忙逃走。易知事并没有令部下追赶，却带队伍返回县城。

从此之后，冉晴川没有回家，带着人员到干溪（朱子溪上游一带），发展到二百多人的队伍，在川黔边境山地流动。后来，汤子模在干溪"拖棚子"，冉晴川便带领人马与汤子模合伙，依靠打家劫舍养活队伍。

再说那向青廷受到惊吓后，带着队伍到了贵州后坪县金竹山。由于金竹山与龟池坝接壤，土匪程立之率众盘踞鹿角沱受到威胁，害怕向青廷占领龟池坝老巢，所以程立之当机立断，放弃鹿角沱，带着队伍退守龟池坝。易知事没有预想到，警备队出征洋水桥，吓跑了冉晴川和向青廷，同时迫使程立之退出了鹿角沱。

这期间，李铭煊负责把守县城。一天早上，看守县衙门的卫兵转交一封信给他，说是一个自称是李司令的表兄写的信，托他交给李司令的。李铭煊看了那封信以后，立即警觉。原来，此信是黔江县（现黔江区）人李云波写的。那李云波与李铭煊并不相识，他已在两河口"拖棚子"，号称有一千之众，扬言要借道彭水，前去南川县（现南川区）发财，恳请李铭煊放行。李铭煊本在生病，肩负守城重任，面对即将有土匪队伍过境，不敢大意，急令守城兵加强警戒，又派人与郁山警备队联系，以防其袭扰县城。

易知事回城后，李铭煊嘱其加筑工事，防范土匪袭扰。并商议如有李云波来袭，何玉刚做好信息通报，即采取江口、郁山警备队两路夹击，断匪退路。然后便回江口家中治病，同时做好江口警备队机动准备。那个送信而自称是李司令的表兄者，外号杨毛二，正是黔江县（现黔江区）李云波队伍的"外管事"，此人胆大心细，有勇有谋。他隐藏在城内，当得知李司令回家治病的情报后，当即返回两河口给李云波报告了。李云波立即带领队伍进入彭水县境，驻扎在龙门峡一带山沟密林之中。李云波善于声东击西，借道去南川发财是假话，实际上早已盯准彭水县万足场上的商人"肥头"肖鼎三。

肖鼎三，世居彭水县万足场，继承父肖芳政经商产业，取商号名"肖源顺"。万足场在乌江岸畔，后靠大山，仅数十里之程就进入贵州省地界。多年来，肖鼎三雇请人员，在乌江沿线和贵州边境山地里大量收购生漆、药材、桐油、皮张等土特山货，囤积家中，再用木船运往涪陵、宜昌、武汉、长沙等地出售。又在外地购买布匹、棉纱、陶器、笔墨纸张等货物用木船运回彭水，在本地及川黔边境一带销售。因此，"肖源顺"商号，财源不断，雪花白银顺利而来，成了彭水商界的巨富之一。

肖鼎三从外地经商返回万足场之后，早已被杨毛二手下的"探子"发现。于是李云波派杨毛二带领部众乘夜去万足场上将肖鼎三捉走，抬到龙门峡，关押在木花洞里，勒令肖鼎三在半月内交纳白银三万两赎身，否则将他处死在洞中，肖鼎三为了活命，被迫答应纳银，就给家中写信筹银赎身。李云波派人送信给肖家。肖家为了救人，倾其家中钱财，并变卖黄金为银。然而，在半月内实在无法筹银三万两。在万般无奈之下，将银匠请到家中，铸造了一批假银锭，真真假假的银锭混合一起，才凑足了三万两。尔后，约定时间请李云波派人取银去后，肖鼎三才被释放回家。

在肖鼎三被"强人"夜间捉走后，肖家于次日派人到县城衙门报案，请求易知事搭救肖鼎三。易知事闻报后，才知土匪借道是假，捉"肥"是真，急召李铭煊商议剿匪之事，但李铭煊病重无法前往，拟抽调江口、郁山及县城警备队由易知事与何玉刚带队行龙门峡征讨李云波营盘。这一计划正准备实施，易知事即收到李云波写到县署的来信，威逼易知事数日内交纳白银五万两，否则请易知事进住龙门峡木花洞。易知事见信十分惊惶，与县署王师爷商议如何是好，王师爷说，如今连一千两银子都无法筹集，哪里去弄到五万两？那李云波自恃人多势众，又心狠手毒，万一在某天夜间率队偷袭县城，其后果不堪设想。思虑再三，易知事觉得走为上策，遂收拾停当，雇了两只木船，由警备队一个班护送到涪陵，就再未返回了。

面对彭水县署的窘困，李铭煊在易登云走后，亦辞去了县警备司令之职，于家安心养病，等待时局的变化。时值讨袁运动在全国兴起，李铭煊热切寄望护国运动的胜利。然袁世凯倒台以后，天下并未太平，出现了军阀割据的混乱局面，北洋军阀公开分裂成诸多派系。而地方政府也不知何去何从，知事任免均由占据县境的军阀决定。由于占据者屡易，县知事亦随军去来。自1915年起，川、黔、湘、鄂四省兵匪频繁争夺县境，县署亦不断换人，县知事更迭竟年均三人以上，最短的不及一个月。甚至，黔江县（现黔江区）匪首陶华轩，占据县城后即自封知事。而彭水县受程立之、周和平等兵匪干戈扰攘更早，县政基本处于动荡背景。

万念俱灰，李铭煊于1916年11月忧愤病亡。江口百姓感恩其推翻旧制，推进行政改革、经济发展，武装江口人民守护城镇，保其重要盐商水陆码头未受匪患侵扰，使地方人民得以在相对稳定安宁的环境里生产生活，为一方平安做出了积极贡献，特将其厚葬于柿坪鹦鹉山南麓，每逢清明，镇人即自发凭吊。20世纪60年代有人毁墓未遂，现仍清晰可见"前任彭水县知事李铭煊老大人之墓"碑文立于生机蓬勃的翠林之中。

古镇奇人邵建侯

邵建侯，名国本，江口镇上街人。为道光举人邵美璠之孙，生卒年月不详。清同治十三年（1874）考取文生，自幼好学，酷爱书法，造诣非凡，江口李进士故里摩崖石刻为其代表作。年少喜游历，崇西学，后执教江华书院，教授国语。追随李铭熙、李铭瑛等变革图强，深受江口古镇百姓拥戴。人呼建侯先生。

邵建侯家道丰厚，自祖父邵美璠中举人后，从彭水龙洋迁来江口小河（罗州坝）兴业，创建了较大的邵家院子，经营马帮、商号等多项产业，且颇负义举，传江口文庙、观音阁筹建多有捐助，属江口古镇有名的大户。因家学渊源，邵建侯自幼受到良好培养。早年间邵美璠曾于江华义学任主讲，邵建侯便从小被祖父带着接受熏陶，尤其传授习字，所以对书法自小就埋下了浓厚的兴趣，6岁便能帮镇人写对联，10岁即练得颜柳七分，15岁时已鼎立书林鳌头。

光绪二十六年（1900）夏，江口古镇芙蓉江与乌江交汇左岸处，一个浩大的石刻工程启动了，除了民工石匠10余人分工作业外，主角即是邵建侯。原来，古镇进士李铭熙逝去后，镇人为缅怀其业绩，在江口塘署汛事周义堂（人称周总爷）及李进士两位弟弟（李铭瑛、李铭煊）的组织下，决定刻凿李进士故里摩崖石刻以纪念古镇之伟人。其石刻撰文及书写均由邵建侯负责，同时，委派其专程到彭水防汛署与代理署事（把总）许永洪商议"五字寿"刻石事宜，并接其到现场查勘。许永洪号瀛州，为乌江（过去亦称黔江）防汛副署事，为主持全面工作的官员，许在得知邵建侯及其组织者们的想法后对该石刻工程十分重视，亲自率领石工们錾凿摩崖石刻。

　　该工程运作十分严谨，先由邵建侯将碑文拟好后，交李铭煊核稿审定，并根据字数及"五字寿"策划石刻版面规模。全文428字，有题跋十行386字，款署二行半37字，概括了李铭熙祖籍来源，读书出仕，不慕功名，为家乡人民"兴利除弊，筹积股，定差费，治保甲，修圣庙，建考棚，募置义渡、田产诸大端"的事迹，拟錾凿在长22米、宽6.5米的长方形石壁上，通过精心布置，由邵建侯先将"李进士故里"五字书于2米长卷上，再将长卷打成方格备用，待石壁清理平整，又将正文、题跋、款署按比例铺排停当后，才按石面长宽放大比例打成方格，"李进士故里"正文五字，即照事先备好的长卷母稿，每格笔画位置，勾勒在石壁放大方格所对应的位置，确保原样同比放大，不出差错，其题跋与款署则打成格子架木梯现场书写，写毕即照墨迹由石匠刻凿。

　　是时，石壁上搭起了避雨的棚架，又专门查阅农历气象，挑选了吉日书写碑文，当天，全镇上下绅士现场观赏，士民亦在防汛兵的维持下远远围观，见邵建侯，精神饱满，屏气提笔，按筹划的布局，落墨石壁，大字勾连，行笔稳健，小字运腕，力透千钧。其扶梯挪位、托墨递水者亦默契配合，心手如一。数日工夫，书法终成，围观者掌声不绝，皆大赞宏伟俊美之工也。

　　待书法成后，精挑细选的石匠们便在许署事的指挥下，加班作业，李氏家人及邵建侯亦是现场轮流看管，服务周全。

　　奋战3月余，石刻竣工，是为乌江流域摩崖石刻之冠。周总爷特组织全镇庆贺，以示古镇人文之标志性碑刻落成，并酬谢邵建侯、许永洪及所有关注者对其大刻印的永垂不朽之功。尤其，该碑成就了邵建侯书法的巅峰之作，留下了他永不磨灭的艺术瑰宝。

　　之后，邵建侯的名声大振，找他撰语书碑的事络绎不绝，但邵建侯十分谦逊，往往婉言谢绝，而不以书功自居。是年，时任江口镇镇长钟及普新房落成后，专门在大院子修建了篮球场，要在球场大门的门楣上题写"球场"场名，特请邵建侯献墨宝，并专门购置金粉恭候，邵登临钟府，饱蘸"金汁"，悬臂而书，为其题了斗大的"球场"二字，朴茂大方，金光闪亮，在乌江北岸亦能看清。

己亥年（1899），邵建侯在江华书院学董会的推荐下任江华书院堂长，与精通西学的严雅阁共同执教，邵授国文，严讲英语，为古镇子弟传承国学、接触西学（英语），做出了积极贡献。在他的教学主导下，镇上培养出了李昭贤、董世俊、邵麒征等国学、书法、英文皆优的后起人才。

他教子弟：以读书明理上，为父史者必延聘名师，慎择益友，俾得朝夕渐摩，学问有所成就。遇则掇科取第，不遇亦不失为通人。光前裕后之图，计莫逾此。其有资质不能读，及力不能读者，则为农、为工、为商，即佣雇营生，也属正业。总当责以勤俭，教以安分，令其学为好人，切不可任令游手好闲，习致败坏家声。至于富贵之家子弟，性质即有琰刘，亦当以师为约束，切勿娇养溺爱，终受必家之富，所谓子孙虽愚，经书不可不读也。同时，他崇尚王阳明的知行合一，要求学子学有所用，凡益于桑梓者，量力行之。

1909年10月，四川总督赵尔巽遵旨设立四川谘议局，通过全省官吏、士绅、商人、举贡生等191530人选举，产生议员161人。邵建侯在此次选举中被选为议员。在"融畛域，明权限，图公益，谋远大，务实际，循次序"的训诫号召下，邵建侯与议员们组织开展了四川立宪运动，参加了一系列反对封建专制的斗争，并取得一定成果。

教育书人之外，邵建侯喜欢游览山水，纵情咏歌，吟诗作赋，惜晚景生活于民国乱世，忧愤时弊，而终不得志焉。娶妻高谷高氏，纳接黄草王氏，皆无子嗣承其衣钵。幸亲侄子邵麒征聪颖无比，视若己出，着意培养而终显成果。其高氏与李铭熙进士黄氏夫人为表亲姊妹，因此，邵建侯亦称李进士为表兄。其石碑有记："余为公表弟，行素重公，故知公深，窃心向往之，欲识未逮也！""而欲识未逮也！"指想结识李进士，却还未抓住机会，实为不愿表露，参与李进士"戊戌变法"的事实真相，以免晚清昏庸政府，殃及无辜。

邵建侯离世已近一个世纪，但人们没有忘记他，他与李进士故里石刻共传芳名，他的求学做人及为人师表的精神丰碑还在江口古镇的历史烟云中闪烁光芒。

观卢作孚纪念馆

前不久，有幸参加市作协组织的"纪念抗战胜利七十周年"大型采风活动。活动中，我去重庆北碚参观了卢作孚纪念馆。拜望了爱国实业家卢作孚筑梦的地方。

自幼勤奋好学，奠定梦想的基石

卢作孚（1893—1952），重庆市合川人，民生公司的创始人、中国航运业的先驱，是著名爱国实业家、教育家和社会活动家。自幼天资聪颖，喜好数学，编著有《卢思数学全解》《中等代数》《三角》等。卢作孚跨越了"革命救国""教育救国""实业救国"三大领域，并且在几个方面都各有成就。

卢作孚纪念馆建在嘉陵江畔，临崖而峙。原为重庆市北碚区修缮后的峡防局旧址，占地1570平方米，为中式三层建筑，带庭院、廊道，颇具古色古香格调。在这凭窗远眺，滔滔江水浩荡东流，莽莽巨石矗立烟波，山岚水泊，城郭船埠，与水天一色的渺寥苍穹，浑然而构。时空的动静似乎变换着悠远、沉厚的古琴之音，引领我们步入了近代尘世沧桑的嘉陵回廊。纪念馆内陈列着从各地征集来的卢作孚及民生公司相关的文物，人们仿佛能看到卢作孚及其弟卢作英当年创业及工作的历史场景。

于1926年购置的第一艘"民生"号轮船，早已躺进历史的港湾，在灰色的烟云里静静地歇息。它好像仍在述说当年民生公司开辟嘉陵江渝合航线的辉煌史。我们仿若看到卢作孚亲自上船接待旅客，他那句"一切为了顾客"的口号还在嘉陵江上迎来送往。长江上，人类商周时期就有了船，那些小叶舟、渡河船，"歪屁股""舵笼子"皆见惯不惊。但"民生"号改变了摇橹式的动力航行方式，用机械取代了嘉陵江千百年来纤夫拖拽、推拉航行的艰苦落后面貌，树起了航运史上的里程碑，并逐渐发展壮大，从一艘到上百艘轮船的规模，从嘉陵江到长江、海洋宽广的航行水域。使长江真正意义上有了国人长距离、大规模的航运活动。

抢运行动，被誉为中国的"敦刻尔克大撤退"

1938年，是中国进入全面抗战的第二年。这一年，国民政府临时陪都武汉被日军攻陷，三万多政府官员和难民、19万多吨战略物资和工业生产设备需要从武汉撤往重庆。卢作孚面对天上有日机轰炸，地下货物如山，难民如潮，港口拥塞的景象，亲临码头指挥，日夜组织运输。在他的指挥下，民生公司几十艘轮船在长江上来往穿梭，几千名员工不分昼夜地工作，终于将平时需要一年时间才能完成的运输任务，在40天内得以全部撤退，被称为中国工业史上的"敦刻尔克大撤退"。

这次大撤退的胜利，于当时来说，是极具效率的，是中国抗战大家庭的一次快速紧张式的搬运，是保护抗战生血功能的搬运。但卢作孚和他的民生公司却为此付出了惨重的代价。除了他自身差点丧生于轰炸中外，他的轮船被日机炸毁了16艘，牺牲了员工116名，伤残了61名，但卢作孚毫不计较个人及公司得失，所有费用全由民生公司承担，表现出了极大的爱国情怀。这在今天仍然震撼人心，令人敬佩。

西南大学蒋登科教授这样赞叹道："在那个物质还很匮乏的年代，民生公司不是纯为赚钱，更没有分赃式地把赚的钱分掉，而是将它运用到社会。卢作孚他既非中国传统的商人，也完全不同于那些以个人或家族致富为目的的企业家，他是属于社会与国家的，是超越个人的事业，超越赚钱主义的'生意'，具有超凡脱俗的大情怀，大境界。"

市作协副主席冉冉评价："民生公司的事迹，犹如血库一样，在为抗战输送血液与营养。"她还忆及在云南看到过崇山峻岭中的盘山公路，其险要艰巨不言而喻，那也是为抗战修的，就像一道曲曲折折的血管，延伸到了炮火漫天的前线，以至边境外的抗战盟国。

创办多种实体，振兴民族工业

据说，当初卢作孚之所以创办民生航运公司，经营航运，主要是为了改变外国航船垄断中国长江航运的现状，后来人们肯定了卢作孚的贡献，说他将曾经横行川江，垄断川江航运的帝国主义船只赶出了川江。同时，他为北碚人民做了许许多多的好事，北碚有今天的景象，离不开这个人曾经打下的基础。特别应提到卢作孚在北碚打造的公园、体育场、图书馆等，现在重庆的许多机关、学校落地在北碚，无疑与他有关。

而卢作孚创办实业的精神更叫人肃然起敬。在当时动荡且一穷二白的社会背景下，兴办实业，是极其艰难的。大凡搞实业的人，都知道创业过程的坎坷与艰辛，诸如项目的论证、资金的筹措、人才的培养、原材料的来源、市场的开拓等，是一个极其复杂的系统工程，它绝不是凭几分感性就可以搞起来的。卢作孚自小喜欢数学，且成绩优异，后来还写过数学教材，应该说是一个理性思维很强的人，是会算账的人。

的确，卢作孚是一个会算账的人，否则大撤退不可能在40天内完成，但他算的是民族工业的大账。他一生创办了北川铁路、开府矿业、三峡染织等数十家公司，涉及经济、文化、科学、社会各个领域，遍及中国多个省份。同时还创办了中国西部科学院、三峡地方医院、兼善中学、《嘉陵江日报》等多项公益产业，为重庆的发展奠定了历史基础。

事实证明，人类文明社会的进步，实业家是极重要的推动者。

农耕时代，唐朝的贞观之治，以"均田制""租庸调制"等手段，极大地鼓舞了大批商业人员从事商业经济活动，使商业在历史的歧视中得到解放。举世闻名的"丝绸之路"便是当时开辟的杰作。

工业时代，清王朝一大批仁人志士，面对《马关条约》的签订，为挽救中国的颓势，大兴民族工商业，欲以实业救国。当时的代表人物张謇、荣宗敬、荣德生等便是大举实业的主导者。一时间，中国的造船、冶炼、纺织等行业快速崛起，发挥了实业兴邦的重要作用。

20世纪80年代，中国进行改革开放，千家万户的小微、龙头企业、个体实业等经济实体蓬勃发展，使一度欠下大账的中国经济得到快速的推进，取得了举世瞩目的成就，全中国人民皆分享了大兴实体经济的红利。

时下，政府在大力实施简政放权，提高行政服务职能和服务效率，无疑是开放绿灯，打造"绿色通道"，期盼更多的实业者站出来，刺激新一轮上档升级的实体经济稳健发展。

诚然，全面抗战胜利了，当年出生的婴孩张抗日、李抗日，如今已七十高龄。中国经济空前发展，步入了世界强国。长江边上，嘉陵河畔，再也看不到那些光屁股拉纤的人、那些在日机轰炸下东躲西藏的人。人们过上了"老婆孩子热炕头"式的衣食无忧的幸福生活。但大家有没有发现，在我们的生活中所用的手机、照相机、摄影机、冰箱、彩电、车辆等生产生活用具及设备，国产的比例占得比较少？如果这些比例能提高几个、几十个百分点，那现在的中国将是什么样子？十三亿中国人的市场，能带动多少内需？不妨向卢作孚学一学、算一算。

因此，我们还有差距，希望多一些像卢作孚一样擅于搞实业，且不为私利所困的中国人出现，那我们的民族就更有希望，中国梦一定能早日实现。

《二酉英华》重现

　　最早听说《二酉英华》是21世纪初，我有了些时间研讨地方文史并捣鼓一点写作才听到的。而更想探其究竟，还在于该书里有我祖李铭熙进士的相关诗文。但遍寻各地并未见得尊颜，心里甚是空落。

　　然，寻此书者，远不止我一人，诸多乌江流域的有识之士，皆在有意无意打探，均想在某个角落里有意外收获。谁不想了解源远流长的乌江文脉，看到一段斑斓瑰丽的风景呢？

　　当年，我县中国少数民族作家协会会员杨友仁、原县文化局领导王孝阳及文物管理所干部周霖等人均追踪过《二酉英华》的下落，并曾委托专人去四川省图书馆查寻，皆无功而返。我亦数次到酉、秀、黔、彭等地实地寻找，仅获郁山镇一支氏家族曾存《二酉英华》信息，并未见到一枝半叶实物，支家人说该书已在1983年郁江特大洪水中毁损消失。自此，遂认为该书恐已失传。

　　2013年，意外得知四川大学南亚研究所研究员尹锡南先生在川大图书馆古籍库发现《二酉英华》，而此信息又被酉阳党史办主任黎洪先生首先发布于网上，使该书踪迹重见天日。见讯，我自是欣喜若狂，恋书的热度又沸腾起来。也由此看出，找此书的人大有人在，整个西南版块的人或许惦念着它。而尹锡南先生恰好出生西阳，任川大教授，于故土于工作岗位都与《二酉英华》命运相连。

　　2014年6月17日，县委宣传部常务副部长杨永雄、县文联常务副主席刘民、县档案局局长邓文光等领导，得知我报告的喜讯后，兴趣陡增，便约我一同风尘仆仆前往四川大学图书馆查阅久仰的"宝贝"。更重要的是涉及我县进士李铭熙收录于《二酉英华》的诗文史料，是否能从中发现。

在尹锡南先生的引导下，大家走进了书香弥漫的川大图书馆。当十二册已发黄的《二酉英华》古籍本呈现于大家面前时，所有人都惊奇无比。一册册蜡黄的古籍，就像一颗颗深藏千年的明珠，在那里闪烁着美幻的光芒。在场的尹先生谈及最初发现这套珍贵古籍的心情，仍是激动不已，乐不可支。他说，据他好友黎洪先生查核，川大图书馆这一套《二酉英华》应是全国唯一一套完整保存的版本，在国外也只有美国哥伦比亚大学存有一套，实为珍奇之至。

《二酉英华》记录了酉、秀、黔、彭、武等沿乌江流域各县59位重量级文人的反映该地域二百多年人文历史、风土人情的诗歌，共2915首，分十二册二十四卷，由清道光十一年（1831）举人冯壶川编辑，其学生夏永勋、夏晋光刻印。该书是研究乌江流域政治经济、历史文化、民风民俗的重要文献，具有很高的审美价值和历史文献价值。

《二酉英华》卷二十，收录了我县江口进士李铭熙举人期间的相关诗文49首，同时收录了邻县彭水拔贡支芙田、陈午峰、黄静亭的相关诗作，这些诗作涉及我县白马、羊角、三潮圣水、长孙无忌墓等方面的题材。

尤其是我县进士李铭熙（字佐卿）所著的《叶公玩龙台》《觉梦吟》《京师八景》《项王》等均为大气之作，反映了他年轻时代就有忧国忧民的远大理想和抱负，以及对历史、人文的独特见解和认识，实乃我县历史名人留下的重要精神遗产。

可惜川大图书馆规定殊严，只允许对其卷十九、卷二十部分篇章拍照，全集无法取完。尹锡南先生介绍，所幸的是酉阳县有关部门已与相关各方签约出书，届时广大文友及感兴趣的学者，皆可一睹为快。

此外，在查阅《二酉英华》的同时，大家还发现了记录有乌江盐业生产史的《四川盐法志》古籍翻印本，将对乌江盐史研究大有裨益。

回家后，我拿着拍照回来的文字，解读老祖的创作，抚摸那烟云中时隐时现的山川，揭开了往去春秋一层层神奇而美丽的面纱。感慨万千之余，我向川大的方向再次深深一拜。

文学路上的盲人摸象

就在二月料峭之际，江华编辑约我入驻《芙蓉江》的三维空间，要求说点创作感想。本来出于一番好意推我入座"雅间"，于这还有些春寒之时，享受同仁文采围聚之暖，应当说不亦乐乎！但又令我诚惶之极，不知所措。不过恭敬不如从命，就当南郭先生吹竽吧！

既然是三维空间，那就要接受立体审视，我便翻箱倒柜地找寻"拜客衫"，就像家乡媳妇要出门一样，但终没在文档里找出像样的东西来，慌乱中给老江传去《深埋的刺根》《乡间"屁"事》，交由三维鞭挞罢。

关于文学，我尚处盲人摸象阶段，只能摸到什么说什么。

文学接近感情丰富的人，青睐有生活感悟的人。我敢肯定自己的感情还算丰富，但生活感悟尚浅，做不到上天揽月，也不能下海捉鳖，自然就不能班门弄斧。

我的写作之路，迈得很沉重，以至于走过之后并不清楚那就是我当初所走的写作轨迹，因为迈的时候脚下并没有路。正应了鲁迅的说法，其实脚下本没有路，走的人多了便成了路。

就写作而言，我的前半生基本是一个高唱"战歌"的年代，那时，人们战天斗地，用"愚公移山"的精神鼓舞斗志，"一不怕死、二不怕苦，敢教日月换新天"；说"人有多大胆，地就有多大产"；要敢于"横断乌江水，力拔白马山，钢铁超英美，粮冲万斤关"，争取"乘火箭、驾卫星、独创奇迹上北京"；对于文艺要坚决"破四旧、立四新"。书画、古玩、金银首饰、古建筑等属"封、资、修"统统捣毁和焚烧。人们热火朝天、汗流渍背地干着，哪怕担心说的、做的是否符合逻辑与科学，仍然争先恐后、风风火火地进行。而文学作为一种工具自然冲锋陷阵，并以"文化革命"而冠冕堂皇，一现昙花。

现回首一看，文学也如醉汉一般，跌跌撞撞度过了我的学年。哪里知晓亲近天地，敬畏自然，以人为本，科学发展？哪里读懂"白日依山尽，黄河入海流。欲穷千里目，更上一层楼"的那种万物生生不息，君子自强不息，顺应自然，天人合一的美妙意境与精神寄托？

就在"臭老九"臭，"白卷大学"香的时候，我并没有弄懂文学，没明白中国还有"四大名著"，就读了几篇鲁迅的文章。说是拜了文学的高堂，但在拜的过程中，也是有些懵懂的。比如：鲁迅的那句名言"不在沉默中爆发，就在沉默中灭亡"的深刻内涵却也是在经历了一些事儿后才有所醒悟。

幸而，文学的一些细胞竟在那个黄皮寡瘦的岁月，藏于我的骨子给潜伏了下来，就像一个人的遗传基因一样，并未因生活的潦倒而变异。

海纳百川，山垒万石。海之浩瀚，山之磅礴，为我们顶礼膜拜。要么行水而去，见到自己的那片海；要么登峰而攀，领略自己的那座山。让心里的旷远天地为我们敬畏的归宿。因而我视文学似海，文学如山，它的源头是一滴水、一粒沙、一行脚印。

但凡喜欢文学的人，都在心目中构思了一个殿堂，就像在沙漠中长途跋涉的人始终想着前面的清泉绿洲以及终点的灯火辉煌与美酒飘香。许多人已步入了它们的殿堂，开始享用文字的盛宴，并围聚了成千上万的精神食客。而我的文学路还在累积跬步，想着一个又一个梦境的驿站。

作为学生和粉丝，我崇拜过鲁迅、郭沫若，暗恋过琼瑶，品味过张贤亮，遥望过余秋雨。当然作为粉丝一直是诚惶诚恐，诚心诚意的，生怕浪费了大师们的那些流光溢彩的东西，但还是经常出现消化不良的现象。

　　我的启蒙老师当数我的母亲，我的学堂就是石头不开花、公鸡不下蛋的穷山村。第一篇作文是在母亲的教导下写的，那夜，贾角山下的一间四面漏风的土房里油灯照到很晚。一部《闪闪的红星照我去战斗》的片子，在村里排队巡演，再累再远我和大人小孩们都要重复去看，而且百看不厌。老师安排了看"影"作文，照例是弄完猪草、牛草的"孩子活"后，我在油灯下摊开了作文本。从电影的开始写到潘冬子参军，差不多快写完一个本子，母亲接过去看："幺儿，搞错了，是叫你写潘冬子帮助乡亲抢米，敢于和胡汉三做斗争的精神，不是写回忆录。"最后，我咬着笔杆似懂非懂地胡凑了一些口号似的语言交了差。末尾异常响亮地要"做革命事业的接班人"。

　　我的家通往学校的路有两条，一条走屋后的公路径直一里许可以到校，一条是门前下了又上的茅草坡路，有公路的两倍里程。近一点的路上住着叶司令的丫头及陈连长的儿子，他们喜欢对我这般出身不好的"狗崽子"穷追猛打。父亲叫我绕道门前的坡路，并给我讲了韩信受"胯下之辱"的故事，采取曲线求学。怕我走弯路迟到又讲了张良取"书"的典故，希望我潜意识地早起。两个故事就这样和我门前的小路串联到了小学、中学。

　　贾角山，不是鱼米之乡，更谈不上膏腴之地，资源物产自是贫穷落后。我自小果腹的是红薯、土豆，其积蓄的养分除了供应总是饥肠辘辘的身体外，根本没有多余的能量释放到文学创作上来，想也没那么去想，就像蟾蜍没想天鹅肉一样。然学生期间积淀的作文兴趣，于参加工作后又有意无意地在原《群众报》《涪陵日报》《重庆晚报》上镶了一些"豆腐干"之类的小东西，便不断地星火燎原，燃起了一次次写作的火焰。但终因生计之累，中途也曾一段时间停笔。所以我的文学之路可谓弯弯绕绕，步履蹒跚。

　　近三十年扭住文学的尾巴，实不甘前功尽弃。便又于生活稍有喘息之机重拾初心。从家乡的小猫小狗写起，一路上虽然没有看到过桂冠与掌声，但花花柳柳与莺莺燕燕也不乏在我口干舌燥的时候为我鼓劲加油。

生活中母亲补上重疤的缝补，父亲长吁短叹的望天，如一滴滴水、一粒粒沙成了我文学山川的活水源头，日积月累没有成风雨之势，倒也见涌泉之流、堆丘之状。

创作的感喟，概括起来就是我形如草根似的童年生活，状似乡土般的耕耘磨砺，加之嚼着玉米、薯条仍想着墨香的爱好和动力，和那些挥之不去的苦乐浸润与积淀，成了我笔下文字的起跑开端。

愿天下写作人都有幸福的饭碗

前不久，贵州女作家罗敏给我寄来一册《海兰珠传奇》，翻阅后，颇觉不易。一方面，小说写得不错，手法表现奇特，古今交错，时空穿越运用自如，重要的是相关帝国生活体验的得来，全靠资料查阅，构思推敲，无不用心到极致。另一方面，书出来后，靠自我推销，尤其是她拜托我也帮忙的时候，我真是感慨万千。

时逢我正在将多年累积的诗稿，八方联系出版社出版，并讨价还价，以及商榷上架营销的事。而各路消息皆一个调子，市场不好，得自己找销路。有位懂行的人透露，现在的正规书店进货渠道都基本由集团公司统一把持，主要热衷于传统的畅销书进货上架，靠"老招牌"或是新的"大咖"的书过日子，从进书到售出全是封闭运行。因而一般的书进货商不会过问，出版社也不会负责上架的事，大不了送书给书肆搞宣传，就算送书亦进不了正规书店的营运系统。这样，进货商怕新书烫手，而剩下的事情就是出书人的了。

如此一来，诸多出书人被逼无奈，要么默认现实，将书堆一屋，送的送，拿的拿，全然不顾心血与成本的痛了。有聪明者也大费心思，弄一些噱头，甚至花边新闻来炒作。有灵验的，还真把书给整热一阵。回头想，显得怪可怜的。所以新手出书很难有人问津，再说现在的电子书、网络游戏占据了大量眼球，光顾书肆者已近寥寥。因而一般作者靠出书找钱便有些尴尬，更莫说谋生养活家人。最终认识到全世界有多少人在这条路上挣扎而终究落寞收场。

断不像莫言、贾平凹等大师们的书肆兴旺，当然，冷静下来思考后，这也正常。谁叫我们还是无名小卒呢？继而想，那些大师们又何尝不是一步一步才登天的呢？

只是有一个残酷的现实，无法回避，即人生苦短，创作人一辈子能出几本书？如果无人问津，又有几个作者能坚持到最后？诚如我给罗敏说的"愿天下写作人都能找到幸福的饭碗"。而芸芸众生，有多少人还在苦苦地攀登。

于是，天下写作的人有欢笑，有悲泪。可见那些孜孜不倦的身影们春夏秋冬，笔耕不辍，沧桑曲折，一路感叹！而获大成者少之又少也。的确，文学作品本身没有捷径可走，路漫漫兮，只能数十年含辛求索。且能否成名有时甚至光靠勤奋还不行，个中滋味可谓一言难尽。当年，路遥写完《平凡的世界》，已至病魔缠身、妻离女散、穷困潦倒的窘境。而这部他用生命撰写的小说，在当时并未引起轰动，甚至被杂志社退稿。

曾联想到清朝我入川老祖李光墭解甲归田后，归计艰难，呕心沥血创作《兰田馆琴谱》欲出版筹集回闽盘缠，而终未如愿，颇觉难堪。进而，才明白了一部古琴谱出书的难。旧时西阳州这样的边远僻地，有几个人懂古琴之道呢？同时地方财力微弱，官方无力扶持，自己又无钱出书，无奈自是正常。后来，墭公实不忍心血付诸东流，只得只身返闽求助，几经辗转，幸家族子弟李朋挎整理成册得以保存到南京大学图书馆，列中国十大古琴曲之一。惜为后人付印，他未享用到分文酬劳。如今看来，过去现在多数人都忙于生计，精神层面的东西毕竟列在温饱之后。即或书能印发出来，购买的人也可能屈指可数。先前数次设问，一部沉甸甸的琴谱及另外的《乐由》三卷总该值点银两的，为什么未能成功付梓，现在算是有了些答案。

由此看，文学这碗饭不好吃，没有基本的生存条件，最好不去沾染。要么你就自娱自乐，不要靠它吃饭。

回到现实，写作人要有口饭吃的确很难。自己出书，成本高昂，是一难，更重要的是市场认可难。当然有人会说，那是你的作品不济，好东西终会有市场的。这话一点不假，但好东西得用时间去磨砺，走得出来的毕竟是少数。成功者得具备诸多条件，写作能力和水平姑且不说，首先不得不考虑眼前的温饱问题，试想，当年的曹雪芹出身豪门世家，亲历过锦衣纨绔、富贵风流的生活，有雄厚的家道供其奠基红楼一梦，著"四大名著"的其他几位巨匠亦是不愁油盐柴米的人。除此外，才是耐得住寂寞，坚持下来的恒心与毅力，还更要有一颗不急功近利，甚至一辈子出不了头也无所谓的淡然之心。话又拿回来说，这样一个过程，要倒下多少人呢？这些人的辛酸往往鲜为人知，他们多么希望看到美好的春天。所以世事多艰辛，尤其写作苦。

关于出书的价值，也许各有异同，但希望走入市场，有读者喜欢，这是一个不争的事实。那么如何才能实现这一步，使自己真正走向文学梦的终点呢？我想，暂不考虑写作水平问题，因为既在出书，相应的能力和素养基本不用怀疑，而至关重要的应该在于作品本身的价值取向，即它能获得多少人或社会群体的认可。如果认可度高，受众面广，出书也可能就不难了。莫言获诺奖后，书一夜之间就在书店卖空。表面看得益于诺奖，而诺奖的背后，还是其作品的价值取向对了路。至少在一个时期让人们震撼。如何找到文学的价值取向，你要写什么，反映什么，有多大的社会价值，能引起多少社会群体的关注和共鸣，会产生什么样的效果及影响力，是作品走向市场的根本动力。

要做到这一点本身不易，唯有坚持下来的作家，唯有有担当的作家，才有问鼎巅峰的可能。前者指矢志不渝遇难亦不退缩，后者指作品的影响力，真正的作家必须有担当，有悲悯天下的情怀，有冷对千夫指的正气，否则写不出惊世骇俗的作品。

在论出书的价值面前，人们自然会想到文学写作给社会带来了什么？其实无需我再来回答，托尔斯泰、高尔基、鲁迅、泰戈尔等已向世人说出了答案，当代作家余华说："它能给予你所不知道的，但是有可能发生或者是已经发生了的，这是一种时间也难以换来的经验。"我想这些经验中有快乐、有悲伤、有

209

启迪，它让我们自觉不自觉地向着爱、向着阳光、向着有梦的方向行进。它的价值在作者辛勤的笔端下流出，它在人类物质生活的攫取、精神愉悦的构建中形成大同，它的价值是无形的无价的。

而现在写作的人正在为此而不断地付出，他们得熬到人们对其作品认同的一天。这一天，愿天下写作人都能盼来。

给武隆文化取个乳名

一

一次，与人闲聊地域文化，对方来自山西太原，十分健谈，口若悬河，滔滔不绝。带着几分敬畏，我自是恭恭敬敬地应和。是的，那里出了始祖伏羲，有史前文明，有仰韶文化、龙山文化、三晋文化等，堪称文化的摇篮与发源地。

不料，他话锋一转，问我武隆文化到底是啥文化。我忽然一怔，对方站在强大的中原文化面前，问及西南蛮荒地的文化，我的确猝不及防，明摆着，手里拿着酒杯在碰，心底里却舞着无形的刀儿，暗忖大抵文人相轻，或是如此，用这种借酒吹牛的障眼法，便压你一头，不是吗，人家的地域文化厚重无量。

但转念一想，人家也许是真诚了解，自己倒是有些狭隘了，急中生智，说了："武隆还真有文化，它属西南文化的一部分，地道的原生态公园文化。"刚一答出，方觉前一句几乎是废话，人家还不知道是西南文化的一部分？不过，对方来了酒兴，只说："公园文化好像太近了，应该是才打造的吧！"我说："不近，你站在五百年后去看就觉得远了。"经我这一说，对方拍着脑袋连连道："哎哟哟，哎哟哟，还真是的，你信手将时间一挪，你们的文化便成了。"我见他似有所悟，便说："我们还可以向前挪个万二百年，那时一个猴子说，万二百年后，中原文化会有《易经》《道德经》。"对方见我这般回应，亦算领教了山里人的含蓄。

后来，我失眠了两夜，一直在思考，武隆文化究竟是啥文化？当时怎么就答一个"公园文化"呢？难道再没有贴切一点的说法？想来想去，还真没想出更好的答案来。

什么能代表真正的武隆文化，武隆文化的品牌究竟是什么呢？迷糊中想起曾经参加过一次地方文化座谈会，会上有人说武隆当称人文文化、少数民族文化、红色文化的合计。这有汉唐、宋元众多的考古文明印证、有明清两代进士相撑，有多个土家苗家乡镇风情流传，有早期的苏维埃政权，有红军渡遗迹、遗址留存，有贺龙、刘邓大军过境、蒋经国溃败的史文陪衬。有人说武隆当称旅游文化、仙女文化、白马王子文化的叠加，因挂着世界自然遗产、5A级景区两块金字招牌，有大西南最宝贵的生物基因库，有原生态的山水园林风骨韵味镇堂。我想这些文化都是武隆文化的重要元素，武隆文化的坚实基石，但单个拈出来作为一个名牌，用来支撑武隆文化的头衔，难免一叶障目，以偏概全。如果打包成一个集合体，给这个集合体取一个名字出来，倒是明智的选择。

可要给武隆文化取一个名字，还真不容易，若按前面各抒己见，选谁都不太合适，这些元素就像一朵朵花儿，要长在一棵树上，才叫完整的花树，而这棵树的主干叫什么名字，或者这棵花树叫什么花名，才是武隆文化要动的脑筋，所以费了诸多心神，还是觉得叫公园文化似乎更好一些，何况，当时在那位文学家面前，一言便盖住了他的口。其实，就武隆山水的概括并非我的公园论，而把它说成公园文化，还只是个人之见，这不求苟同，但要把它说清楚，远非我对中原作家脑筋急转弯一般的回应。

二

如说是西南文化，品类自是繁多，且具有多民族集居、少数民族风情尤重的特色。具有代表性的当属三星堆古蜀文明、巴文化、铜梁文化、大溪文化、川江号子文化等。它是历代东西南北交流互动，多民族文化融汇，中、西文明碰撞、区域政治中心形成发展的结晶。

而身处西南条块同一地区的酉阳、秀山、黔江、彭水、武隆，沿长江最大的支流乌江而生，由于交通信息等条件深锁，被并称为西南蛮夷之地，为现在的渝东南生态保护区。这里生产生活环境条件落后艰苦，当地流传有"养儿养女不用教，酉秀黔彭走一遭"的谚语，足见其艰辛的程度，也足见西南人强悍的生存能力，在这样的环境孕育下形成的文化，是汗水文化、经验文化，是人们征服自然、改造自然的精神瑰宝。但它的先天不足，自是捉襟见肘。到了20世纪末21世纪初，这一地区的人民开始奋发图强，政治、经济、文化齐头并进，发生了翻天覆地的变化，各自找到了自己的文化品牌，并以此作为经济社会发展的敲门砖，又作为旅游人文交融的桥梁与跳板，呈现了文化发展的蓬勃势头。

如今，与武隆毗邻的彭水、酉阳、秀山等县，文化发展尤快，分别以蚩尤文化、桃源文化、花灯文化定名，一看便一目了然其文化面目与内核。既有民族特色代表性又暗藏史脉人文渊源。特别值得一提的是，酉阳把所在的二酉洞定为陶潜所描的世外桃源原型地，得到了世人的广泛认同。而彭水的蚩尤城虽正在打造之中，但其创意、规模在国内尚属罕有，蚩尤安乡彭水，来势不可小觑，那是与炎黄比肩的始祖文化，必将不同凡响，靓丽一方。

武隆文化没有一个代表性的品牌，其实并不奇怪，主要还是地域环境所致，自古以来，地处洪荒，沟壑纵横，山水阻隔，人烟稀疏，信息不灵，文传艰难。据县《文物志》记载，武隆县（现武隆区）于秦分三十郡时隶属黔安郡（现今常德市）辖。西汉分十二刺史属巴郡涪陵县（现彭水县）辖。蜀汉延熙十三年（250）于白马镇置汉平县。唐武德二年（619）置五龙县（于现土坎镇五龙村）。明洪武十三年（1380）改五龙县为武隆

213

县。清康熙七年（1668）武隆县并入涪陵，改置武隆巡检司。治所巷口镇。嘉庆七年（1802）改武隆巡检司为武隆分州。民国二年（1913）改分州为武隆分县。1945年置武隆县，1949年11月21日武隆县解放，12月6日武隆县人民政府正式成立。上述可见，武隆行政建制历史并不长，距今约1700年历史，但其置郡、置县、置司、置州位移不断，变化多端，其版图时分时割，东拼西凑，直到20世纪50年代，才算有了现在完整稳定的辖区，这种支离破碎的发展轨迹，要留下厚重的文化印痕，有一个较为集中的文化内核实不可能。现在收录的一些关于武隆历史的文字记载，皆为20世纪80年代四处于彼邻区县、省市地方志抄录。主要取自《酉阳州志》《彭水县志》《涪州志》《四川省志》《黔州志》等。

三

过去，仅一条乌江龙走蛇行穿越屏障，成为唯一文明繁衍通道，堪称渝东南诸县的母亲河。可母亲的纤纤衣袖藏不住物资匮乏、文化落后的片片羞涩。而原生态的山水本质却仙风道骨，为武隆留下了大自然书写并沉淀下来的另一种文化，优美山川的深厚语言。现代著名导演张艺谋读懂了这些山水文字，收集整理了流传民间的长江、乌江号子，拍摄《印象武隆》，以为是拿得出手的武隆文化。而仅以此为武隆文化定下名分，仍显纤弱，倒是作为武隆文化的一片枝叶未尝不可。

是的，乌江为千百年来的古盐道、丝绸之路，反映了历史的沧桑起落，跳动着当地人民征服自然、建设家园的文化脉搏，有着斑斓瑰丽的精神色彩。通过考古发现，沿江的古镇、船埠、墓葬记录着灿烂的早期文明。有新石器时代的石斧、石削；有商周、春秋战国及至秦汉时期的陶器、铜器和墓葬遗址；还有唐宋元明清及近代以来的各类建筑古寨、寺庙、桥梁、石刻、书画、床铺家具及革命文物遗迹。使武隆有了佐证底蕴的厚实史料，算是武隆的历史文化。

武隆的人文则多以过客著称。诚然，一条江一条路，本就借水而行，要住下来繁衍生息的人不多，有的也只是赖以狩渔、农耕的土著。据说为原生的蚩尤部落后代，元、明朝时期张献忠追苗赶汉，湖广填川，大批的江西、湖北的移民、流民沿江而上，利用走马圈地，择地而居，有了今天的西南杂居民群，而真正的文人志士是不堪这深山恶水之寂寞的。除非被贬谪流放的政客，或怀才不遇的羁放文人，才来此闭门隐居或追悔思过。唐长孙无忌、太子李承乾、李忠、李明及刘禹锡、黄庭坚等便是如此，江口无忌衣冠墓、黔江太子墓、彭水绿荫轩题刻即为明证，后来，清代文人翁若梅、陈答猿等来此留下过咏唱踪迹，所存"闺藏深山人未识，一朝闻名天下惊""渔唱黔蛮艇，鹃啼谪官坟"等诗文绝句，现犹响耳边，明清时期本土进士刘秋佩、李铭熙等算改写了武陵蛮荒无人才的历史，把武隆人文文化向上扶了一把。但要从人文上做文章打造成具有代表县域的文化，显然影响力还有局限。

虽然一条江贯穿了渝东南数县，若仅以乌江文化为武隆文化定调，也从其概念上显得不准确，定位上显得不清晰。

就红色文化而言，早期的革命活动者正是凭借武隆的天然屏障，在县域高寒山区桐梓山、双河等地建立秘密组织从事地下活动，如"双河场农协会"、二路红军政治部驻地旧址、后坪坝苏维埃政府遗址、川东地下党武隆特支委员会旧址——平桥"和平中学"等以及境内的红军渡、白马山防线遗迹遗址都留有不可磨灭的痕迹。但一场战役滞留的时间很短，相关遗迹、遗址只作纪念倒不成悬念，而作为代表性的主流文化亦显单薄，较之大西南其他红色文化差距更大。

四

而旅游文化为新兴之物，虽呈旺势发展，但境内境外，全国各地都在谈旅游文化，以此而言，亦不能作武隆文化的特色概括。亦有人说武隆山水形胜，境内山脉交错连绵，貌似五龙盘绕，有龙腾气象，当称龙文化，这本不失为好的寓意，可参考凤凰城的文化模式，将龙图腾设计于标志建筑、风貌改造，营造龙气氛，将会彰显龙气龙势的传奇效应，但若以公园文化而论，则又高了一个档次，它可将武隆现存的所有文化囊括其中，可以包罗万象。同时还可能在公园的内涵和外延上加以润饰，如国际公园文化、原生态公园文化。

本来，跳出公园看公园，正是武隆文化意识、观念转变的一个关键，全辖是大公园，一山一水是小公园，一角一貌是微公园，大公园套小公园，小公园含微公园，处处是公园，处处是美景，这难道不是文化吗？应该说这才是全民百姓的普惠文化。过去只有皇家园林，只有红楼梦的大观园，只有巨富豪绅的后花园才叫公园。公园概念在人们的心目中，那是高大上，那是权力、财富的象征，那是城市小区的标志，那是有身份的人进出的地方。而现今不同了，追求全民共同富有，才是国家政党、社会群体的大同。

先进发达国家若此，发展中国家若此，美国的黄石公园、法国的卢森堡公园、加拿大的斯坦利公园皆世界有名，若武隆凭借现有独特而丰富的资源打造全辖公园，其规模其内容均有不可估量的前景。若在时间上、空间上拿捏有度，把好分寸，将其河流、洞穴、湖泊、森林、人文、民俗等二百余处景点及资源，做好勾连搭配，内外兼修，包装润色，必将闻名于世，达到一个前所未有的高度。到时能让全辖百姓都身处公园之中，当上公园的主人，拿上鲜花美酒接纳天下游访者，集聚全国全世界的目光，才真是人类文明最大的进步，才是真正的文化精髓。所以武隆文化以公园文化而论，有着无比美好的憧憬与前程。

　　不过既然以公园文化定论，也非一朝一夕的事情，断不能盲目冒进，急于求成，或许真要后退百年甚至几百上千年来看待我们现在的作为。因此，须得平心静气，深谋远虑，精雕细琢，确保文化质量具有长远的生命力。的确，它涉及方方面面，执政理念、公民意识、生态保护、社会发展各环节的默契运作，统筹兼顾，缺一不可。特别是在文化本质的呵护上要重保护管理，处理好开发与保留的关系。如：一花一石，一草一木，一鸟一兽的养护，松竹梅、路桥亭、楼台榭的陪衬，皆要做到天人合一，绝不能顾此失彼，时时处处想到文化，这是流传后世，造福子孙的文化。

　　虽如此，公园文化来日方长，得前赴后继，持续运作，且公园文化观点亦待进一步商榷论证。因此，此文乃一管之见，仁者见仁，智者见智，但愿不同看法者权当我给武隆文化取个乳名。仅以此抛砖引玉是也。

莫让武隆文化绕道走

——武隆文化漫谈续

　　第五届华文诗学名家国际论坛暨武隆诗歌采风活动来武隆仙女山举办之际，山西太原作家毕福堂问及武隆主流文化情况，于敏感中我作过颇显尴尬的敷衍，其实细究起来，就这个话题我也是绕道走，不愿碰触。以致后来，思虑良久，写了一篇《给武隆文化取个乳名》的文章来抛砖引玉。

　　这引起了大家的反响，或可能大家心中都有一块石头悬了多年，都想把它放下，放到一个可以安放的地方。首先，喜好把文字弄得荡气回肠的皮秀芹先生就打来了电话，说："的确触摸了一个大命题，有味道。但文化是意识形态方面的东西，而公园貌似一个物质外壳，二者能不能走到一起，值得进一步商榷。"同时，建议将标题改为"武隆文化漫谈"，显得大气一些。接着善于刨根问底的杨永雄部长及专注考究的刘民主席也各自谈了看法。比如永雄部长说："论据有待深挖，层次有待进一步剔透。"刘民主席说："公园是一个新概念，历史沉淀尚浅，作为文化是要用时间来打磨的。"这些春风般的语言令我特别温暖，特别欣慰。第一，有人关心武隆文化的品牌；第二，真理面前敢于较真；第三，抛出去的砖真可能引来玉。其实，我事先也有心理准备，一是挨骂，二是受批，三是分享一些认同。后来，我便给刘民主席说："干脆把它抛出来，是骡子是马拉出来遛遛。"并打算又来个"武隆文化漫谈二"，这是在采纳了秀芹就标题修改意见之后的想法。的确，我已准备挨批挨骂了。

但见大家多有善意，便放松了许多。

不料，秀芹又打电话来说，县领导看到了《武隆时政》第二期编发的样稿后，对《给武隆文化取个乳名》颇感兴趣，要了解作者情况，内心便又忐忑起来。不过转念一想，也是好事，说明领导心中也同样悬着这块"石头"。因此，倒有几分窃喜，看来大领导也在关注武隆文化的事。可也有几分酸涩，在于秀芹也为我捏着几分汗，这从建议我改标题到又仍保留了原来的标题，便可见其心理变化。她怕我挨骂，怕她手中的《时政》受累。所以仍用"乳名"一词，尽量保持低调。这得衷心感谢她。

总之，无论哪种感觉，我都非常感谢他们，感谢他们关心了这个话题。同时，如果能就此剥出武隆文化的内核来，那更是功德无量的事。因此，我对大家关心的问题和疑点，必须做出一些回应。既然是抛砖引玉，就得把事情尽量说清楚。诚如老杨说的搞"剔透"。可是说多了又显得复杂，我也怕说不清。因此，主要谈四点。

第一，什么是文化，文化概念得弄明白。

所谓文化，网络上有这样的解释：是指人们在改造自然、在协调群体关系、在调节自身情感的过程中所表现出来的时代特征、地域风格和民族样式。由于旧石器时代不同地域出土的器物中尚无风格和样式上的差别，因而"文化"一词只有在新石器时代以后才被使用，如"仰韶文化""龙山文化"等。

查阅《辞海》，见其有广义、狭义之分：广义指人类在社会历史发展过程中所创造的物质财富和精神财富的总和。特指社会意识形态。在阶级社会中，文化是阶级斗争的武器。一定文化是一定社会的政治和经济的反映，又给予伟大影响和作用于一定社会的政治和经济，从洪秀全的"金田起义"、康梁的"维新变法"、何子渊的"教育革新"，再到孙中山的"民主革命"，无一不是推动社会向前发展的动力。狭义指意识形态所创造的精神财富，包括宗教、信仰、风俗习惯、道德情操、学术思想、文学艺术、科学技术、各种制度等。

第二，什么是公园，公园与文化有何关系。

从各种版本的诠释中，我比较认同《公园设计规范》中的定义："公园是供公众游览、观赏、休憩、开展科学文化及锻炼身体等活动，有较完善的设施和良好的绿化环境的公共绿地。一般指政府修建并经营的作为自然观赏区和供公众休息游玩的公共区域。"具有改善城市生态、防火、避难等作用。公园一般可分为城市公园、森林公园、主题公园、专类公园等。在古代，公园是指官家的园子。见《魏书·任城王传》："（元澄）又明黜陟赏罚之法，表减公园之地以给无业贫口。"可见公园一词渊源亦深，并非现代产品。无论过去现在，我的理解，公园是人们对自然的雕琢，是对物质外壳注入人文情怀的美化，是物质与精神的最佳结合。否则，不叫公园。就广义而言，已包容于文化范畴以内；就狭义而言，公园也饱含经典的人文元素，有着先进及优秀的意识形态。

如中国第一个公园——无锡"公花园"，于1905年建成。至今历经100年，已融入文物古迹、重要纪念建筑物22处，其中宋代石质饮马槽、明代绣衣峰、怀素《四十二章经》碑刻，以及历代著名书画家的碑刻作品等。已成为一个名副其实的文化公园。而美国的"国家公园"——黄石公园，虽是一个重点保护野生动植物的公园，但世界有名，已成为人们心目中的文化符号。据说最早由美国艺术家乔治·卡特林首先提出。1832年，他在旅行的路上，见美国西部大开发对印第安文明、野生动植物和荒野的影响极大，他写道："它们可以被保护起来，只要政府通过一些保护政策设立一个国家公园，就足以体现人类文明与自然之美。"

第三，公园文化是一个什么样的文化。

毋庸置疑，公园文化一定是一个很美的文化。它是人类尊重自然、改造自然、运用自然的完美表现，是人类用美好精神所获得的自然而科学的回报，是天人合一的，服务于社会公众的和谐产物。它的基本要素是有着奇美的山水、和谐的人文、富强的经济。前者，武隆是具备的，后二者，人们正在不断地打造和追求。

要认识公园文化，得要跳出公园看公园，公园并不一定就是我们传统思维、传统视觉下的公园，它可以是小区、小院、小城乡公园，可以是大山、大水、大人文公园。从小处着眼可以是一个沙盘，一片绿洲。大处着眼可以是一个地区、一个国度。因此有了这种视觉观念，公园在人们的眼里就有了新的认识。你会发现小区的精雕细刻是公园，城市的枝枝叶叶是公园，辖区的山山水水是公园。也因此，会有地球公园、宇宙公园的出现，也因此，一望无边的公园，一望无际的山川大地只是你眼里的一个球体，一块你手中的糖果。

试想，有朝一日，只要人们进入武隆，就像置身公园一样，享受着处处顺心、处处顺眼的公园世界或公园社会，是不是很美的文化呢？

有人说公园文化还不能单独成体，文化得体现地域标志，就地域问题，这很简单，武隆二字就是响当当的地域。因此，武隆文化品牌全称当为：武隆公园文化。

第四，公园文化的时间沉淀问题不可回避。

文化泛指过去式，对现在式和将来式，大不被人认同和接受。这从逻辑上说，现在式和将来式与文化定义似乎表现出矛盾，即：尚没有诞生的或正在诞生的东西，在没有形成结晶之前，不可谓之为文化。否则，文化的定义或概念要颠覆。

事实上，文化概念不可颠覆，但我认为可以创新。因为过去的生产力，过去的时间感、空间感，随着社会的进步已不可同日而语。就文化也一样，要形成一种经验，一种行为习惯，要很长时间。过去人们的速度靠走，效率靠脚挖手抠，人们的信息传递靠穷尽一生的笔墨书写，而现在是什么时日，一件小事几秒钟便传遍全球，一个浩繁工程数月或几年即可完成。也就是说文化过去式的定位方式已显步履蹒跚，老态龙钟。我们现在和将来所处的时代会越来越快，而现在式、将来式也会很快成为过去式。还说得时髦一点，应用发展的眼光来定位文化时态才是科学的和理性的。

再想想，当年的新文化运动，一个"新"字就将古文的悠悠老气与迂腐古板给收存了起来，白话文一呼百应，成为时代的标志与符号。再比如现在的兵器文化昭示，美国的导弹可以一小时内投向全球，你不能说当年的长矛才具备过去式的沉淀条件，才是符合文化定义的兵器文化，现在的导弹就是没有沉淀的东西。再比如用现在的生产力来修筑万里长城，还需要2000年吗？

另外，就过去式的那些片片段段、拼拼凑凑的文化就是因为处于零零散散的状态，才有了武隆现在的困惑，才有了今天的讨论，所以过去式没有清晰的影子可以代表武隆文化。

有人说过去式的巴楚文化较为厚重，可否清洗出来代表武隆文化，但它泛指西南的大片区域，并不光指武隆特有，而相关印记也极为模糊，实难摸到头脑。现在有专家提的仙女文化、白马王子文化认起真来也不具备过去式的条件，倒有几分民间神话垫底。这说明完全依赖过去式也难剥落出武隆文化的内核来。

再说，仙女文化、白马王子文化，实际与武隆公园文化也大相径庭，亦是仁者见仁，智者见智。亦是现在式和将来式的提炼，应归结为我所认为的文化创新。而武隆公园文化包罗万象，大家只要往里边装内容即可，它有着无限的想象和空间，且越往后越清晰。

同时，武隆公园文化，就过去式而言，也只是一个观点问题和理解的问题。天地玄黄，混混沌沌，天生的地质地貌特色，以及一路下来的人类活动本身就具备公园文化的潜质与特质。只不过因为人们走的路很长很慢，并未发现自己置身在公园之中，已在公园文化的潜移默化中无声无息地孕育着。

222　　武隆公园文化是一个很美好的憧憬。相当于是一种预期文化或者说叫透支文化，这也算是武隆文化发展的蓝图，但它的意义远非文化本身，也是给武隆经济社会的发展定了个调，那就是公园文化引路，全社会打造公园，靠公园吃饭，靠公园文化造福。

因此，这不仅仅是一个文化命题，还是一个经济社会发展命题。这带有理想主义色彩，也有现实主义色彩，但凭武隆的资源条件，只要人们人心所向，其实现的希望是有的，层层努力，人人努力，没有办不成的事。这也许要花许许多多的钱、许许多多的时间，但只要政策引导得当，创新能力强，将可能取得事半功倍的效果。如在土地流转、高山移民、民间投资、政府发债、平台运作等方面用好用活各种资源将会加速公园社会的建设步伐，早日实现大公园文化的梦。

总之，武隆文化取名意义重大，有名则有奔头，有方向，之所以名正才言顺，才知道怎么去做。所以大家都来为武隆文化发展献一策吧！不要让武隆文化再绕道走了。

武隆文脉

一

地处西南，扼守渝东南门户的武隆，一直以来，以西南门屏、乌江明珠，闻名遐迩，有着世外桃源般的悠然，是一个充满人文传奇和富有山水文化独特魅力的区县。

自古有江河的地方，都是人文荟萃、文明碰撞、文化交融的胜地。这里大娄、武陵浩浩苍苍，迤逦绵延，乌江、芙蓉江碧波荡漾，龙走蛇行，是乌江号子文化、少数民族文化的发祥地。如：这里的龙舟竞技、拉纤号子、码头文化，有着很强的地域文化气息，注定了不同凡响的文化渊源，它浇灌着武隆生存繁衍的藤萝。

这种地域文化背景下，潜流于历史中的武隆文脉便应运而生，若一根神奇的脉线向我们款款走来。然而，它是一个什么样子的呢？首先，我们得对文脉的定义有一个基本的了解，百度有两种解释，一种指风水学上的龙脉；另一种指华夏文明发源的脉络。这两种解释都为广义上的文脉。而余秋雨先生在《中华文脉》中把文脉定义为中国文学几千年发展中最高等级的生命潜流和审美潜流，把它归属于文学范畴。

照此定义，武隆文脉当是乌江流域文化发展史中的文学艺术潜流。它像武陵、大娄蜿蜒起伏的脊线，像乌江千回百折的步态，若隐若现般行走在武隆人几千年生命华章与文明繁衍的烟云中。

正是这根若隐若现的线条，使我们知道了悠悠武隆文脉的远古，使我们知道了它一路走来的蹒跚、坎坷而又充满神奇与期待。

从考古的角度看，武隆文脉的起源尚早，应与整个中华文脉的起源同始。5000年前，武隆这块古老的土地上就已有人类活动，20世纪80年代江口蔡家村盐店嘴出土的新石器——石斧，便有力佐证了武隆人的生活史，但有文字印痕的记载应该在商周至春秋时期。

自汉代建元元年（前140）有记载开始，武隆属巴郡，隶属巴东属国。三国至晋时属涪陵郡，永和十二年（356）涪陵郡治所迁汉平县（现武隆鸭江宋平），南北朝时改为黔州，隋朝改为黔安郡，到唐代又复置黔州、黔中郡等。隋大业十年（614），彭水地置信安县，亦称信宁县，治今江口镇。唐武德二年（619）析彭水县地置武龙县（治地土坎五龙村），明洪武十年（1377）武隆县并入彭水县，洪武十三年（1380）析彭水县地复置武隆县。

一路下来，武隆文脉经历过无数的磨砺衍变，留下来的文字碎片及文学印记，往往随朝代的兴衰更迭，呈现参差不齐，或肥瘦不等的现象。

由于行政区划曾分割不定，加之朝代的风云变幻，使许多文脉印记随行政的分合、朝代的更替，断断续续，导致历史记载模糊或多有空白。总体看，夏、商、周这一段相对模糊，很难找到清晰的以文字形式存在的文学艺术类的东西。但商周到战国时期出土的戈、钺、箭镞等武器及上面印刻的文字表明乌江流域的文明程度已十分高超，可以肯定这个时期已有文学的出现。汉代佐证的物件就多了，20世纪在江口、土坎、鸭江出土的文物已有大量的文字说明。唐宋的诗篇应该是武隆文脉的高峰期，元朝的寥寥记载处于低潮，明清的文学艺术潜流开始回升并走向鼎盛，近、现代的文脉气象则相对平凡，好似踮着脚尖在期待。

而这种发展曲线，与历史本身的衍变有着极大的关系。回首乌江流域几次大的战争及移民，影响着武隆文脉的发展路径。特别是自三国章武元年（221）至清咸丰十一年（1861），经历了大小战争20余场。使武隆文脉凸显曲折多变、命运多舛的沧桑历史。早期武隆文脉主要受少数民族文化的影响，朝廷治理多以"以土治苗""以蛮治蛮"等模式管理，往往在出现叛乱或争端时派出军队镇压和平叛，而派遣的官吏带来了汉文化的熏陶，每征战一次，历史又向前推进一步，不断往复，使武隆文脉在断续中前行。又因自古蛮荒，交通闭塞，乌江流域被列为朝廷流放犯人和贬谪官吏之地，这些犯人和贬谪官员也带来了汉文化的影响。自明以后，朝廷采取"赶苗拓业""改土归流"的方式，使汉文化大量输入，逐步形成了今天我们看到的武隆文脉发展格局。

有人在人类文化研究中说：人类有共同进取的合作力量，也有互相残杀的卑劣天性。这往往让历史文脉遍体鳞伤。所以乌江流域的人类生活也是在斗争中一路走来的。

另外，在行政区划分合中终将鸭江版块及江口版块分别从涪陵、彭水归属武隆，追溯这两个版块的文化渊源使武隆文脉的历史陡然厚重有加，脉线绵长。在这生生不息的漫长历程中，文明与野蛮便在纷争与统一中如百川之流汇集成河，亦如斑斑血泪融成的生命之歌。所以乌江流域的地域条件、人类生活史、行政版块的分合，决定了武隆文脉的支离破碎与生死往复。

二

翻阅乌江历史文库《皇朝经世文编·郭清螺文集》《巴蜀史迹探索》《华阳国志》《酉州志》《涪州志》《彭水县志》《武隆县志》等，发现最早有关文字的记载应从春秋战国时期开始。

而文脉的起源当从文字的记载开始。20世纪80年代，江口、土坎等地出土的东周、战国、汉唐文物，已从文学、艺术的角度昭示了武隆文脉起源很早。其中土坎遗址出土的东周夹砂红褐、陶罐、尖底器，东汉石斧、龟蛇玄武座、虎钮镦于、抚琴俑、击鼓俑的形态构造及图纹描绘等都体现了高超的美学表意，似乎更清晰地闪烁着武隆沧桑文脉的起落烟云。而战国出土的铜钺的云纹图案，柳叶剑、矛、鏊、釜、巴蜀图章，东汉"千万富贵"字砖、"回"纹砖、"人"字砖，已从文字的使用埋下了文脉的根茎。让我们眼前一亮的是于江口罗州坝出土的《唐·蹇夫人墓志铭》更是文学表现形式的文脉重证。虽只是一方小小的碑刻，但它是武隆版图最早的显示文学形态的文字记载，除了它的史学价值（唐代在江口设信宁县行政机构的证据）外，其"踯躅贞姿，如玉如金"，"寒月沉影，沧江之下"文句精深，言词厚重，很有文脉贵气。遗憾的是作者名字已风化模糊，无法辨认，否则当以他为武隆文脉的开山鼻祖。

当然，唐代的文脉印记不只是一块碑文那么简单，众多不朽的诗篇在黔州这方偏远僻地落下了重要墨迹。细数下来有近三十篇（首），其中不乏大诗人李白、杜甫、白居易、韩愈、刘禹锡等，这些重量级的人物是站在当时中国文坛的最高层面的。怎么与武隆有关呢？穿越时空，大家很容易发现黔州是过去的蛮夷之地！那些与大诗人们有着无数命运交割及千丝万缕联系，并到黔州赴任或被贬谪的人，无不百感交集、相互交流与倾诉，使他们的感慨及离愁别绪通过书信及诗文表达融入了黔州的文脉。这中间唐代后期诗人李频的《将赴黔州先寄本府中丞》及《黔中罢职将泛江东》就极具代表性。特别是他归去时"黔中初罢职，薄俸亦无残。举目乡关远，携家旅食难。野梅将雪竞，江月与沙寒。两鬓愁应白，何劳把镜看。"还在诉说无尽的凄凉与悲苦。

由此，可以断言武隆文脉的开山奠基应追溯到东周战国时期，而以清晰的文学形式表现的文脉印记当从唐代诗文开始。

除了一大堆出土文物、一篇墓志铭、一部分诗作，接下来对武隆文脉影响颇大的莫过于唐长孙无忌的衣冠墓。

一座墓怎么与武隆文脉有关联呢？显然，最早被百姓呼作"天子坟"的墓主人绝非等闲之辈。这位发动玄午门之变、编纂《唐律疏义》、做了三朝宰相、曾叱咤大唐风云的千古功臣长孙无忌，于显庆四年（659）被武则天的一纸谪令流放西南，不料魂归武隆，这应是名震天下的大事件。也因此，这座牵连大唐烽焰的坟茔就此打上了武隆的文脉烙印，说是长孙无忌衣冠墓，其实是大唐风云的咏叹之地。围绕他的文字较多，沉冤洗血、歌功颂德的诗篇可谓蜂拥而至，以至于那无比斑斓的文化光环，照得我们有些晕眩。是的，无忌作为乌江流域历史上最显赫的一名被贬官吏，客死武隆，在当时皇天后土的大气场下，不能不说是惊天动地，尽管得势的武则天罩起了厚厚的肃杀烟云，可他实在是太高大伟岸，就像一座万丈山峰骤然坍塌，有着一声惊天的巨响，这声巨响过后，武隆的乌江之滨多了一座千年不倒的精神支柱，围绕它的诗篇自然千年流泻。虽然没有考证到无忌在武隆留下的灿烂文句，但那一声长长的感叹之气，我们是能料定的，就一口气就足够了，足以潜入了武隆文脉的深渊，它像很大的鱼在深水里让人无法看清它。它比李白写在明处的那句"蜀道难，难于上青天"更耐人解读，我们只有说，无忌在武隆，他的那声超乎文脉的气在武隆。

可惜，明以前与无忌有关的诗文已经无法考证，只有吴元凤的碑记及部分清代文人的记述，如清乾隆举人舒国珍等人的作品，这在后面再表。咸丰年间有人专门立了"长孙公墓诗"碑，成为武隆文脉的一个聚焦点。遗憾的是20世纪50年代长孙无忌墓遭到人为破坏，那些艺术性的雕琢及构造从此不复焉存。

三

到了宋代，响当当的大文学家黄庭坚因《神宗实录》被诬贬为涪州别驾来到黔州，这个被北宋尊为著名文学家、书法家，被后世举为江西诗派的开山之祖，与杜甫、苏轼齐名的人，来黔州可谓影响非凡，史料记载，"四川的士子都仰慕他，柔意和他亲近。他讲学不倦，凡经他指点的文章都有可观之处"。的确，山不在高有仙则名，黔州这个蛮荒之域因他而沸腾了不少。清点他来黔州的书信、序跋、诗词就达四十篇（首）之多。这些篇章都是黄庭坚借黔州山水人文表现的情感与心血，既是中华文脉之一泉又是黔州文脉之一潭。前面说了黔州涵盖着武隆，所以武隆的土地里有他的文脉足迹，今天武隆的浩口乡就洋溢着他芬芳的墨香。那首《阮郎归·黔中桃李可寻芳》，让我们回到了千年前的三月，其"黔中桃李可寻芳。摘茶人自忙。月团犀腌斗圆方。研膏入焙香。青箬裹，绛纱囊。品高闻外江。酒阑传碗舞红裳，都濡春味长"。还在与他共享时空中的动人春色，还在口舌生津，咀嚼那沁脾蚀骨的浩口清茗，尤其苏轼品尝了黄庭坚赠送的都濡名茶后专门写了一首《月兔茶》回馈，赞美茶团"环非环，玦非玦，中有迷离玉兔儿"。并借以怀念好友，"一似佳人裙上月，月圆还缺缺还圆，此月一缺圆何年"。盼能早日与黄庭坚团圆共叙相思之情。

宋代的武隆，其江口、火炉、鸭江等场镇在唐代的基础上得到进一步的发展，人口逐渐增多，民间口头文学也逐渐发展起来。如：在街头、茶馆等地，有人讲圣谕、说评书、打花鼓、金钱板、莲花落、莲箫等；在为死人"坐夜"时要唱《孝歌》；在打婿草锣鼓时要唱《打闹歌》；苗族男女青年相恋时要唱"对歌"。这些说唱文学，以生活习惯的方式潜入武隆文脉的另一隅，没有具体的作者，倒也灵性和自由。另外，宋代的绘画也大有可为，少数民族人物形象已经登上美术的大雅之堂。黄庭坚在《与张权和通判书》中说："黔中商极可笑，僧舍塑像及壁画，皆似此山中人物，作蓏苴之态。"这种壁画不限于僧舍、公堂、民居，连墓葬里面也有了。区内出土的宋朝瓷执壶的花草画也已有较高造诣。

元代文脉有些销声匿迹，但向舞凤的《三潮圣水》却如荧光一闪，其七律文辞："新丰谷里曾为瑞，分得黔南一派川。按

229

候潺湲称圣水，因时高洁本灵泉。挽来堪洗王朝甲，流去当澄海外天。自是神龙长卧此，甘霖谤沛任推迁。"颇具匠心，耐人寻味。在当时背景下没有找到其他武隆文学作品前，此诗可算是一脉吊千斤。

明朝相对元代有了些起色，土坎发现的"孟荣姑墓碑"，就很有意思，既有情辞痛彻的铭文，又有力透石碑的书法，为墓主父亲（隆庆年间知县）撰写，其"有斯封土，真玉于处，爱勒诸石，以告千古"功底不浅。而江口崇祯时川东道王公题刻墓碑《烈女》更具感染力，若一座精神丰碑塑在武隆文脉的路旁。另外，嘉靖进士沈启、贡生栾为栋，各写了一首《黔江》算是乌江的一段瘦骨景致。更重要的是，在这个时候，我们却嗅到了本土文人刘秋佩的气息。不过我们还是先说一下沈启，这个人也是了不得的，曾官至湖广按察副使，著有《吴江水考》。可能因为乌江水系研考之缘，在武隆的江口留下了他的诗文。然而元代的战火，让本就脆弱的荒乡僻壤更少了文学的羹食，无法滋养文人们的笔墨。沈启的"久客不禁乡土思，半樯残月子规啼"除了几分孤零清冷之外，栾为栋所写的"惆怅江头望，风波倍渺然"更缩写了当年景象的苍凉与渺茫。而刘秋佩则彰显了风骨文人的大气象，他像一匹巨型的驼峰，将武隆文脉从低谷中拉起并高耸入云。

刘秋佩为武隆凤来乡人，明弘治十二年（1499）进士，正德中任朝廷户科给事中（掌侍从规说、监察六部百官之职）。因弹劾刘瑾受尽杖刑，并被贬贵州驿丞，明正德五年（1510）得以重新启用，并于嘉靖元年（1522）擢升江西按察副使。当政期间写有《弹逆党刘瑾疏》《荐兵部尚书刘大夏疏》《乞谥宋景濂先生疏》等石破天惊的奏折，回乡后，创办白云书院讲学，著《白云书院记》，堪称明朝大儒，被王阳明彪为梗骨之臣。逝后，立有"坤为正气""大节名宦"等牌坊。

四

　　清朝三百余年长治，让武隆文脉有了较为安泰的发展，除光绪贵州正安知州郎承谟大书的"黔蜀门屏"界碑，涪州刺史姚宝铭题写的"烈女岩"碑刻，重庆知府陈帮器书题的"澎湃飞雷"，彭水知士钟莲题写的"景行仰止"，江华书院教席李铭瑛书写的"平易道路"矗立武隆文脉之林外，来黔州任知县的福建进士翁若梅，又是写芙蓉又是吊无忌，那句"闺藏深山人未识，一朝闻名天下惊"更是脍炙人口，一揭武隆文脉的美丽盖头。之后，一大批清代诗人陈答猿、舒国珍、黎恂、邵墩、黄静亭、陈鹏飞、舒其文等都各抒文采，题长孙无忌，写武隆山水，掀起一段文脉鼎盛的上弧线。尤其陈答猿的《江口镇》、舒国珍的《题长孙无忌》堪称弧线上的亮点。而陈鹏飞的《关滩占》、舒其文的《舟泊关滩诗》亦大气磅礴，雪浪飞卷。

　　大清绘画艺术也空前发展，一些庙宇、衙门、宗祠、学府、会馆，以及富豪之家都有壁画，从山、水、花、鸟、虫、鱼到人物故事、戏剧场面，无所不有。其单幅、组画，形式多样，多为工笔重彩画、水墨画或写意画。农村新建房屋时，也要画梁，彩画书、剑、飘带之类的图案。

　　然而大清的文气远不止这些，两江交汇、地灵人杰的江口镇出了武隆又一个本土进士李铭熙。一下子把武隆文脉的级次又垫高了几个台阶。一方面真正体现了本土文脉的骨血，平添了武隆文脉的厚土高丘。另一方面，让武隆文脉的脊线在历史的延展中更加清晰动人。只可惜李进士生在晚清，潮立在颓废的晚清王朝，光焰闪耀的时间较短。不过短中见长，似有一柄利刃在人们的心上划了一刀。他留下的文脉除了49首诗歌收于《二酉英华》（存于川大图书馆）外，还有三副楹联记载于县志，其一在鹿山书院题联："鹿洞朔遗徽，贤宰官乡近新安，吏治都由经训出；山堂勤考索，诸君子居邻旧馆，人材应得地灵多。"其二在云顶寺题联："依傍本全空，高掌擎天，直同泰岳岩岩，

231

弥望山河归宇下；氤氲符大造，无心出岫，行见升云围围，崇朝霖雨遍人间"。表达一个晚清进士，寄望时局变化，能像云彩一样孕育风雨，滋润普天下百姓的美好愿望。其三为武陵山真武观寺题联："山耸青螺两角孤云分佛髻，经传白马半江皓月印禅心。"特别他写三峡的一首《赋得巫峡秋涛天地过》仍在"澜过巫峡水，风撼大江秋"。

此外，李铭熙擅长书法，题写于鹿山书院的"讲堂"二字大气磅礴，力透千秋。同时，留有部分碑文在民间，其彭水三江源的《梁炳衡先生的墓志铭》及石桥堰溏湾《肖伯源先生墓志铭》均文辞不凡，笔力深厚。而光绪所赐文魁牌匾及江口"李进士故里"巨幅摩崖石刻，皆闪耀着李铭熙文脉刺眼的光芒。尤其是"李进士故里"摩崖石刻这道耀眼的光焰，让我们看到了一个本土文人参与中国最高舞台的一次嬗变，这便是他参加"戊戌变法"的死去与活来。李进士的"短"就因为这场变革丢掉了性命，年仅48岁，而他的"长"也因为这场变革名留了青史。古老的江口镇也因此有了另一个名字——"李进士故里"。

这里还得说一说他的表弟邵建侯了，他是"李进士故里"石刻的撰文及书写者，留下了武隆文脉的另一块丰碑。见方二百余平方米的摩崖石刻，一笔能睡下一个成人的气势，成了乌江流域石刻之最，有人甚至说为长江流域之最。他的文采与书法造诣与李进士芳名并传。

五

除了以文学潜流形式对武隆文脉作上述表述外，武隆民间流传的巫文化、乌江号子、龙舟文化、玩火龙、写楹联等亦如文脉的影子在时空中穿越，他们多以口授相传，文字梳理亦无固定作者，算是文脉中的幻影吧。尤其是写楹联，作为一种在民间流传且又富于吟诗作对的文学形式，十分普及。庙宇、祠堂、学校、会馆、厅堂、茶馆、酒店、客栈、商号、兵营，几乎无处不有，这些楹联，绝大多数都出自县内文人之手，平者固多，但佳作也不少。

此外，民间写的贺词、祭文等也有不少感情丰富、文辞典雅，让读者唏嘘，闻者泪下的好作品。

其他流行于武隆民间的原始戏剧，如傩戏、端公跳神；流传于民间的音乐如《乌江号子》、《盘歌》、龙舞和狮舞；流传于民间的乐器如箫、笛、锣鼓、引子、唢呐、钹等都是武隆文脉的表现元素。

到近代，武隆文脉几乎在风雨飘摇中度过，民国时间短促，能数的文人寥若晨星，民国时期江口县参议员李象之长于书法，行书效法李邕，楷书俊逸雄浑，其向国光、银安人等人的《墓志铭碑序》习之不乏其人。民国时期中嘴县参议员张纯碫遗存墨迹"桃园义渡""幽境"等题刻可圈可点。涪陵知县王璋在白马山题刻"豹岩"堪称书法精品，至今仍醒目震撼。这些算文脉中的几朵涟漪。

新中国成立后，新武隆的文艺如小说、诗歌、绘画、音乐、戏剧、舞蹈、雕塑、摄影等都随时代脉搏应运而生。如新中国成立初期，演出的《白毛女》《刘胡兰》等歌剧、话剧、秧歌舞和腰鼓舞等。20世纪50年代演出的《沙家浜》《红灯记》《江姐》《洪湖赤卫队》等节目，及外地的剧团来武隆演出的《夜半歌声》《梁山伯与祝英台》《孟姜女》《钗头凤》等川剧、话剧、歌剧，都显现很强的时代特色。

自20世纪80年代始，武隆文化部门对和平中学、江口汉墓群、长孙无忌墓、李进士故里石刻、土坎遗址等文化遗产进行了保护，可视为对文脉的养护。幸喜的是武隆走出了一个大翻译家杨武能，使沉寂了近半个世纪的武隆文脉有了一线生机，杨武能早年留学德国，之后毕生心血耗于德语翻译，出版作品20余部，获得中国翻译文化终身成就奖等美誉。其《歌德文集》《席勒文集》《魔山》等德国文学经典译著深受国人喜爱。德国总统授予他国家功勋奖章，国际歌德学会授予他"歌德金质奖章"，重庆图书馆专为其设立了一座"杨武能著译文馆"。无独有偶，武隆又出了一位山水画家肖中胤，出版了《线描山水》《丹青武隆》《写生画稿》等绘画著作，其《芙蓉江游记》《山河篇》《长江三峡赋》等巨幅作品在国内山水画派中有较大的影响。

进入中国特色社会主义新时代后，武隆文化发展呈现欣欣向荣的景象，地方文学刊物《芙蓉江》《武隆文化》《武隆时政》《武隆日报》已唤起一大批文学爱好者、书画学者从事文学艺术创作，形成了以散文、小说、诗歌、电视剧本、报告文学、绘画、书法等为主要类别的创作队伍。已涌现出刘有法、刘民、杨永雄、杨友仁、吴沛、郑立、皮秀芹、李永忠、董存友、黄恩进、冯晓龙、任恒权、蒋世民、曾衍涛、谢怀寿等新人的精品力作，在市级、国家级刊物发表或获奖。吴沛创作的诗集《隔窗听雨》《酒与宋词之间》、董存友创作的小说《白马啸乌江》、李永忠创作的小说《寻梦佛伴湖》及诗集《云水削月》、曾衍涛创作的国画《大山回响》等既富有浓郁的地方特色和民族特色，又有强烈的时代精神。

不过，武隆文脉要潜流不止，泱泱丰沛，还需要现在及将来的武隆人不断充盈努力。让我们满怀美好期冀吧！

第六辑　春味悠长

桐　花

　　我已多年未见过桐花，但脑际总是浮现桐花的身影。漫山遍野的淡红粉白，在阳春白雪中诞下清新的芳华，在山村乡土间飘过缤纷的徽标。

　　家乡的桐花含苞于农历二月的当口，绽放在料峭寒春的旷野。它在春的时令还犹豫徘徊之际，便开始铺设孟浩然的意象，让"夜来风雨声，花落知多少"给人悄然入春的惊喜。

　　那些年，老家的房前屋后、田边土角、梁梁湾湾、坡坡坎坎、村村寨寨，到处种满桐树，开满桐花，白花花一片，山上山下，山里山外，整个一个桐花的世界。它大大方方填补寒春的喟叹，清清淡淡表现山乡的含蓄。

　　桐花林下，常有劳作的乡亲，犁田破土，播种撒苗，桐树上鸟雀穿梭，莺燕细语，花枝间蜂飞蝶舞，氤氲嗡响。春风一摇，桐花便簌簌落下，像纷纷扬扬的花雪，桐花随着溪水流落，花溪漫进田园水湾。树上花、树下花、水上花、田中花，花团锦簇，笼罩山村天地。

　　其实，于花，纷纷繁繁，千姿百态，在我印象中颇为模糊，唯有桐花，深入骨髓，魂牵梦连。因为桐花年年冻、年年开，年年经历腼腆羞涩，含苞待放，经历落落大方，慷慨怒开，在寒冷的胁迫与考验中，在春风的鼓励与激发中款款走出，俨然一个少女走向媳妇、母亲。尤其是它朴素缄默，柔弱坚强，充满希望和梦想。

　　因此，它开在我跌宕起伏的心上，它像我的梅姐。在我人生的旅途中常常送来愁肠的月光，揪心的雁阵。

237

20世纪50年代，父亲9岁，赶上桐花开放的季节，婆婆带着他和幺爸、细姑，走在一路桐花的铺垫里，来到大娄山曹家村落户兴家。也就是我现在称的老家了。为纪念进山的日子，父亲在门前栽下了一棵桐树苗作为进山的见证。桐树几年便长大了，开始育花怀果，父亲很是喜欢，每年都给他松土埋肥。

一晃二十多年，当我也像桐果一样被育出来后，它却被砍掉了。那时桐树已小锅儿粗细，枝干和树冠高过了佝偻的土屋，遮盖一半边坝子，正处烂漫开花之际。砍的时候，刀口白森森的，边砍边流油，那是桐树的血，颤动的树干在抽搐，在痉挛，水珠和花瓣不断地从枝头掉落，像无言的泪水，像哑巴在挨刀割。最后，大桐树倒下了，倒在花泊与泪泊之中。

这是母亲在我发现一个秘密时的回忆。

我并没有看见过那棵开满鲜花的大桐树，我只看见过坝子边盆子般大的腐树桩。后来，这截树桩长过鲜美白净的冻菌，母亲用它来招待过梅姐。

读书是怎么安排的？我记得较含混，好像是春天报名读书的，清清楚楚冻桐花的季节。春来了，乍暖还寒，我背着书包等桐花开，等着梅姐的到来。好像桐花也在等，等一个萌发的时刻。边等边盼，梅姐进了屋，母亲忙将熬好的冻菌汤盛一碗递给梅姐，说了声："梅，要多承你哟，带我家忠子去报名，他该发蒙读书了。"梅只比我大半岁，平白无故的懂事，所以叫她带路，母亲放心，而我也心甘情愿。

寒假的一天，梅姐穿得单薄，来我家借剡刀。母亲赶紧嘱我将圈楼上的"苞谷壶"搬些下来生火。见梅姐来，我猴子似的爬上圈楼取燃料。忽然，我的手触到了"苞谷壶"里的硬物，扒开一看，吓我一跳，一个木头人的脸现了出来。那鼻子眼睛，像我和梅姐在烟土湾堆的雪人。一声叫，惊动母亲，也惊动梅姐，当母亲弄懂我的意思后，用手指头在嘴边做了一个"嘘——"的动作，像我发现了家里藏匿的惊天秘密。梅姐有些愕然，但没吭一丁点声音，雪亮的大眼睛好像在和我分担一种不能声张的"秘密"。

下楼后，母亲轻声说："那是一个大人物，你幺爸年轻时背的，用坝子边原来那棵大桐树做的。"不知在圈楼上用"苞谷壶"、谷草盖了多少年，被我的一声惊叫给暴露了。

当年，幺爸正青春年华，在石磨上写下几个像"屁"的文字，实际上，写的是"某造反兵团万岁"，却因字迹歪斜被民兵连长说成像有味的气体，被授以丑化"造反派"的桂冠。队里的张二哥手执利斧将大桐树砍倒，选了伸展的头节做身子，选了弯曲枝干做脚手，忙活一天做成一个重达二百斤的"工贼、内奸"。在前后两个民兵监督下，幺爸涨红了脖子、憋红了脸，背着这尊粗陋的木雕在公路上游走。

可惜，他因此失去了梦中的俊英，后来，他带着做光棍的恐惧远走高飞。听母亲说完，我恍然大悟，幺爸的出走竟事出有因。

原来，那生冻菌的树桩，以前是棵高大的桐树。从此，联想到那尊人形木雕我便对它产生一阵阵怜悯，又特别痛惜它当年正处的花季，要是还在多好。

腐树桩下边是早年的菜园子、后来的责任地，父母亲总要年年种下小麦，当桐叶满天，到处撑起一把把绿伞，麦子便开始黄熟。

临近高考，母亲邀约了梅姐帮助割麦，金黄的五月，艳阳高照，桐子像青苹果一样挂满枝头，梅姐用桐叶扎了遮阳的帽环戴上，她不想那白皙的脸被太阳晒黑，她从小就爱美。挨着梅姐割麦我特别有劲儿，我们落在父母的身后不远。

突然，我的手木了一下，鲜血直流，镰刀割破了我的食指。梅姐忙掏出手帕为我扎上。那双清亮的眸子闪着心痛的眼波，她挨我很近，我看见了她耳边的乳毛，她的颈部、肩部露出雪白的皮肤，像桐花的花瓣。一种清香淡淡的、温温的从她身上传来，我从未嗅过这种香味，似麦香，似桐花香。我不知道当时在想什么，只想抱一下梅姐。

只听梅姐说："扎好了，血止住就不那么痛。"她又用那心痛的眼神瞟了我一眼，像噙着清泉，似在怪我手上那把狠心的镰刀。我忽然回过神，回应道："不痛，一点也不痛。"看着梅姐红扑扑的脸，像连接了桐花萼片上那些嫣红的紫脉，乌黑的头发用花布条束在脑后，像雨后的桐林、如黛的青山。那一刻，觉得梅姐好俊、好端庄，梅姐转过脸又开始割麦了。

其实，初中毕业后，梅姐就没上学了，她父亲我们称发叔要处理坡上的农事，照料母亲和照顾三个弟弟的任务便落在她的肩上。邻村有一个小伙会做木活，已托人提亲，梅姐还没有答应，她割着割着，不经意间会低叹一声，似有一丝不易察觉的忧伤。

不等麦子晒干，母亲赶紧用桐叶蒸了麦粑，叫我给梅姐送去，拿着香甜热络的麦粑，感觉那天梅姐给我包刀伤的味道又出来了，我提着一个小竹篮跑得飞快。梅姐接过我带的麦粑，问了句："手好了吗？"那语气无比的温婉、柔嫩，像桐花初生的骨朵，我伸手给她："你看，已长出嫩肉了。"梅姐很高兴："好了就好。"随即莞尔一笑，那双眼睛远胜迷人的月亮。然后，她拿起一个麦粑走到她母亲的病床前。

梅姐母亲，我称素姑，大人说她有妇科病，很少起床，灶门前的火坑边，一个草药罐子突突地冒着浓浓的热气。

和素姑说了些什么我记不得了，那天，她的气色算好，看着我也很高兴，吃了大半个麦粑，并一个劲儿地说感谢我的母亲，让她尝了鲜。

秋后，庄稼收完，人们便开始收桐子，准备榨油。这期间要经历数道工序，而最难受的就是剥桐子和榨油了。

那些年，农村的照明点火、盐巴酒水、针头麻线、孩子上学均拿桐油说事。因此，从桐花到桐子是一个盼的过程，一个憧憬和向往的过程，从桐子到桐油却是又一个花朵奔向果实的过程，一个梦想变为现实的过程。桐花圆着乡亲们的梦。

桐子收回家后，母亲给我和弟妹们都准备了一把剜刀，用铁片锤打成扁状并弯曲后，嵌在小木把上，刀部形似瓢状的鸟嘴，会灵巧地掏出桐子里面的籽粒。梅姐见我们上学白天无人剥桐子，便常来找母亲借剜刀，有时也帮助剥上一阵才走。剥桐子都在秋、冬季，那时，几乎每家每户灶门前靠角处都摆一个炭筛，边烤火边剥桐子，桐壳便加在火炉坑上慢慢燃烧，一袅袅蓝色的桐壳火苗输送着冬天的温馨。

榨油得父亲与发叔去，他们都是队里的"五虎上将"之一，须每年穿上冰冷发亮的油服到村上的榨油坊榨近两个月的油。这时，难免会既喜桐花带来的收获盼望，又怨桐花引发的繁琐劳作。

包产到户的第一年，梅姐还来帮我家捡桐子。她和母亲在树下捡拾，我在树上打桐子，为了节省时间，总在我竹竿未停的情况下，她们便走到树下，一不注意桐子会掉在身上砸得很痛，母亲和梅姐往往咬着牙不让手上闲着。

但那一次，出了意外，梅姐突然"哎哟"一声，手捂住后脑勺。母亲惊呼道："怎么啦？幺儿！"我忙甩掉竹竿，扶起梅姐，梅姐怔了怔，慢慢移开手，将手绢递给母亲，母亲快速地对折了几下，敷在她浸红的发根上。母亲缓过神，将我一阵臭骂："不争气的东西，看把我们幺儿伤成这样。"梅姐忙为我开脱，不让母亲骂我。原来，树枝上藏了一颗石子被竹竿打落，砸在了梅姐的头上，幸而石子不大，梅姐仅受了一点小伤。

当晚，我送梅姐回家，刚走几步，梅姐就说："你回去吧！你还要读书，好好地读吧！将来出去了，姐就高兴了。"我心里乱又内疚得慌，找不到一句得体的话安慰她，只机械地说了句："梅姐，要注意伤口，莫让它感染。"在依稀的月光下，梅姐闪过一丝泪花，转过身快步地走了。刹那间，我开始怨恨自己，嘴咋那么笨呢？心里不是准备过一句话么，怎么就闷在了葫芦里呢？这时，沁凉的山风扫过桐林，飘落的叶子似在为我沙沙作答。

夜里，我失眠了，总想着母亲为啥叫她幺儿，对我臭骂，241

难道母亲有某种预设？不想我做远走的幺爸？或者她打心眼里喜欢梅姐啊！已把梅姐当她的亲人或比亲人还重要的人，又想着梅姐的话、泪花，我有些恍惚。之后，医生说我感冒了，并落下失眠的病根。直到梅姐有了出嫁的消息，有了她家后来的变化，我才渐渐有了梦乡的入口，有了桐花灿烂的理解。

也是一个桐花开放的季节，一线人流吹吹打打从花林间走过，梅姐随那小伙子去了。母亲指着远处中间的两个身影说："那是你梅姐和她的新郎，年前，那小伙子锯了很多松木板搬到梅姐家中，换掉了那些透风的树条，这样你素姑会暖和些。小伙子很勤劳，动作也利索，你发叔允了这门亲事，这下已成了梅姐家的半边柱头了。"那天，看着跟在后面远去的梅姐，我为她祝福！为她挑选桐花中最靓的一朵。

离开故土多年，桐树已不多见，更没爽爽朗朗、畅畅快快看过一次桐花了。今年，清明回乡上坟，问乡亲们桐花怎么少了，他们说，现在那东西不值钱，好多农户都将桐树砍掉做了柴火。

听到这儿，我有些诧异，心目中的桐花难道就这样消失了？李煜一句"层城无复见娇姿，佳节缠哀不自持"让我凭栏惆怅，又现当年烟月。

陈年春味

年年嗅春芳，岁岁香不同。随着年岁的增长，春的味道也在不断地变化。

固然，春即是春，照例万物复苏，草木竞发，百花争艳，蜂蝶蹁跹，一派生机盎然的景象。而它的变化在于此春非彼春，春已不是昨日之春，往年之春了。

小时候，一进冬腊月，便盼着新年到来。因为过年要穿新衣，要吃"嘎嘎"了。新衣似"花"香，嘎嘎似"魂"香。这"花"是心中最好看的那一朵，这"魂"是想吃到命里的那一魄。更重要的是要去给住在大娄山下三崇堂的大姑家拜年，去体会新春的"年"味。

三崇堂据说是过去的庙堂，民国时赶跑了和尚，空下三间破屋无人居住，新中国成立后，大姑一家便迁到那里。

每年春节，邻村相住的伯父、幺爸及我们几家人，便都约定俗成地去三崇堂拜年。那时候，拜年礼物就一把面条或一包红糖之类的东西。虽然又土又小气，在当时却是十分珍贵的"美味"了。

给大姑家拜年是大家最乐意的事，除夕夜吃完团圆饭，大人们就商量着拿糖还是拿面条的事，无疑要选家里最好的礼物，体现最香甜的"亲情"。孩子们则翻箱倒柜地找好一点的衣服出来试穿，试好后叠在床边，让新衣的布香先陪睡一晚，等初一早上吃过汤圆便穿得整整齐齐出门，甩甩袖子就如开了空气的清新苞儿。

到了三崇堂，最喜欢听的是大姑摆《聊斋》里狐仙的故事以及姑父拉的京胡。大姑的狐仙摆起吓人，但后来吓人的狐仙似乎又变成好的了，姑父的京胡段最有味的莫过于《李逵大闹忠义堂》，到了那句"太平庄，把人抢，俺李逵闻听言怒满胸膛"时，姑父要双目圆睁，张口高唱，拖弦的节奏更猛烈有力。那些年，三四家人聚在一起，闹闹热热从初一玩到初二，有说不尽的喜庆，走时还能得到大姑给我们准备的铅笔、小字本之类的打发。那时的"春"跟童年一样有趣。

后来，明白了一年之计在于春，春要勤，秋才有收，才有可能除夕夜吃肉，初一穿新衣服的道理，所以放学以后，便积极地干农活，积肥、弄柴、打猪草、割牛草。母亲总爱拿二表哥打比较，做人要学二表哥，做事也学二表哥。学他读书勤快，做事利索，长大后才有出息。

但有一年，传来了二表哥的坏消息，村里一个俊俏姑娘喜欢上了他，可因成分悬殊，对方家长像防贼一样不让姑娘接近二表哥。而爱的力量，怎么也无法阻挡，一个圆月满照的夜晚，二人相约在保管室幽会。然而他们被发现了。先是院子里的老黄狗一阵汪汪叫，接下来便有人吆喝着向他们的方向搜寻过来。二表哥为了保护他心爱的人，一把将姑娘推入竹林，自己则坐在集体苕窖前佯装赏月，当一群人的火把照着他后，姑娘家的堂叔喝问道："半夜三更来保管室干啥？是要偷苕种吧！"二表哥点了点头便被押走了，随后二表哥挨了几场游斗。

那年春节，大姑家过得很是灰暗，听不见一丁点拉京胡的声音，屋子里弥漫着一层低沉而又酸楚的气氛。直到拜年的亲戚们来了，家里才增添了笑语，大姑才转忧为喜，忙安排分了家的大表哥、大表嫂推磨的推磨、杀鸡的杀鸡，迎接我们这些"贵宾"。

父亲和五伯父见姑父耷拉着脑袋，没有一点阳气，便一唱一和地劝说，一个说："哎哟，姐夫，莫消沉，春天还有寒潮呢。"一个说："这点痛算什么，当年，游西藏冰河的英雄气概哪去了呢？"经父亲和伯父这一激发，一屋人又燃起了热络的火焰。

话说姑父，姓苏名权，年轻时近一米八的个头，高大英俊，质朴耿介，心性豁达，毕业于中央大学艺术系，是名副其实的老牌大学生，擅长音体美技艺，从小就是我们心目中的大师级人物。他曾拜潘天寿为师，毕业后执教于重庆巴蜀中学、璧山青木关国立艺术专科学校等；他爱好国画，常寥寥数笔，便能将花鸟、瓜果、人物跃然纸上，尤其画的枇杷十分传神，一时间被世人尊为"苏枇杷"。

午饭间，喝了三两苔干酒的姑父说起了一件他人生中最得意的事。那是1957年，他尚值壮年，正派修康藏公路，忽接部队通知，要在他们支前联队选人渡河传递情报。时遇大冬天，寒冷异常，面对大凉山冰冷刺骨、滔滔奔流的理塘河极少有人报名应战，姑父心想家乡的芙蓉江能游十三个来回，自己何不报名一试。

后来，部队批准了三个人下水，除姑父成分不好外，其余两人系船工出身，皆为水性好手。三人各领一碗酒壮行，然后跳入江中奋力游出。这实际是以命相搏，在那么寒冷的冰雪天游过汹涌湍急的理塘河是何其艰巨。然而姑父成功了。部队发给他一枚五角形奖章，而另两人却永沉于理塘河了。姑父虽活了命归来，但一直尿血不止，被支前联队送回三崇堂养病。五伯父有中医功底，上山采了草药并加黑桃枝煮鸡蛋相治，服近半年，姑父的尿居然转清了。这故事在当时听来是骇人听闻，但为姑父的幸运亦感到唏嘘和荣光。所以困难的时候一提起姑父在那冰河里挣扎的情景，他和我们便什么愁苦就都烟消云散了。

再后来，明白了一天之计在于晨、一生之计在于少的惜时内涵，便惜时惜春，老老实实读书，踏踏实实干事。盼着好日子一天天到来。

又到了新春佳节，照例去给大姑家拜年，刚到门前，就见红朗朗的对联喜气扑面，上面写道：一心破樊篱比翼自由飞，　245

两力筑爱居共栖幸福巢。横批：同心进取。

这一年可喜庆了，除姑父的书法喜联跃然门庭，堂屋板壁上还贴着他的两幅国画，一幅画了一个吹笛的人，题为"引凤"；另一幅画了翠柳，题为"春风戏柳"。大姑和二表哥的脸上也是春风洋溢、满面喜色。更为显眼的是屋子里多了一个人，她梳着两条小辫子，围着一条红围巾，眉秀眸明，面带胭红，一对小酒窝总漾着笑意，一开口像金铃碰撞，清脆响亮。那时我还没长醒，只在心里嘀咕，难怪二表哥宁冒偷莳者的大不韪也要保护她，她是人见人爱的表嫂了。这一年，二表哥考上了民办教师，表嫂的家人也一改态度，说他家闺女犟是犟，但看人有眼力，要过的甜日子定在后头。

人逢喜事精神爽，时来运转喜悠悠。这一年，大姑的后亲们全到齐，四张桌子三天没有虚席。姑父恰满七十岁，赶上改革开放第一春，又值新春佳节和儿子儿媳喜结良缘，当称数喜临门，枯木逢春。他拿出了绝活：那曲欢快喜庆的《迎春》在他刚劲嘹亮的拉弦中倾泻而出。这一次，姑父的京胡可响了，心手间抑扬顿挫、欢悦激昂、明快跳跃的调子在流淌。他的眼里有了春回大地、百鸟争鸣、万象更新的美丽景象。那欢娱的气势、氛围，让每个人都心旷神怡，满目春光。

这一次，姑父还讲到他曾经收藏过一幅墨宝，叫"野火烧不尽，春风吹又生"。那是抗战时期吕凤子先生写给他的，这幅字可了不得，写的时候凤子先生是口、手并用，左中右同时起笔又同时收笔，三列字一气呵成。还说当年凤子先生与悲鸿齐名，二人曾以马易书。可惜，姑父的这幅大作在"文化大革命"的抄家中灭失。

一晃三十年，新春一载又一载，大姑、姑父都已作古，二表哥一家和我们也都迁到区城做了城里人，儿女们考公务员的考公务员、经商的经商、进厂的进厂，都有了不错的工作，各自过上了小康生活。可谓一年春色一年好，年年春景上层楼。

但在拥有一个个新春百花齐放的同时，又在失落一个个万紫千红的过往。不禁让人涌起"年年岁岁花相似，岁岁年年人不同"，"人面不知何处去，桃花依旧笑春风"的感伤。

这或许又是一种沉淀的幸福，那些流走的春历就像一坛老酒，越陈味儿越浓，在这又一个新景致即将来临之际泛着亲切而温厚的醇香，让我们于脑际间萦怀，于心骨中细品它的悠长与甜美。

枕头记

　　就大江口而言，淑昌与我算是同乡。因都在作协，所以喜欢看他的文章。每次《芙蓉江》期刊一落手，便照熟的翻阅。同乡人的作品中，尤淑昌之作常现朴拙心态而令我动心。

　　淑昌，中等身材，盆子脸，黝黑皮肤，浓眉大眼，说话幽默，又常带几分本朴。他算是地道的乡干部，现做到了乡镇文书一级。从目前看，虽说心态年轻，但毕竟已近五十，划入老干部队伍当属瓜熟蒂落的对象。因此，基本以退居二线作平凡表现。

　　最近，和淑昌亲热起来，在于他送给我一个特别的"枕头"，算增进了同乡情谊，便约他小酒相聚，共叙创作感喟并分享其"枕业"的快乐。

　　就在今年4月的一天，我去县行政审批大厅办点小事，竟与他来了一次实实在在的相遇。他说起了"枕头"，准备办一家微企，进行小规模生产营销。这个本与他风马牛不相及的东西，如何与其纠缠在了一起？初说时，我颇感诧异。他喜欢游泳、写作，常见他与乌江的浪涛、河滩、礁石，河边的小鸟、蝼蚁关系密切，没料到他迷上了"枕头"。后来，经他一番倾诉，我又想通了。游泳、文学、"枕头"均归于生活，淑昌本人就是生活的耕耘者，他用"枕头"作为安放心灵、踏实而眠的最后追求，何乐而不为呢！

　　淑昌的"枕头"，两头方状，中间凹圆，呈"哑铃"形，做工精细，散发清香。能治颈椎、头痛、失眠等现代人强节奏工作形成的病灶。淑昌为其得意的发明创造，说得神秘兮兮的。

当然，里面填充的什么，尚属企业秘密。因此，我也不便细问，但绝不等同那些招摇撞骗的"绣花枕头"。这是从淑昌专注而认真的神情中得出的结论。

其实，关于"枕头"，人们从原始时期就开始使用，随着时代的发展和人类文明的进步，人们对"枕头"的使用便越来越讲究。如过去皇帝用的"玉枕"、女子们结婚时用的"鸳鸯枕"，还有兼顾使用和收藏的陶瓷枕、翡翠枕等就是例证。

北宋著名史学家司马光，用小圆木作"枕头"，睡觉时，只要稍动一下，头就从枕上滑落，便立即惊醒，醒后继续发奋读书，他把圆木枕头取名为"警枕"。为了强身健体，在睡觉时达到治病的目的，古人在枕内放置药物，发明出"药枕"。李时珍《本草纲目》说："苦荞皮、黑豆皮、绿豆皮、决明子……作枕头。至老明目。"明清时人们在椅子的靠头部位设计"枕头"以便休息和消除疲劳。现代，枕头越来越广泛地用于医疗保健，如磁疗枕、健身枕等。淑昌的"枕头"，取名"头尚"，当属保健枕一类。

约间隔了一个月，淑昌托他夫人给我捎来一个试验品，因我与文字和那份关乎生存的工作岗长期纠结，落下了颈椎病，他便热咕咚咚地送来了"头尚"。

由于正处夏季，"枕头"拿来的正午，我便急于在客厅的沙发上作午休试用。我将头枕于"哑铃"凹处，顿觉舒适清爽，十分安稳。不料仅过半小时便遭老婆一顿臭骂："真是贾角山旮旯下来的贱皮子，别人才拿来的东西就搞得汗漉漉的……"我尚未反应过来，只条件反射般给予反唇相讥："我是贾角山旮旯来的，未必你还是贾角山市来的不成，出点汗又不是我的专利，恰好是劳动人民的本色。"老婆见我嘴硬，索性将"枕头"一把拖了过去，我才发现的确颈项上的汗水已将"枕头"浸了一块痕迹，方觉她的臭骂比我的臭汗还是要香一些的。痛惜之余，我立即拉开枕套的拉链，取出枕芯，见并无大碍才松了口气。

打这以后，我就珍惜地枕着"枕头"睡了，颈椎病虽说没有好得那么快，但也似乎见了效果，那"头尚"正将我的痛感慢慢减退。以前，常虑颈项之恙，怕落下养生病，想不到半路杀出个夏淑昌，就这么轻描淡写地给解决了。

感慨之余，作了这篇《枕头》，如有哪位和我情况类同的人见之，不妨也到淑昌那里选个"枕头"来试试。他住江口进士路，好找的，一问"枕头"便有人指路。

幽藏木堰沟

木堰沟很少得外人知，她如养在大娄山褶皱里的深闺，含幽不露。我揭开她的面纱，是一次偶然的踏青。

有人说，自石桥湖龙洞桥行石板路可以通幽世外，便携夫人好奇一试。沿一条年代甚久的农堰渠道进沟，即见溪流两岸草木葳蕤，林暗幽深。再转过几道弯拐便豁然开阔，里面的沟谷延展显出村落容貌，可谓一步一景别有天地。

今儿，踏入幽径。夫人越走越觉得景致新奇，说这般沟谷村落似曾在梦里遇过。尤其是沿路所行的人工堰渠很有意思，源源不断的活水，像在告诉你：它是山里人的丰收源泉，它浇灌出了一代代人的希望。

是的，这条渠道堪称奇迹。为20世纪60年代所建，那时的生产力十分落后，要在山岩上刻凿一条水渠极其艰难。该渠凿壁架桥，穿山越岭，修建痕迹异常不易。联想到电视里播放的红旗渠，猜测为同一时期的产物。那时搞水利工程建设条件极差，全靠人们顽强的意志去攻坚克难。仍能想象当年脚挖手抠、战天斗地的情形，我不禁暗暗叹服沟里人为了追求生活进步所表现出的顽强与韧性。

借堰渠行路，我和夫人平添了几分人定胜天的脚劲，一路探幽，只有渠水相伴，倒也显得几分安静。突然，咯叽、咯叽，传来几声鸟叫，尚未回过神，两只斑鸠扑拉一下从头上的林子飞出，吓得我打了一个寒战，随即几颗水珠掉落脖子，一股凉飕飕的刺激速透全身，夫人走在后面笑我干扰了斑鸠的领地。

走完堰渠，穿岩阡，再过小桥，地形开始开朗，视距可以放远。里边三个村民小组，百来户人家的村落便扑入眼帘，我一边走一边问夫人有何感受，欣赏着那由近及远的一幅幅水墨丹青，夫人不断地感叹："好看！好看！"

入谷后，我们即被如玉带飞练般跳跃穿梭的溪水及岸周丰茂的植被所征服。山的幽静，水的灵动，不断撩拨着我和夫人惊奇的心扉。仰头是广袤绵延的燕子岩，环视是苗家人起伏掩映的村落地。可谓处处桃红柳绿，碧水云天。全长约三十里的幽深沟谷，由西向东连接烟水石桥湖。随机择一清幽林荫或欢浪水域，便是歇脚、垂钓、野炊的理想之地，尽可让人洗心涤虑，流连忘返。

的确，溪沟两岸林木密布，藤蔓丛生，溪流淙淙，竹柳繁盛，全是原生态的植被。吊脚楼式的农舍依稀点缀于林缝间，层状的喀斯特岩体如万卷诗书叠砌于两岸，几个村民小组分两岸择地而居，活脱脱的一个陶渊明笔下的世外桃源。使人油然而生："深山峡谷之中，藏村落二处；清水奇石之外，有天书万卷"之情。平时不善诗文的夫人却莞尔一笑道："把村落二处，改为'寻幽二人'，天书万卷改为'浪漫一天吧！'"想想平时都忙碌于生计，未能好好陪过夫人休闲，便道："改得好，这才是幽境中的诗情画意。"

此时，我想到了五柳先生，他梦想求得的地方会在这儿？起初是觉得地形地貌神似，与木堰沟熟悉后，才觉得一切都那么贴近，全如《桃花源记》的那番描述。感慨之余，倍觉如此理想的世外之地，就呈现在此时的现实中了。

木堰沟植被原始，是鸟类、鱼类、蜜蜂及其他野生动物的乐园。当地的人很有环保意识，与野生动物关系处得十分亲密，常见人靠近长颈鹤、竹鸡，但各行其是，互不打扰。沟河里面的鱼儿，村人从不用电、用药去捕杀它们。若遇节期　也只用锤子去敲击石穴，捉些"黄辣丁"招待亲友。平时却是让它自由自在地生长。每年春秋养蜂农要割蜂蜜，每次蜜蜂爬满了蜂农的全身，但并不蜇他。割蜂蜜时如遇客人，蜂农极为热情，会让客人尽情品尝他们来自大自然的"甜蜜"。

木堰沟山石奇异，层层叠叠，如书卷堆放。沟里人说是仙人为暗示山民要读书，学习文化，才能永久过上好日子，特发下万册石书叠砌于山谷两边。山民一方面以"书"育人，培养出了不少秀才和状元，这些秀才和状元多以企业工人、老板、乡镇公务员形态出现，是他们引以为豪的骄傲。最了不起的是沟南岸陈家坪出了个县委办主任，被山里人视为人才的榜样，并夸赞他家后面的"书山"有灵气。此外，山民还将似"书"一样的层层片石采集回家做晒坝、砌台阶、建房舍，用石料代替木材做成极富特色的石木民居，冬暖夏凉，十分实用，反映出山民靠山吃山、因地制宜的勤劳与智慧。

走进瞿二哥家，我和夫人受到了热情邀请，不光尝到了新鲜的蜂蜜，还参观了村上的金银花生产基地、桃李果园、苗家农家乐，看到了百姓们安居乐业的幸福景象。

木堰沟民风淳朴，相处和睦，沟河两岸鸡犬相闻，互结亲戚。平时彼此过沟转"活路"，对唱山歌，男女传情。唱山歌时，男人高喊"这山没得啊那山平，哥去坪上啊扯葛藤……"姑娘便应"葛藤生得长又长啊，一头连着啊妹的心……"如此以歌传信，互表心迹。每逢"盛事"，山里人称红白喜事，便互相帮忙，和衷共济。行事时往往有唢呐、锣鼓、逗乐子等民间乐器交响演奏，响彻山谷，是深沟里传统文化的重要内容，而今虽家家安了"簸箕"电视，但他们的"民乐"依然不时响起。

因为盘根错节的关系，木堰沟人非常团结，除了淳朴善良，但也野蛮任性。听沟里的刘副村长和张社长讲述：大清乾隆年间，来自黔州的一股土匪，到村里抢劫，村民便将粮食、物品搬至后山一石洞储藏，再与劫匪拼搏，进可攻退可守，周旋数月，劫匪多次组织进犯，均伤亡惨重，无功而返。现石居犹存，仍能看见当年抵御外侵的影子。几年前，一猪贩子进村收猪，未摸到里边的深浅，过秤时故意短斤少两，被一妇女识破，村民们半路拦下猪贩，差点掀翻猪车，经猪贩补钱并再三赔礼道歉，才得以出沟。

对于木堰沟还有许多地灵人杰的传说，尤其是燕子岩万千气象，云卷云舒，自当登临体味；更见木堰沟人纯朴豪放，勤劳勇敢，自当亲切相交。那儿，仿佛有生活以外的世界。

和夫人一番游来，收获颇丰，特留此游记招引朋友。顺着我介绍的路径进沟，乱走是景。若是累了、饿了，随便拈一处幽境露营、烧烤，或是走进农家，都是惬意的归宿。

胡子舅舅与胡子醋

胡子舅舅，断不是我可以叫的，父亲才有资格这样叫他，我应叫胡子舅公才对。以下我就简称胡子公了。

胡子公，我并未见过，父亲也只有他在七八岁时的印象，因此，我只能凭父亲曾经的描述，用一把大胡子，一个清瘦而十分精神的老头形象来概括他了。因为他会酿醋，所以父亲常念叨他，算是对他的怀念。其实，更多的是勾起了对那陈年老醋的怀念。父亲喜欢吃醋，几乎嗜醋如命，特别是吃面条时必须加醋，否则宁肯不食。每当父亲端起一碗面条，看到醋瓶或醋罐就会出神发呆，又浮现出胡子公的身影来，就像打翻一坛陈醋钵子一般。往往良久，他才打开那些现代的五花八门的甚至有些时尚的醋瓶，嗅了嗅，加入少许到碗中，方开始拌他的面，但他总是轻摇着头说，已难找到胡子舅舅的味道了。

父亲恋醋，还在于恋一段关于他与奶奶以醋糊口的日子。

那时的老家还住在江口古镇的上街1号，现今的进士东路全福街13号。老家人多，耗费颇大，家中的供给除爷爷效力彭水县政府有一定的薪水外，全靠开了一爿醋坊维持，其掌管醋坊的便是胡子公。胡子公姓杨，羊角人氏，醋艺精湛，且为人忠厚纯朴，奶奶本喜欢认亲合族，又见其与自己同姓同族，便尊其为兄长，敬重有加，故而父亲称其为胡子舅舅。

现在想起来，老家的醋艺应源自羊角，父亲讲正宗的做法是：要炒煳米与上好的麦麸、麹药发酵制成醋坯，再用醋坯加百余味中药酿制而成。重点过程是炒煳米，也是酿醋的绝活，当年胡子公的炒米火候掌握得十全十美，在江口享有很高的名气。因此，老家的醋业办得十分红火。人们管当年胡子公酿的醋叫胡子醋。据说胡子醋的那个香啊！弥漫古镇，一进江口地界，盐味、醋味便扑面而来，一种浓浓的醇香的生活气息，入脾透肺，温润心神。

胡子醋除满足本镇的需求外，还远销彭水龙洋、润溪，贵州的濯水、务川等地，算是当年江口古镇的主要出口产品。那些外地的销醋人，多为运盐的背脚子和力夫。他们从四面八方特别是贵州一带，背运着大米、桐油、茶叶、药材等来到江口，然后，换成盐、布帛、瓷器返回。到了江口，背脚子们便蜂拥至老家醋坊，围成一圈，直嚷，杨胡子，打醋来，等不及的自个儿将一斤计量的竹提子，迫不及待地撑到醋缸里，先打上一提到大土碗里来，然后将脖子一仰，便一饮而尽。当咕嘟咕嘟的醋下了肚后，才慢慢解开腰裤取出钱来放在柜台上。大家像饮酒品茗一样，心满意足后才陆续散去，但走时一定不忘带上三五斤醋，走"西口"，翻贵州。

特别是夏天，醋销量猛增，也便是胡子醋最俏的季节，胡子公便天天炒焖米，天天制醋坯，天不见亮就起床操他的绝活。据父亲说，醋坯越陈越好，周期短则两年，长则三四年。之所以命名陈醋，主要指醋坯的陈留，陈留时间越有保证，其酿出的醋味越醇厚。那些上上下下、进进出出的背脚汉们日日像黄丝蚂蚂搬食物一般，对胡子醋又喝又带，络绎不绝。他们便是胡子醋远销异域他乡的传销者。

新中国成立初期，胡子公离开了醋坊，因生计艰难，家境窘迫，无以为计，正踌躇莫展之时，奶奶见房屋一角，还堆着一些醋坯，便眼前一亮，学着往日她胡子哥的做法，酿起了醋来。由于奶奶平素待人厚道，又乐与下人相处，经常与醋坊的胡子公交流醋道，便学得一知半解。但就现存的醋坯而言，酿醋也相对容易，于是将胡子醋坊重新开张营业。以此聊以度日，使全家得以活口，可惜醋坯越来越少，产量亦逐渐萎缩，以至后来的打醋人空坛而归，摇头叹息。

正待胡子醋临近关门，家人已接到下乡从事农业生产的通知，父亲便与奶奶携家带口，去了他们的第二故乡——贾角山乡兴家立业。我因此，算是实实在在的乡下人。后来，父亲回忆，要不是当年的胡子公留下那部分醋产，根本度不了那段最难熬的时光，也就是说有没有我这乡下人都很难说。

到了乡下，日子亦紧得要命。但父亲老不忘胡子舅舅的胡子醋，常要想方设法搞一点羊角醋回来治疗他的思醋病。受他的影响，我们兄妹五人也喜欢吃醋了，就连抵抗力极强的母亲也受感染，与醋相投。可那年月吃盐巴、照煤油的钱都没有，哪能享受到"醋"这一奢侈品呢，常常是一家人想醋时，父亲便给我们讲胡子舅舅与胡子醋的故事，我们听着听着就吞咽着"胡子醋"般的口水，过了想醋的时日。现在想起来，父亲大抵也用望梅止渴的法儿，来解我们的醋馋。

的确，开门七件事，油盐柴米酱醋茶，是人们日常生活中不可或缺的物资。但那年月于我家而言，似乎恰如唐伯虎写的"柴米油盐酱醋茶，般般都在别人家"。可父亲却常持"风来雨去忙农事，贾角山下种庭花"的态度，给一家子加油鼓劲。

是的，那时穷得叮当响，过得十分淡泊。比如，煮饭炒菜，买不起佐料，常常吃得清汤寡水，咸不咸淡不淡的。但吃面条总希望有酱油和醋添味增色，母亲总是使尽浑身解数进行调配，可往往是有酱油没醋，有醋没酱油，两样都齐备的时候少得可怜，后来，母亲才说有酱油加点酸盐水就可以当醋了，有了醋加点盐巴就可以当酱油了。那时的醋就2分钱一斤，但母亲只能将1分钱掰成2分钱来用。

有一次，父亲摸黑半夜起床，为江口木材站搬运船板，换得不菲的力资，便哼着调子购回一瓶醋来，正要到母亲面前邀功报喜时，不料母亲不但不领情，还抓着醋瓶就要扔出门外，父亲眼疾手快，忙抓住瓶子央求道："夫人，这是我的命根子也，这不还有一捆面条么。"话音未落还朝着背篓做了一个鬼脸。母亲白了他一眼："天啊！就知道你的命根子，不要全家的命根子?"并转怒为嗔,顺势将醋瓶塞给了父亲,又补道:"你以为我真要扔呀,还不快去抱柴来烧水,我去弄蒜泥,打煳辣壳,孩子们也被你惯坏了,等你的面条等你的醋都快望眼欲穿。""好的,'小着盐醋助滋味,微加姜蒜发精神'。"父亲将陆游诗一改,一家人还未吃上面条,便已乐滋滋地感受起美味佳肴来了。

这些年,日子越过越好,食醋已可信手拈来,但父亲还是恋着胡子舅舅的胡子醋,他说总也食不出原来的那份味儿来了。我说现在多了吧!父亲摇摇头,不赞成我的说法。他说那醋能止渴生津,能解暑治病。他越来越想念胡子舅舅的胡子醋了。

后来,找人讨过羊角醋的方子,但没有人记得清楚究竟多少味中药,且炒煳米也嫌烦冗了,醋坯更不可能长年陈化,规模型的设备已完全替代那土作的甑灶,那竹木编制的酿制器具。也许是相关厂家都以商业秘密守着,不肯外传酿醋的诀窍,所以我最终未找到父亲摇头的答案。

为了不忘胡子公作为一代酿醋宗师,不忘源起羊角的胡子醋味道,我在父亲又一次讲起他的"老龙套"之际,趁势把这醋事给记了下来,以便像一坛老醋存着。

武隆街头桂花香

今晨，行走于新打造的芙蓉路，忽感香气扑鼻，清新袭人，顿觉呼吸舒爽，心旷神怡。仿佛置身花廊，穿越香河，拂袖一带，便是芬芳满衣。

寻香抬眼，得见尊容。原来，今春才栽的一排排桂花树，已开满了黄灿灿的花儿，若耀眼的碎黄金镶嵌于墨绿的枝头。蜜蜂们正在上下翻飞，远比我更会采集这十月的精华。

边走边想，这些才栽数月的桂花树，其肢体尚有残缺，枝叶尚未丰满，甚至还有生锈的铁钉插在树干上，怎么就开始吐露密密匝匝的馥郁之花呢？真叫人在这阳光短少、秋霜渐盛的十月，闻香一惊。

是的，这种芬芳，这种姿态，这种伤痕上的美艳，忽然让我心痛连连，肃然起敬。

起初，在城区的绿化整治中，我还担心这些桂树能不能活，适不适应城市的水土，听不听得城市的喧嚣，经不经得起少数"树盲"的折腾，想不到它竟用这种方式打消我的疑虑和担心。我在内心深处暗暗为它的凌霜开放而深深感慨。

它似乎天生就带得有些伤痛，每株都截过枝、裁过根，有过一次生离死别。从山林或是苗木基地移栽到城市的旮旯角角，它得完成一次涅槃和蜕变。初到城市街头并没有想象得那般优渥，土基硬实，地砖压迫，高楼大厦还挡着阳光。然而它克服了这一切，在城市的缝隙中争取日月、养分，开出了绚丽的梦中之花。它不愧"贵"树中的桂树，"美媚"中的奇女。

据考，早在春秋战国时期，就有桂花的记载，《山海经·南山经》提道："招摇之山多桂。"《山海经·西山经》提道："皋涂之山，其山多桂木。"足见其多山有桂，源远流长。

细查，桂花是木樨属植物中的代表物种，其民间栽培，始于宋代，盛于明初。全世界现已发现32种，我国有27种之多，我国是世界木樨属植物的分布中心，而我国的木樨属植物又主要分布在我们西南部地区。

桂花一般有红、黄、白三种颜色，古人称红色为丹桂，黄色为金桂，白色为银桂，其中以丹桂排在首位，次为金桂，第三为银桂。宋代诗人僧仲殊有词赞美桂花曰："花则一名，种分三色，嫩红、妖白、娇黄。嫦娥道：三种清香，状元是红、黄为榜眼、白探花郎。"以桂花的颜色来借喻科举及第的一、二、三名。

从古至今，人们都喜欢种植桂树，唐代柳宗元被贬永州司马时，曾自湖南衡阳移桂花十余株到柳州零陵所住精舍栽植。白居易曾任杭州、苏州刺史，曾将杭州天竺寺的桂子带到苏州城中种植，他不仅自己种桂，还想他日能在月宫植桂。有诗咏曰："遥知天上桂花孤，试问嫦娥更要无；月宫幸有闲田地，何不中央种两株"。

小时候上坡放牛随便往林里一钻，就很容易碰上桂树，一睹它野外生长的自由身姿。老家的乡亲们几乎家家户户都爱栽桂树，陪衬房前屋后的风水。随着城市的发展，农村老家的桂树被一批又一批转移到城市，它们按花木商和园林工人的意思过上了"城市生活"。

桂花树株型美观，树叶长青，花香清浓兼备，一身是宝。楚屈原《九歌》中载有："援北斗兮酌桂浆，辛夷车兮结桂旗。"由此可见，在楚地的早期文献中便提及桂花的食用和观赏价值。

在现代生活中它除具有极高的园林生态价值外，在开发食品方面被人们用来生产桂花糕、桂花汤圆、月饼、桂花茶、饮料、桂花酒等；在化工方面被用来提炼桂花香精、香水、香皂、香包；在医药方面其花、根、籽、叶被用来做名贵中药。说明桂花从古至今在人们的生活中有着极为重要的地位和价值。

古代用桂花象征胜利、崇高、友好、吉祥。古有仕途得志者，飞黄腾达者谓之折桂。

在长期的历史发展进程中，桂花形成了深厚的文化内涵和鲜明的民族特色，通过挖掘丰富的桂花文化，传承邀月赏桂的古老民俗，把赏桂与旅游节庆活动结合起来，将更能营造高雅、热烈、欢乐、祥和的节日氛围。

据说战国时期，燕、韩两国曾为了表示亲善友好，相互馈赠桂花。在盛产桂花的少数民族地区，青年男女也常以赠送桂花来表示爱慕之情。《吕氏春秋》赞称："物之美者，招摇之桂。"意思是世界上最美好的东西，是招摇山上的桂花。说明桂花在古代人们的心目中，已成为美的化身。

人们赞美松树的风格，歌颂梅兰菊竹的幽雅，同时也颂扬桂花的高贵。

农历八月，古称桂月，既是赏桂的最佳时期，又是赏月的最佳月份。芳香的桂花，中秋的明月，自古就与我国人民的文化生活联系在一起。许多文人吟诗填词来描绘桂花、颂扬桂花，甚至把桂花加以神化。"嫦娥奔月""吴刚伐桂"等月宫系列神话，已成为历代脍炙人口的美谈；而借喻仕途得志、飞黄腾达的"蟾宫折桂"，更是一般文人墨客向往的目标。

诗仙李白咏桂说："世人种桃李，皆在金张门。攀折争捷径，及此春风暄。一朝天霜下，荣耀难久存。安知南山桂，绿叶垂芳根。清阴亦可托，何惜树君园。"把桂花与世人喜好的桃李相比，风霜之下桃李荣耀全无，而桂却永葆一种骄傲的姿态绿叶垂芳，超凡脱俗。

理学大师朱熹赞咏桂花："亭亭岩下桂，岁晚独芬芳。叶密千层绿，花开万点黄。"短短二十个字，就把桂花生于岩岭间的生态习性、开于仲秋的物候表现以及挺拔的主干、层叠的枝叶和稠密的花朵，描绘得淋漓尽致。

南宋抗金名相李纲喜爱桂花，特将自己的书斋命名为"桂斋"，而且亲植桂花以明志。在他的《采桑子》中："枝头万点妆金蕊，十里清香。十里清香。解引幽人雅思长。玉壶贮水花难老，净几明窗。净几明窗。褪下残英簌簌黄。"尤其感人。

后来，晚清禁烟英雄林则徐在福州西湖荷亭边重修李纲祠时，专门在祠旁建了一个读书的地方，也题名为"桂斋"，以表继承李纲的爱国遗志。

桂花是赞美不完的，而我恰恰更喜欢它在武隆街头临秋而开的精神。它刚刚来到这座新兴的旅游城市，于默无声处站到了美化城市的前列。在伤痕未褪的肢体上释放美丽的光华，燃烧出最纯洁、最热烈、最动人的火焰。

这让我看到了它历练生命的坚强、经受摧折的隐忍、扎根乡土的拼搏，绽放风采的奉献。

如果说百花齐放是春天的象征，我更喜欢武隆桂香独飞金秋的灵魂。它带给人们的不仅是无限的美和享受，还有着痛而无言的折服与景仰。

雨，翻开梦境的新页

下雨了。窗外有枯叶被敲打的声音，虽然很轻，但那久违而熟悉的响动，足以惊醒我的梦境。

我忙将手伸出去，感受那零星而散碎的滴落。确认这凛冽冬季里神一般出现的滋润。因为我有近半年未尝过雨点的抚摸与摩挲了。这是壬寅年的奇迹。而更振奋的是它来自这岁末年初之际，好像用一场雨打开了我眺望的远方。

我的梦境当然是，时光荏苒，四季轮回。不经意间，又在波澜不惊的平淡生活里，翻开新元的一页。值此拥冬蕴春的时节，怎不处处春眠轻梦、柳暗花明，出现又一幅生动的画面呢？一场雨正好意味着潜伏的入梦春生，到处孕育着生机与希望，仿佛生命的驿站又开启新的旅程。

怀想这之前的大部分时光，空气干燥，浮尘漫卷，山川灰蒙，林木萎蔫，总让人呼吸不畅，打不起精神。尤其"阳"过后，喉咙长时干涩，咳嗽不断，迟迟不见完全康复。虽然出门都有口罩相护，但始终怀疑病毒就藏在那些悬而未决的尘埃里，有一种"毛悚悚"的味在口鼻间吞咽，不知怎样才能有效避免这不痛不痒的烦扰。这下可好，雨来了，可以把空气、环境给洗涤一遍，还呼吸以正常了。

往旧的新年，早早地便张灯结彩、披红挂绿，而今年的喜庆却以一场小雨催人向往。更让我欣慰的是，父亲前几天一直在念叨："咋不下点雨呢？这空气多盼润润啊！"现在有了结果，也算天遂人愿了。因为老人家八十多了，感染病毒后，恢复得缓慢，加上又没有食欲，吃不下饭，显得精神萎靡、十分羸弱。

让我异常担心、夜不能寐。但除了给他弄些感冒药，煮点清汤寡水的稀饭外，别无他法，几乎靠他那点残存的免疫力在苦苦支撑。社区有打电话关心老人病情的，说可以排队去输营养液，而父亲不想去医院"添乱"，坚持在家疗养。想不到他在最无力时候，竟然只盼的是一场雨来。

说到这场疫情，前半月全家人便加强了提防。尤因"封控"放开后重点关注老人、儿童的提示，我们一家大小都高度重视。特怕传染从内部开始，鉴于儿子前期在追"阳"第一线，儿媳又在医院工作，他们算是密接最靠前的人员，极易携带潜伏病毒。果然，刚一放开，两个年轻人便首当其冲，肌肉酸痛、发高烧、发寒、咳嗽、想吐、喉咙痛等症状悉数出现。好在小夫妻的抵抗力强，一周过后便又匆匆上班了。

而我和老伴也未能幸免，相继确诊。但无论如何，不想两个老人接触到我们的病源。岂料，在防不胜防间他们中招了。先是打电话来，说可能"感冒"了，腿脚、腰背酸痛。我一听，差不多和我一个症状，第一反应是情况不妙。但忙安慰他们，就是"感冒"了。因为治疗病情，差不多就用的是"感冒药"而已。恰好他们发病后，我开始转阴，便给父亲烫脚，熬萝卜汤，以驱寒保暖积极应对。

父亲说，他经历过许多的磨难之年，现在已油尽灯枯，怕是难躲这一劫了。年近八旬的母亲同样感染，但她比父亲症状轻一些，还能简单料理生活。她一边迟缓地做着家务，一边安慰父亲不要怕，会好起来的。我也给父亲打气，枯木会逢春，你盼的雨一定会到来。

是的，雨似乎跟父亲特别有缘，有很深的个人情结。20世纪60年代初，父亲还是小伙子，为了度过灾年，他在一场雨后，去贾角山下撒播荞子，结果丰收满坡，让他和婆婆从死人堆里爬了出来。80年代末的一天，他盼来一场雨，迎来包产到户，从此再没有缺过粮。90年代开春，他又迎来一场雨，从农村进城当了个体户。之后，他喜欢上了每年的迎新之雨，他总结了雨后开新天的人生信条。因而，今年他在心烦意乱间，又盼他的雨了。

在雨中，父亲享受过他耕耘的快乐，在雨后，他采撷过生活的甜美。他常把雨后春笋、雨过天晴放置在憧憬未来的光明窗口。今年迎明年，明年迎后年，年年雨来生烟，雨来润物，雨来养心。他与雨同行，与雨共舞，把雨当成他人生的法宝与利器，开启他的一个个美好岁月。正是以雨辞旧貌，以雨换新颜，他不断地前行，不断地开辟，走出了一路的风景。

父亲堪称生活的乐天派，曾非常自豪地告诉别人，生活在乌江边上是最大的幸福。他认为乌江山水带给我们的不止绵邈的风光，更有葳蕤的生态、纯净的水、清新的空气，它像奶汁和血液供养我们健康生长，维持我们的雨露阳光。因此，他一辈子不离乌江，把武隆视为他骄傲的乐土。

而今年的乌江瘦了，河风小了，河床也干枯了，似气若游丝的龙在行路挣扎。尤在此时，病毒穿越了那些隧道与屏障，让这一方净土人人遮盖一块纱布，防范危害的来袭。父亲起先不信武隆这些深山老林会有病毒出现，他坚信乌江的空气、负氧离子永远是天下第一。然而，病毒实在是无孔不入，它进入到了这天边的世界。因此，在这辞旧迎新之时，我怎能不喜欢这场雨，这场洗濯尘埃的馈赠呢？雨会洗尽铅华，还我们干净的家乡，雨会健壮乌江，永驻我们的青山故园。

果真，一场雨后，父母的病情好转了。他们又能吃饭、走路，去看乌江奔流了。

回头细细琢磨，还真感觉到每一场雨的神奇，雨的另一番景致。难怪老子说"上善若水"，水是最接近于道的。而水来自雨，水善则始于雨善，它能灭火穿石，滋养万物而不相争。苏东坡在雨中"竹杖芒鞋轻胜马，一蓑烟雨任平生"，既在风雨中修行自省，又在风雨中悟道革新。黄庭坚以"桃李春风一杯酒，江湖夜雨十年灯"畅述夜雨中与友相聚的欢乐快意及离愁别绪。这些是多么地雨中生情，雨中见奇啊！

　　所以新元伊始，万象更新，这场雨来的是多么地及时。似乎以雨而让天地清零，一切重新开始。当你一夜醒来，你听到新的钟声，打开窗户，天地鲜亮，万物复苏，那是多么地惬意、旷达。此时，山上的雪水化成了涓涓溪流汇集乌江，漾起阵阵春风吹拂两岸，广袤的原野嫩绿延展，桃李梨花竞放，鸟儿欢鸣枝头、蓝天，城乡往来热闹，农田耕播繁忙，工厂产销兴旺。那是多么地新颖别致，多么地生机盎然。

　　来吧！雨。你簌簌地下，淅淅沥沥地下，嘈嘈切切地下……我在梦里等着那一树树花开，那一园园万紫千红的娇艳。

附

录

树下谈禅，纸上论人

皮秀芹

　　真是"防山中贼易，去心中贼难"。自从大木子先生电话告知我，为其文章写点看法时，心中一直忐忑不安，一为他如此虔诚和尊重，而我又如此浮萍般飘摇；二为于评论，姑且不论理论涵养，我尚连基本的文字操练都不够，担心辱没了朋友。近日一直如坐针毡，无奈时日已近，只能不是篷船手，还偏来弄竹篙。

　　初，并不识大木子，读他的文字神交已久，以为定是一位意态萧然的文学青年。直至相见时，才知他已过不惑之年。在从事编辑工作的过程中，我屡次遇到年纪尚不轻，对文字却依然痴心不改、激情似火的人。我一直很诧异为什么生活中会有这样一些人能永远保持着想象的激情和幻想的冲动，保持着对人类和世界乐观的期许。

　　兴许以我浅薄的阅历和并不甚聪慧的天资，试着解读大木子先生的三篇文章，能从中找到一些答案。

善良和悲悯

　　在对素芳姑和财发叔的怀念一文中，寄予了大木子先生对这两个卑微的生命最深刻的观察和体悟，除了他，也许在历史的长河中，没有人会发现他们这一对备受生活煎熬的苦难夫妻的生命价值，也许连他们自己也没有发现，更不用说记住。唯独大木子发现并以无限善良和悲悯的情感记录下来，见证他们的生命轨迹。

"素姑在我遇见的时间中有三分之二是躺在这张床上的。她有些喘并咳嗽。当然，她还不只咳嗽，肖大娘说她落血带，说得很诡秘，这种病好像只妇人才有的。不然，她总会挣扎着起来为发叔及孩子们煮饭和喂猪。"素姑是典型的中国传统妇女形象，嫁鸡随鸡嫁狗随狗，从一而终，不因家庭的破败贫穷而背叛，辛苦操劳一生。"素姑熬到小儿子成家立业已是风烛残年。儿子们多在外面打工，她和发叔就守在家里带孙子并侍弄猪牛。一个冬季，本来就落病的她，坚持去地里拔萝卜，结果很晚都没有回家。等发叔归来，她已倒在了菜地里，手里还拿着吃了半截的萝卜。发叔从没哭过，这回他抱着素姑哭了，哭得哞哞地叫，像一头老牛在寒风里哀号。"读到此处，无限的辛酸，一个女人的一生就这样结束了。听大木子先生讲，她年轻时也颇有几分姿色，歌唱得动听，莲花落打得漂亮，来到这样的一个家庭，始终不离不弃，临死还在流连着惯性的饥饿，不禁让人落泪。我并不是一个封建主义的卫道者，但为有素姑这样的中国农村妇女善良勤劳的天性而深深地折服。相对现在部分人过多的欲望和追求，也许这种从一而终、逆来顺受的简单质朴的思想会受到嘲笑。她不懂得变通，出卖精神和躯体以换得更好的生活品质。但是这样的女性恰恰闪耀着最夺目的光辉，她尽到了自己最基本的社会责任，体现了作为人生存的基本价值。

我有一种感觉，其实，我也很认同自己的这种推测，我相信大木子先生就是这样的一个生活观察者，一个情感丰富而内心真挚的人。唯有心灵相通者，具有普遍的悲悯意识的人才会发现这些挣扎在生活最底层的人的生命价值。许多有境界的写作之人，并不愿自封自己为作家。只是觉得，应该，并且有责任和义务记录下生活，以此缅怀和感激对他有过滴水之恩的人。

清醒和睿智

有人说，诗人和作家就应该是时代的代言人和清醒的预言家。作家是潜伏在生活中的特工。总是以哲学家、史学家，或是心理学家、情感专家的特有眼光观察身边的人和事，审视自己的内心。文学家最好兼有智者和哲人的头脑，这样才能让文字耐读且有余音绕梁之妙意。

《乡间"屁"事》一文，我以为题目不雅，做标题这样写毕竟太招摇了，瞎琢磨着怎样换个说法，可真把文章读完，还真是难换。我又不得不佩服大木子，敢写，心里亮堂，大喜大悲嬉笑怒骂，比我的内心实要高一筹。

特殊的年月，闹了些特别的笑话。"记得幺爸高小快毕业的时候，想实现自学篆刻的梦，便在大磨箱上刻下'某造反兵团万岁'的字样，视为处女作，结果被已升任造反派司令的'铜鼎罐'看见，说幺爸刻写的'造反兵团'像个'屁'，要幺爸马上到公社写检查，并接受批斗，幺爸无论怎样申辩均不得要领。立哥立即来个先声夺人：'说某造反兵团像个"屁"的是你童司令，走，我们到公社辩论去，看你这司令的帽儿还要不要。'童司令豆子眼一转，万没料到被倒打了一钉耙，只好改口：'说造反兵团像个"屁"也没啥，"屁"一散了，还是"造反兵团"嘛！'"短短几句话，便将本立哥的仗义和机警，童司令的狼狈样，琐碎而卑劣的内心，跃然纸上。同样，关于本立哥与"铜鼎罐"较劲那一段写道："'鼎罐'早就看不惯立哥的放'屁'行为，这回要提到高度来看问题了，定立哥的行为是扰乱会场，破坏生产，放的是毒气。便与时渊队长研究如何治他，研究来研究去，因放两个'屁'而安上罪名，觉得没有震慑力，报到上面去还要闹笑话，最后合计安排立哥下雪天犁冬田。冬天寒冬刺骨，谁也不敢下田，这下落到立哥身上了。立哥心里明白，不去，就好安罪名了。不服从安排，就是抗命生产。"在这样一个问题上纠缠，真是荒唐。而本立哥，因为清醒着，为这浊物而生出是非，又为这浊物落下重病。大木子先生将这一事例点出，以小见大，反映一段历史衍生的怪胎。"两根玉米棒子于现代的人来说，算得了什么呢？吃饭问题早已通过'包产下户'彻底解决，就连宠物食槽都常有剩下的白米饭及肉块，哪会对两根玉米棒子心生兴趣呢？而每到这时，我都心潮难平。这两根玉米棒子在当年可是一个人一天的口粮，甚至是一家人某一天救命的口粮。那时几斤蕨粉可兑一间房子，几个南瓜可娶一个妻子。粮食可谓贵如生命。"过往的历史本身就是让人评说的，兴许置身其中的人并不明白自己的所作所为是否合逻辑，是否给别人造成巨大的伤害。在一个巨大的背景下，是隐忍还是斗争，这是事关生存哲学的问题。而时间，总是能够检验真理的。

能成为"家"的毕竟是卓越的人。我想，大木子先生应该并不介意我不称呼他为"家"。我们是凡人，只是愿意穿越纷繁的物质外壳，让心灵放逐，做一个头脑清醒的人，努力追寻，做一个内心充盈，精神富足的人。

坚韧和顽强

大木子先生是贾角山的人，我对那一带地方并不熟悉，只依稀记得山突兀而峻峭，明晃晃几十丈高的山崖，而山下是柔柔的芙蓉江水，绿得浓郁又清新。我一直很信奉一方水土育一方人，大山给了他坚韧和执着，绿水给了他善良和悲悯。

他的童年是不幸的。"我的家通往学校的路有两条，一条走屋后的公路径直一里许可以到校，一条是门前下了又上的茅草坡路，有公路的两倍里程。近一点的路上住着叶司令的丫头及陈连长的儿子，他们喜欢对我这般出身不好的'狗崽子'穷追猛打。父亲叫我绕道门前的坡路，并给我讲了韩信受'胯下之辱'的故事，采取曲线求学。怕我走弯路迟到又讲了张良取'书'的典故，希望我潜意识地早起。"贫寒的家境和卑微的身份，并没有挫磨掉他的意志，反倒使他更加地热爱生活，追求进步。多年的勤劳积淀，彻底改变了曾经困窘的生活环境。贾角山给予他坚韧和顽强，文学给予他精神的力量。正像他在《文学路上的盲人摸象》里写道："幸而，文学的一些细胞竟在那个黄皮寡瘦的岁月，藏于我的骨子给潜伏了下来，就像一个人的遗传基因一样，并未因生活的潦倒而变异。"在物质达到一种丰盈的程度上，精神向度是一种必然的追求。当然，在我们这样闭塞的边远小县城，清醒着，能做到有精神追求，并且坚持着精神追求的，必是智者。

而像我这般年纪尚轻的人，却混混沌沌，不知自己的来路与归路，行将就木似垂老之人。反倒是与他们相识，我忽然明白了生命的价值，开始学着在自己的心里养花和种树。在心里养一盆花，开得招摇而恣肆，只有个中人才能品味其中的曼妙。

大木子先生是一位虔诚的文学追寻者，葆有几十年精神领地的崇高与洁净，永不为自我和知识设限。要做到这一点，正像米兰·昆德拉所说并非易事："人所拥有的、唯一可以确定的，是一种不确定性的智慧。做到这一点同样需要极大的力量。"我想，在大木子先生的心里，必定也种着一棵树，现在正生长着，渐渐地枝繁叶茂。

用平实唤醒人性的光亮

哑 铁

永忠的文，值得我们用心去触摸，用跳动的血脉去感动。

翻开《深埋的刺根》和《乡间"屁"事》两篇散文，立即被作者朴实的文风，娓娓道来的叙述所吸引，被文中主人公在特殊年代表现出的人性的光亮，在与命运的抗争中所表现出来的善良与正直所深深感动，"人过中年，那些藏匿于岁月深处的病痛亦会慢慢显露，于时令变换或是触景生情之际便悄然发作，仿若肉刺在身，总会不经意伤到自己"。（《深埋的刺根》）永忠的散文和诗歌都很平实，无浮华绚丽、矫揉造作之句，没有故作高深、故弄玄虚之笔。于朴实的书写中层层递进，抽丝剥茧，就像作者所说："但凡喜欢文学的人，都在心目中构思了一个殿堂，就像在沙漠中长途跋涉的人始终想着前面的清泉绿洲以及终点的灯火辉煌与美酒飘香。"（《文学路上的盲人摸象》）用悲悯情怀打开一扇扇隐藏在人性深处的光亮之门。

永忠兄和我自幼相识，他的曾祖李铭熙是光绪十六年（1890）进士，官至户部浙江清吏司主事，晋授中宪大夫。祖父李象之经售官盐，富甲一方，正是因为这个原因，新中国成立后其父被打入"黑五类"，举家迁入偏远的贾角山下接受贫下中农再教育。创作的动机无外乎两种，或源于现实世界的外部刺激，或源于灵魂世界的内在感悟，永忠的散文，更多的属于后者。童年生活的磨难与艰辛成为作者创作源源不断的素材与源泉，"在那个黄皮寡瘦的岁月，藏于我的骨子给潜伏了下来，就像一个人的遗传基因一样，并未因生活的潦倒而变异"。（《文学路上的盲人摸象》）在那个年代，人们都怕与"黑五类"沾上关系，政治至高无上，即使人性中最微小的善良，也被噤若寒蝉、杯弓蛇影的人们包裹得严严实实。

《深埋的刺根》和《乡间"屁"事》是两篇怀旧散文，是特殊年代社会生活的写实，是底层人物的群像素描。那个年代的人和事或许已经远去，镂刻在人们心灵上的创伤，或许已经弥合。但那些底层最微不足道的小人物们所闪现出的善良和正直却熠熠生辉，像一坛坛陈年老酒，愈久弥香。面对当下日益紊乱的道德观念，作者在自己的小小天地间，构筑起一个纯净的世界。"记得在一个秋天的下午，我跟在收玉米队伍的后边打猪草，突然背上的背篓里震动了两下，在隔两米远的地方素姑已将两根玉米棒子迅速地丢进了我的背篓，我立刻明白了她的意思并赶快离开了玉米林。那时，我十来岁。两根玉米棒子的情分从此萦于我的脑际，始终忘不了那瘦弱的身影及那忧伤而充满怜爱的眼神。"（《深埋的刺根》）试图通过那些已经渐行渐远的物象唤醒人性深处的光亮。

素姑和本立哥这两个与作者童年生活息息相关的人物，正好充当了作者呼唤善良与正直的载体。素姑敢于将玉米棒子丢进"黑五类"崽子的背篓，不是栽赃使坏，而是源自人性深处的善良。"那时，几斤蕨粉可兑一间房子，几个南瓜可娶一个妻子。"（《深埋的刺根》）本立哥更是寓庄于谐，敢于对"人有多大胆，地有多大产""放卫星"的公社革委会童副主任"屁"扫会场："'哎，这阀门不争气。'立哥有点自我解嘲。会场随即一阵哄笑，笑声未停，又'噗'了一声，还拖了一点尾音。'哎呀，靠这点点，干脆整干净。'立哥说：'实在是压都没有压得住。'表嫂坐在侧边，拿起正在做的鞋底板，向立哥打了过去：'砍脑壳的，你这比"放卫星"还要扎实。'"（《乡间"屁"事》）活现了一个农民最朴素的正义和良知，当然也包括了一点点嬉皮士的狡狯，那个年代，谁敢说"不"啊！

这些朴素的人和事所闪现的美，正是作者所极力呼唤和追求的光亮。永忠人如其文，温良敦厚，内心世界丰富多彩，干净明亮。《深埋的刺根》和《乡间"屁"事》这两篇散文有朴拙之美，不露斧凿痕迹。但作为散文，还少了一些灵气，语言或许可以更精练简约一些，《深埋的刺根》比《乡间"屁"事》感人，《深埋的刺根》语言可作一定提炼，《乡间"屁"事》还可以进一步挖出人性思想和血脉深处的亮点，把最揪人心结的东西释放出来。一些絮叨碎语，算不得评论，敬请永忠兄和读者谅解！